Angelika Oberauer

Flammen auf dem Buchberger-Hof

Angelika Oberauer

Flammen auf dem Buchberger-Hof

Roman

rosenheimer

www.rosenheimer.com

Titelfoto: © seewhatmitchsee – stock.adobe.com (oben) und wernerimages – stock.adobe.com (unten)
Lektorat und Satz: BuchBetrieb Peggy Sasse, Leipzig
Druck und Bindung: CPI books GmbH, Leck
Printed in Germany

ISBN 978-3-475-54854-3

1

Andrea lehnte sich nachdenklich auf ihrer Bank beim alten Wegkreuz zurück. Sie liebte diesen Rückzugsort, dieses stille Fleckchen Erde, das in der Nähe des Hofes stand, und ihr doch die Möglichkeit gab, allein zu sein. Die Mutter kam selten hierher. Aber mit ihrer Großmutter hatte sie oft hier gesessen. Andrea sinnierte gerade, wie alt sie gewesen war, als die Oma, noch keine 70 Jahre alt, plötzlich beim Kochen umgefallen war. Am Herd hatte sie gestanden. Ihr Herz war immer schwach gewesen. Sie war nie zu einem Arzt gegangen, geschweige denn zu einem Kardiologen.

Acht oder neun Jahre alt muss ich damals gewesen sein, überlegte Andrea. Sie erinnerte sich noch gut, als sie von der Schule heimkam und die ganze Familie in heller Aufregung vorfand. Die Großmutter war noch mit dem Rettungswagen geholt worden, doch im Krankenhaus hatten sie nur noch ihren Tod feststellen können.

Nachdem sie eine Weile über die Großmutter sinniert hatte, wandte sie sich wieder ihren beruflichen Problemen zu. Aber brachte es etwas, über all das nachzudenken, was sich in den letzten beiden Jahren ereignet hatte und ihr Leben in eine ganz andere Bahn lenkte? In eine Bahn, die sie nie wollte!

Sie versuchte, sich abzulenken, blickte auf ihrer Anhöhe über die nassen, gelben Wiesen hinweg zu den Chiemgauer Bergen, die sich südlich des Sees erhoben. Die Gipfel des Hochfelln und Hochgern zeigten sich noch tief verschneit. Die Konturen der Hochplatte, weiter im Westen, und der Kampenwand waren nur undeutlich zu erkennen und verschwammen im milchigen Himmel. Bei klarem Wetter, besonders bei Föhn, konnte sie im Osten die Loferer Steinberge erkennen. Aber heute ließen sie sich nicht blicken.

Es war angenehm mild. Andrea wandte sich von den Bergen und dem See ab, der zwischen einem kleinen Mischwald in einer Schneise zu erkennen war, und ruhig und spiegelglatt auf den Frühling wartete. Dieser warme Apriltag garantierte nicht, dass die Natur in den nächsten Wochen von eisigen Schauern verschont bleiben würde. Das konnte von einem auf den anderen Tag passieren.

Sie liebte ihre Heimat, aber sie hatte doch erst in die Welt hinausgewollt, um sich später wieder in Seebruck niederzulassen: als Trachtenmoden-Designerin. Das war schon lange ihr Berufswunsch. Bäuerin wollte sie eigentlich nie werden.

Und nun ist alles anders gekommen, dachte Andrea seufzend und blickte auf ihre Armbanduhr. Sie erhob sich langsam und ging zum Hof zurück. Die Arbeit hielt sich jetzt zwar noch in Grenzen, doch in einer halben Stunde würde der Kramer-Hans wegen des neuen Stadels vorbeikommen. Und dann ging es der Mutter auch nicht so gut. Sie hatte wieder ihren »Schwindel«. Ihr ständiges Leiden. Ihr Blutdruck war zu niedrig, während der ihres Vaters stets viel zu hoch war.

So wie es in ihrer Familie üblich war, ging niemand zum Doktor. Bis es zu spät war. Vielleicht hatte sich Christian ja deshalb entschlossen, selber Arzt zu werden.

Dem Vater hatte das Schicksal übel mitgespielt. Im besten Alter von 55 Jahren einen so schweren Schlaganfall zu erleiden, war grausam. Da konnte man schon mit Gott hadern, wie er es nun oft tat. In die Kirche ging er zumindest nicht mehr. Er konnte nicht mehr sprechen. Allenfalls ein paar Wortfetzen hervorstoßen, die schwer zu verstehen waren. Die Mutter konnte sie noch am besten deuten. Sein rechtes Bein zog er nach. Ohne Stock konnte er nicht mehr gehen.

Dieses Unglück hatte Andreas Lebenspläne total durcheinandergewirbelt.

»Du wirst sehen, der Markus kommt bald zurück von Neuseeland und wird den Hof übernehmen«, sagte die Mutter oft. »Er wollte doch immer Bauer werden. Jetzt gönnen wir ihm halt noch ein Jahr. Wenn er wieder in der Heimat ist, kannst du deine Ausbildung zu Ende bringen.«

Andrea war sich dessen nicht mehr so sicher. Der Gedanke daran, ihren Traum von einem eigenen Atelier mit Schneiderei nicht verwirklichen zu können, stimmte sie traurig.

Sie war inzwischen bei der Pferdekoppel angekommen. Goldi sprang gleich zu ihr herüber und Andrea streichelte über den Zaun hinweg sein rotbraunes Fell. Der Hengst Wotan und die Stute Belinda hielten sich vornehm zurück. Andrea war keine Pferdenärrin. Dies war das Metier der Männer gewesen. Der Vater, Christian und Markus liebten Pferde. Es war für sie sehr schlimm gewesen, als sie das Gestüt aufgeben mussten. Doch wer sollte sich um die Pferde kümmern, wenn die Brüder nicht mehr auf dem Hof lebten!

Die Familie Weber, ein Lehrerehepaar aus Seebruck, hatte drei der Pferde gekauft und die Bauersleute darum gebeten, dass sie auf dem Hof verbleiben durften. Sie kümmerten sich um die Tiere, putzten und fütterten sie, erledigten die Stallarbeit und ritten viel aus. Zweimal im Jahr musste Andrea allerdings einspringen, wenn die Familie in Urlaub war.

Diesen Winter, als die Webers im Skiurlaub waren, hatte Andrea ihren Vater im Stall überrascht, als er versuchte, Goldi, Wotan und Belinda zu füttern. Er hatte dabei seinen Stock zur Seite gestellt und die Gabel ergriffen. Diese glitt ihm beim ersten Versuch, das Heu aufzuspießen, aus der Hand. Er taumelte und wäre fast gefallen. Die Tochter konnte ihn gerade noch auffangen und somit verhindern, dass er auf das harte Pflaster fiel. Seitdem sah man ihn nicht mehr in der Box, nur ab und zu humpelte er zur Koppel und sah den Tieren zu, wie sie übermütig herumsprangen oder träge grasten.

Nun kümmerte sich der Alex nur noch um die Hühner. Diese Arbeit war leicht. Und so hatte er wenigstens eine kleine Aufgabe.

Andrea betrat das alte Bauernhaus, das sich seit 200 Jahren in Besitz der Familie Buchberger befand. Es war im Laufe dieser vielen Jahre immer wieder auf den neuesten Stand gebracht worden, ohne seinen bäuerlichen Charakter zu verlieren. Die Grundmauern vom Wohnhaus standen noch so, wie sie vor 200 Jahren errichtet worden waren. Nur der alte Stall und die Tenne waren vor 30 Jahren abgerissen worden. Der Stall wurde neu ans Wohnhaus angebaut. Statt der Tenne wurde in unmittelbarer Nähe des Hofes ein Stadel für das Heu, Stroh und die landwirtschaftlichen Maschinen errichtet.

Andrea fand ihre Mutter wie üblich in der Küche. Sie saß am Tisch, den Kopf schwer in die Hände gestützt. »Hast du es immer noch so mit dem Kreislauf?«, fragte Andrea bang.

»Langsam wird es besser«, antwortete Barbara. »Aber ich kann unmöglich mit dem Auto auf den Friedhof fahren.«

»Das will ich dir auch nicht raten!« Die Tochter betrachtete ihre Mutter prüfend. Eigentlich sah sie nicht krank aus. Sie war eine rundliche, hübsche Frau Mitte 50. Ihr Gesicht war vielleicht ein wenig zu blass und teigig, doch immer noch anziehend. Die blauen Augen strömten Gutmütigkeit aus und ihr silbergraues Haar war dicht und glänzend.

»Du solltest ein wenig an die frische Luft gehen«, riet ihr Andrea. »Hier in der dunklen Küche zu sitzen, ist für deinen Kreislauf nicht gerade förderlich.«

Barbara erhob sich langsam vom Tisch, hielt sich einen Augenblick am Stuhl fest. »Du hast recht, ich geh ein wenig raus. Das schadet mir sicher nicht. Wenn ich mich hinlege, ist es ganz schlimm, dann fahre ich nur noch Karussell.«

»Hast du deine Tropfen genommen?« Andreas Blick ruhte immer noch prüfend auf der Mutter.

Barbara winkte ab. »Ja, ich hab' sie genommen. Aber helfen tun sie nicht.«

»Nimm sie trotzdem regelmäßig.«

Barbara schloss für einen Moment die Augen und atmete tief durch.

»Komm! Gehen wir ein wenig hinaus.« Andrea ergriff ihren Arm und die beiden Frauen wandten sich der Tür zu.

Draußen angelangt, atmete Barbara tief die nach feuchter Erde riechende Luft ein. »Ich glaub', es wird langsam besser.«

»Du hättest gleich ein wenig spazieren gehen sollen, statt in der muffigen Küche zu sitzen«, hielt ihr Andrea vor.

»In der Küche riecht es nicht muffig«, schmollte Barbara. »Immer ist bei dir alles muffig.«

»Na, wenn du schon wieder streiten kannst, dann scheint es dir ja wirklich besser zu gehen«, meinte die Tochter lachend. Sie gingen ein wenig auf dem Hof hin und her, dann setzte sich Barbara auf die Hausbank.

»Ach, da fällt mir ein, dass der Kramer-Hans angerufen hat«, sagte die Mutter nach einer Weile. »Hätte ich fast vergessen. Er will um sechs vorbeikommen und sich den alten Stadel ansehen.«

»Dann kann ich ja noch mit dem Radl auf den Friedhof fahren«, erwiderte Andrea.

»Ja, das wäre nett von dir. Ist ja heute Omas Todestag. 15 Jahre ist das jetzt schon wieder her«, fügte sie murmelnd hinzu. »Kaum zu glauben. Sie ist so eine gute Frau gewesen. Eine bessere Schwiegermutter hätte ich mir kaum wünschen können.«

»Was man von ihrer Tochter nicht gerade behaupten kann«, entgegnete Andrea, ihre braunen Augen verdunkelten sich dabei.

»Ich mag die Betty auch nicht. Aber ich muss mit ihr auskommen. Und dann ist sie ja auch deine Taufpatin.« Barbara fuhr sich durch das dichte Haar. »Ich glaub', die Stallarbeit kann ich erledigen. Da musst du mir nicht helfen«, meinte sie schließlich.

»Du musst es wissen.« Andrea musterte ihre Mutter skeptisch.

»Es geht wirklich. Du kannst dir auf dem Friedhof Zeit lassen. Nur wenn der Kramer um sechs Uhr kommt, dann musst du bitte wieder da sein. Von solchen Sachen versteh' ich nichts. Das hat immer der Vater gemacht.«

»Wo ist er denn? Sitzt er wieder bei seinen Hühnern?« So deprimierend der Zustand des Vaters auch war, so konnte sie sich nun doch ein kleines Lächeln nicht verkneifen.

»Ja, sicherlich. Da hat er nun eine Aufgabe. Und er freut sich immer wie ein Schneekönig, wenn samstags die Leute aus der Stadt kommen und seine Eier kaufen. ›Das sind noch gute Eier von glücklichen Hühnern‹, sagen sie jedes Mal. ›Dafür zahlen wir jeden Preis.‹ Oder manche sagen: ›Das Ei lass ich mir schmecken. Wenn ich es esse, dann denke ich an das glückliche Huhn, das es gelegt hat, dann schmeckt es gleich noch einmal so gut.‹

Der Vater hört das gern. Es gibt ihm noch ein wenig Lebensfreude. Und wenn ich ihm dann sage, dass es den Huber-Bauern noch viel schlimmer getroffen hat. Dass der sich gar nicht mehr rühren kann, im Bett liegt und künstlich ernährt werden muss, dann schaut er mich an, nickt bedrückt und dankbar zugleich. Allerdings gibt es auch Tage, da hadert er nach wie vor mit seinem Schicksal.« Barbara hatte eine lange Rede gehalten. Es schien ihr wirklich wieder besser zu gehen.

»Ich fahr jetzt los.« Andrea lief ins Haus, um sich eine Jacke überzuziehen.

»Fährst du mit dem Radl?«, rief ihr die Mutter nach und fügte schnell hinzu: »Vergiss die Grabkerze nicht.«

Als Andrea wieder herauskam, saß die Mutter nicht mehr auf der Bank. Sie war zu ihrem Mann hinters Haus gegangen, wo sich der Hühnerstall und der Freilauf befanden. Ihr schlug ein Gicksen und Gackern entgegen. Alex streute die Körner aus. Er bemerkte seine Frau nicht gleich, erst, als sie dicht bei ihm stand. Sie aber hatte zuvor gesehen, wie ein leises Lächeln sein eingefallenes Gesicht erhellte.

»Birgit!«, rief Andrea der jungen, sehr schlanken und großen Frau zu, die gerade den Friedhof verlassen wollte.

Die Angesprochene stutzte. Als sie Andrea erkannte, verfärbten sich ihre Wangen etwas.

»Kennst du mich nicht mehr«, scherzte Andrea, nachdem sie ihr Rad beim Römermuseum abgestellt hatte und auf Birgit zukam.

»Hab' dich gar nicht bemerkt«, log die frühere Freundin verlegen.

»Es schien mir eben so, als ob du mir aus dem Weg gehen wolltest«, entgegnete Andrea in ihrer direkten Art.

»Ich hab' dich wirklich nicht gesehen«, log Birgit weiter.

»Wie geht es dir? Und wie geht es Leonhard?«

»Wir sind kein Paar mehr.« Birgits schmales Gesicht war nun ganz blass. Sie war keine Schönheit, dafür war sie zu mager, die Nase zu markant und ihr Haar zu dünn und glanzlos. Doch ihre hellgrünen Augen und die Art, wie sie sprach und sich bewegte, verliehen ihr trotzdem eine gewisse Anmut. Auch besaß sie eine sehr angenehme, wohlklingende Stimme.

Nun wurde Andrea rot. Sie wusste nicht warum, aber es war so.

»Aber ihr wolltet doch im Mai heiraten«, stieß sie verwirrt hervor.

Birgit zuckte mit den Schultern. »Es ist eben anders gekommen. Lieber ein Ende mit Schrecken als ein Schrecken ohne Ende«, erwiderte sie ein wenig verbittert.

»Das verstehe ich nicht. Der Leonhard ist doch ein herzensguter Mensch.«

»Das sagst ausgerechnet du!«, erwiderte Birgit spöttisch. »Warum wolltest du dann nichts mehr von ihm wissen?«

»Das hatte andere Gründe, und das weißt du genau.«

Birgit ging nicht näher auf Andreas Antwort ein. Aber sie wusste, wie sie es meinte. «Er hat mich nicht geliebt, dann hat es keinen Sinn. Eine Vernunftehe wollte ich nicht eingehen. Es wird schon noch einer kommen, der zu mir passt.«

»Und warum merkst du das erst nach zwei Jahren?«, fragte Andrea verwundert.

»Manchmal braucht man halt etwas länger, um gewisse Dinge zu erkennen.« Birgit wollte sich von Andrea abwenden. »Mein Auto steht im Halteverbot. Ich muss los«, fügte sie kühl hinzu.

Als Andrea wieder aufsah, trafen sich ihre Augen. In Birgits Blick erkannte sie neben der offensichtlichen Zurückhaltung auch eine Spur von Feindseligkeit.

Andrea wollte dies nicht hinnehmen. Schließlich waren sie einmal gute Freundinnen gewesen. Warum war sie jetzt so abweisend. Was konnte sie dafür, dass es mit Leonhard nicht geklappt hat. Sie hatte doch keine Schuld daran. In diesem Moment erinnerte sie sich an eine Begebenheit dieses Jahr im Fasching, beim Feuerwehrball. Es war an der Bar gewesen, zu fortgeschrittener Stunde. Leonhard hatte hinter ihr gestanden. Sie hatte ihn erst gar nicht bemerkt. Er war nicht mehr nüchtern gewesen, obwohl er sich mit dem Trinken ansonsten zurückhielt. Er drückte seine Lippen in ihren Nacken und flüsterte ihr etwas zu, das so ähnlich klang wie: »Ich werde dich immer lieben. Nie eine andere.«

Andrea war die Szene sehr peinlich gewesen. Sie hatte sich umgedreht, in Leonhards glasige Augen geschaut, dann war ihr Blick zu Birgit gewandert, die mit den Mänteln bereits an der Tür stand und auf ihn wartete. Sie hatte alles ganz genau gesehen.

Andrea war nun alles klar. Sie hatte weder Birgit noch Leonhard seit diesem Faschingsfest im Februar wiedergesehen.

»Können wir uns nicht einmal aussprechen? Ich merke doch, dass du sauer auf mich bist«, sagte sie leise.

»Warum sollte ich sauer auf dich sein?«, wich Birgit aus.

»Mach mir doch nichts vor.«

»Ich muss jetzt wirklich gehen, sonst bekomme ich noch einen Strafzettel verpasst.«

»Dann stell dein Auto doch woanders hin und komm noch einmal her. Ich hätte noch eine Stunde Zeit. Ich muss nur kurz zum Grab, dann könnten wir noch eine Tasse Kaffee zusammen trinken. Warum sollte unsere Freundschaft darunter leiden, dass es zwischen dir und Leo aus ist. Zumindest möchte ich wissen, was ich damit zu tun habe.«

»Ich parke mein Auto um«, erwiderte Birgit schnell, die sich anscheinend besonnen hatte.

Andrea ging inzwischen zum Grab ihrer Großmutter. Sie zündete die Grabkerze an und stellte sie ins Gehäuse. Obwohl sie nicht besonders gläubig war, gleich gar keine Kirchgängerin, betete sie nun doch ein Vaterunser für die Verstorbene, sie hatte die Anna wirklich gern gemocht. Dann ging sie zurück zum Römermuseum. Sie war sich nicht sicher, ob Birgit zurückkommen würde oder doch einfach weggefahren war.

Birgit saß auf einer kleinen Bank beim Maibaum. Sie blickte Andrea mit gemischten Gefühlen entgegen.

»Ich hab' keine Zeit mehr für einen Café-Besuch«, erklärte sie kurz und bündig. »Aber du solltest doch einiges wissen, wovon du anscheinend keine Ahnung hast.«

Andrea setzte sich schweigend neben ihre ehemalige Schulkameradin.

»Der Leo ist immer noch vernarrt in dich. Und ich bin mir sicher, dass du das auch weißt.«

»Wir haben uns doch in aller Freundschaft voneinander getrennt. Es war doch von Anfang an nichts Gescheites. Du weißt ja, dass ich zwei Jahre lang auf der Modeschule in Hallein war. Leo konnte damit nicht umgehen. Er hatte nie Verständnis dafür gezeigt, dass ich Designerin werden will. ›Du stammst aus einer Bauernfamilie‹, hat er immer gesagt, ›und du gehörst wieder auf einen Bauernhof.‹ Er konnte das nicht verstehen, schob immer alles auf Germana. ›Die hat dir diese Flausen ins Ohr gesetzt‹, hat er ständig über sie geschimpft.«

»Aber nun ist ja alles ganz anders gekommen«, erwiderte Birgit mit gepresster Stimme. »Das ist doch ganz klar: Seit du wieder hier in Seebruck auf eurem Hof bist, seit du deinen Beruf an den Nagel gehängt hast, macht er sich wieder Hoffnungen auf dich. Da war ich abgeschrieben.«

»Ich habe meine Ausbildung nicht …«, stellte Andrea richtig, »sie verzögert sich durch den Schlaganfall meines Vaters nur. Wenn Markus heimkommt, werde ich weitermachen.« Sie zerknüllte nervös ihr Taschentuch.

»Und was war dann beim Fasching, vor sechs Wochen? Ich habe genau gesehen, wie er hinter dir gestanden und dir etwas ins Ohr geflüstert hat. *Ich* habe es nicht verstanden, aber du. Allerdings kann ich mir gut vorstellen, was für Liebesworte er dir in den Nacken hauchte.«

»Er war nicht mehr nüchtern. Das weißt du so gut wie ich. Wenn Männer betrunken sind, reden sie allerhand daher, von dem sie am nächsten Tag nichts mehr wissen wollen.«

»Kinder und Betrunkene sprechen bekanntlich die Wahrheit«, erwiderte Birgit mit harter Stimme.

Andrea, die bisher in gebückter Haltung auf der Bank saß und auf den Boden starrte, richtete sich nun auf. Ein Windstoß fuhr durch ihr lockiges, braunes, kurzgeschnittenes Haar. Viel kleiner als Birgit, mit schmalen Hüften und kleinem Busen, biegsam und sportlich, wirkte sie zehn Jahre jünger als die Freundin, obwohl sie gleich alt waren.

»Ich weiß es besser, glaub mir. Er ist immer noch hinter dir her. Und weil ich das weiß, hab' ich die Reißleine gezogen.« Birgit erhob sich entschlossen.

Andrea schüttelte den Kopf. »Ich weiß nicht, was ich dazu sagen soll. Ich will mit ihm zumindest nicht wieder von vorne anfangen. Ich werde Seebruck wieder verlassen, sobald mir das möglich ist. Wenn Markus von Neuseeland zurückkommt, werde ich nach Wien gehen und dort meine Meisterprüfung als Damenschneiderin ablegen. Ich war ja schon angemeldet für den Lehrgang.«

»Das hilft mir alles nichts«, presste Birgit bitter hervor und ging grußlos davon.

Das war keine Aussprache, musste Andrea denken. Der Graben hat sich nur vertieft. Aber ich weiß nun Bescheid. Versonnen blickte sie noch eine Weile vor sich hin. Liebe ich Leonhard noch?, fragte sie sich verwirrt. Alles sah plötzlich ganz anders aus. Sie hatte ihn doch schon abgeschrieben, kaum mehr an ihn gedacht? Doch wenn Birgit recht hatte, wenn er immer noch an ihr hing?

Von der Kirchturmuhr her schlug es sechs Mal.

Der Kramer-Hans ist sicher schon auf dem Hof, fiel es Andrea ein. Sie sprang auf und lief zu ihrem Fahrrad. Sie trat in die Pedale. Auf ihrem Weg den Hügel hinauf, kam sie bei der Fremdenpension ihrer Tante vorbei. Sie sah Betty im Garten arbeiten. Sie drehte ihr den Rücken zu und Andrea schaute, dass sie schnell vorbeikam. Sie mochte die Schwester ihres Vaters nicht besonders, auch wenn sie ihre Taufpatin war.

Als sie auf dem Hof ankam, sah sie, dass zwei Autos in der Einfahrt parkten. Sie erkannte den Opel der Familie Weber, der bei der Koppel parkte, und den Lieferwagen vom Kramer-Hans.

»Er ist also schon da«, stellte Andrea eilig fest. Sicher ist er schon hinten beim Stadel und sieht ihn sich an. Sie ging um die Mauerreste der alten Tennenzufahrt herum, die dicht mit Efeu bewachsen war. Vor 30 Jahren war sie abgerissen worden, als man den neuen Stall baute.

»Ich hab' mir den Schober schon angesehen«, rief ihr der Zimmerermeister zu, als er die junge, hübsche Frau kommen sah. »Da muss ein Neubau her.«

»Erst einmal: Grüß Gott«, sagte Andrea und gab ihm die Hand.

»Ja, grüß dich.« Er grinste schief, nahm dann aber gleich wieder seinen gewohnt missmutigen Gesichtsausdruck an.

Kein Wunder, dass ihm die Frau davongelaufen ist, musste Andrea unwillkürlich denken.

Sie kannte den Kramer nur flüchtig. Er war ein paar Mal wegen diverser Instandsetzungsarbeiten auf dem Hof gewesen.

»Du hast dir den Stadel also schon angeschaut.« Andrea kräuselte die Stirn. »In so schlechtem Zustand ist er doch auch wieder nicht.«

Hans, ein sehr großer, hagerer Mann mit langem, teils noch blondem, teils grauem Haar, welches er im Nacken zu einem Schwanz gebunden hatte, fuhr mit der Spitze seiner Cowboy-Schuhe an eine der Latten. »Da schau her, wie die gleich wackelt. Ihr habt damals ganz schlechtes Holz verwendet. Auch den Heuboden hab' ich mir schon angeschaut. Da möchte ich für nichts garantieren, wenn ihr im Herbst die schweren Strohballen lagert.«

»Aber gleich den ganzen Stadel abreißen …«, wandte Andrea ein. »Ich hab' eher daran gedacht, dass wir ihn ausbessern.«

»Ihr habt teure Maschinen drin stehen«, gab der Zimmerer zu bedenken. »Stell dir mal vor, der Boden bricht zusammen und alles stürzt auf den Mähdrescher, den Bulldog und den Frontlader drauf.«

Andrea sah ein, dass er recht hatte. »Ja, dann müssen wir halt einen neuen bauen«, meinte sie zögernd.

»Gut, dass du es einsiehst. Weißt du, wie schwer so ein Strohballen ist?«

Ich mag den Hans einfach nicht, dachte Andrea. Laut sagte sie: »Das musst du mir nicht sagen. 400 Kilo wiegt so ein Ballen.«

»Gut, du weißt es. Dann kannst du dir ja vorstellen, was alles passieren kann, wenn die Last zu schwer wird.«

»Wir könnten doch auch nur den Heuboden erneuern«, zog Andrea in Erwägung.

»So sparsam wie der Vater«, meinte der Hans grinsend.

Andrea zuckte mit den Schultern und sagte nichts dazu.

Der Kramer-Hans ging weiter um die Scheune herum, um sie zu begutachten. »Der Schober ist marode«, meinte er danach noch einmal. »Ich kann den Heuboden nicht erneuern, weil die Balken von den Außenwänden nicht getragen werden. Zumindest möchte ich dann für nichts garantieren.«

Andrea fühlte sich unsicher, der Zimmerer merkte das. Wieder grinste er schief.

Ich kann ihn nicht ausstehen, dachte sie wieder und biss sich auf ihre volle Unterlippe.

»Ja, mein Fräulein Modezeichnerin, das sind andere Dinge, mit denen du dich jetzt befassen musst«, bemerkte er zynisch.

Was nimmt sich dieser Kerl eigentlich heraus?, fuhr es Andrea durch den Kopf. So eine Anmaßung! Woher weiß er eigentlich, dass ich auf der Modeschule war? So gut kennen wir uns doch gar nicht. Aber dann fiel ihr ein, dass er viel mit ihrer Tante verkehrte, die seit Jahren seine angeheiratete Verwandtschaft aus Hamburg beherbergt.

»Ich komm' schon zurecht mit dem Betrieb«, entgegnete sie schnippisch. »Aber ich muss mir alles noch mal durch den Kopf gehen lassen. Du kannst mir ja einen Kostenvoranschlag erstellen, was so ein Neubau kostet. Ich muss mich schließlich auch mit den Eltern absprechen.«

»Ist schon klar«, meinte Hans versöhnlich, der diesen Auftrag bereits in trockenen Tüchern sah.

»Da kommt der Vater.« Andrea blickte zu Alex hin, der auf seinen Stock gestützt, das rechte Bein nachziehend, dahergehumpelt kam.

Der Buchberger reichte dem Zimmerer die Hand. Sein Händedruck war noch fest und resolut wie eh und je.

Der Vater betrachtete nun auch eingehend den Stadel, den er vor 30 Jahren mit seinem Vater selbst gebaut hatte.

»Ich hab' grad zu deiner Tochter gesagt, dass ich zu einem Neubau raten würde. Die Zeiten haben sich geändert. Früher habt ihr noch keine so schweren Strohballen gelagert, denke ich mir«, wandte er sich an den Bauern, die spöttische Überlegenheit verschwand dabei aus seinem hageren Gesicht. Er kannte den Alex aus der Zeit, als sie beide noch im Gemeinderat gewesen waren. Er hatte immer viel von ihm gehalten.

Der Vater nickte, suchte dann nach Worten. »W i e…t e u…u e…r«, brachte er schließlich stammelnd hervor.

Der Kramer-Hans zuckte mit den Schultern. »Das kann ich nicht so auf Anhieb sagen. Kommt auch auf das Holz drauf an. Ich würde euch zu Mondholz raten. Das hält ewig.«

»Mondholz?« Andrea sah ihn skeptisch an.

»Ich arbeite viel mit Mondholz. Es hat eine viel längere Haltbarkeit und eine höhere Widerstandsfähigkeit. Es wird streng nach dem Mondkalender geschlagen. Es ist feuerbeständiger und härter.«

»M o o…« Der Alex brachte das Wort nicht heraus. Er ärgerte sich darüber und stieß einen leisen Fluch aus, der ihm wiederum gelang. Aber dann entfernte er sich sogleich grußlos. Es war ihm sehr peinlich, so hilflos vor dem Kramer dazustehen.

Armer Hund, dachte der Kramer mit echtem Mitleid. Aber dann witterte er gleich wieder sein Geschäft. »Ich könnte ja mal das Holz berechnen«, schlug der Zimmerer vor, »dann schreibe ich euch zwei Kostenvoranschläge raus, einmal mit Mondholz und einmal mit normalem Holz. Ihr könnt euch ja dann entscheiden.«

Andrea nickte. Sie hatte keine Lust, noch länger mit dem Mann, der ihr so unsympathisch war, zu debattieren. Sie gab ihm nicht die Hand, als sie davonging, sondern verabschiedete sich kühl. »Ja, mach mir ein Angebot und schick es her. Ich muss jetzt ins Haus.« Sie ging einfach und ließ ihn stehen.

Die ist ganz schön eingebildet, dachte der Zimmerer. Er sah ihr nach. Doch er musste zugeben, dass sie eine ausgesprochen hübsche Person war. Sie war jedoch nicht sein Typ, denn er hatte immer vollbusige, blonde Frauen bevorzugt. Sie war ihm zu burschikos und schmalhüftig.

Bevor Andrea ins Wohnhaus hinüberging, schaute sie noch bei der Pferdekoppel vorbei, um Frau Weber, die heute alleine da war, zu begrüßen und ein paar Worte mit ihr zu wechseln.

»Ach, Andrea, gut, dass ich Sie treffe«, wandte sich die Lehrerin gleich an die Bauerntochter. Sie führte Wotan am Zügel, der unruhig hin und her tänzelte. »Wir fliegen für zwei Wochen in die Osterferien. Anna-Lena will noch einmal mitkommen. Sie ist ja jetzt 17, es wird das wohl letzte Mal sein. Es ist also keiner da, der sich um die Pferde kümmert. Könnten Sie das wieder übernehmen, so wie letztes Jahr? In Zukunft werden wir Sie nicht mehr belästigen. Ich weiß ja, wie viel Arbeit Sie haben.«

»Das mache ich gern. Ich hab' es Ihnen ja auch angeboten.«

»Wenn das ginge? Sonst müssten wir uns um eine andere Hilfe bemühen.«

»Das geht schon in Ordnung. Hat doch letztes Jahr auch geklappt«, erwiderte Andrea. »Wo soll es denn hingehen? Wieder nach La Gomera zum Wandern?«

Frau Weber nickte lächelnd. »Ja, wir sind ganz vernarrt in diese Insel. Deshalb fliegt Anna-Lena auch noch einmal mit, weil es ihr dort so gut gefällt.«

»Da würde ich auch gern einmal Urlaub machen«, bemerkte Andrea sehnsüchtig.

»Das sollten Sie wirklich einmal tun.«

»Vielleicht im Winter, da hält sich die Arbeit auf dem Hof in Grenzen.«

»Wir waren einmal im November dort, in den Allerheiligen-Ferien. So heiß wie damals habe ich es noch nie erlebt. Da kann man noch wunderbar baden.«

»Ich muss jetzt leider weiter. Die Mutter wartet schon mit dem Essen auf mich«, entschuldigte sich Andrea.

»Lassen Sie sich nicht aufhalten. Ich danke Ihnen.« Die große, schmale Frau mit den strengen Gesichtszügen verabschiedete sich schnell und ging mit ihrem Pferd weiter. Sie war eine freundliche, wenn auch etwas reservierte Frau.

Die Mutter kam gerade aus dem Stall, als Andrea den Flur betrat. Sie sah jetzt etwas besser aus, hatte wieder Farbe im Gesicht.

»Geht es wieder?«, fragte Andrea besorgt.

»Muss«, meinte Barbara. »Lass uns essen. Der Vater sitzt schon in der Küche, er hat Hunger.«

Brot, Käse, Wurst, Essiggurken und Getränke standen schon auf dem Tisch. Auch Teller und Besteck. Der Vater hatte schon alles hergerichtet.

Die Bäuerin lächelte, als sie das sah. Das hatte er früher nie gemacht. Da hatte er sich hinten und vorne bedienen lassen, musste sie denken.

»E g g…e n…m o r…g e n«, presste der Vater nach einer Weile des Schweigens mühsam hervor. Er wandte sich dabei mit einem eindringlichen Blick an seine Tochter.

»Das hatte ich eh vor. Du kannst beruhigt sein. Morgen werde ich von früh bis spät auf dem Feld draußen sein.« Andrea bemerkte dies mit einem leichten Sarkasmus in der Stimme.

»Aber wie willst du das schwere Gerät transportieren?«, fragte die Mutter. »Letztes Jahr hat dir Christian geholfen. Aber der kommt erst in drei Wochen.«

»Ich werde den Leonhard fragen«, erwiderte Andrea, ohne lange zu überlegen.

»Den Leonhard?«, fragte Barbara erstaunt.

»Warum nicht?«, meinte Andrea leichthin, fügte etwas bitter hinzu: »Wenn keiner meiner Brüder zur Stelle ist.«

»Ich könnte ja noch den Theo fragen«, wandte die Mutter vorsichtig ein. »Aber wenn der Leo hilft …«

»Der Theo! Bitte verschone mich mit dem! Der mag was von Zahlen und Bilanzen verstehen, aber gewiss nichts von der Landwirtschaft. Der fährt mir nicht mit der schweren Maschine auf der Straße. Das traue ich mir ja nicht einmal zu.«

»Ja, du hast natürlich recht«, seufzte die Mutter. Ihr Schwager war wirklich nicht der richtige Mann für solche Arbeiten.

»Ich hab' heute die Birgit auf dem Friedhof getroffen«, sagte Andrea unvermittelt, nachdem sie alle drei wieder schwiegen.

Der Vater sah gar nicht auf, war vielmehr mit akribischer Sorgfalt damit beschäftigt, die Haut von seinem Presssack zu lösen. Die Tätigkeit nahm ihn ganz in Anspruch. Alles ging nun sehr langsam bei ihm. Auf was er früher gar nicht geachtet hatte, wurde jetzt zur Prozedur. Hauptsache morgen würde das Feld bearbeitet.

Barbara hob die dunklen Brauen. »Die hab' ich schon lange nicht mehr gesehen. Wann soll denn die Hochzeit sein? Da werden wir doch wohl auch eingeladen werden? Die werden wohl eine richtige Bauernhochzeit machen?«, fügte sie gleich eine zweite und dritte Frage hinzu.

»Es wird zu gar keiner Hochzeit kommen. Sie haben sich getrennt«, erwiderte Andrea. Sie nahm dann einen großen Schluck Wasser.

»Was?!« Die Mutter riss die Augen auf. »Aber warum denn das?«

Andrea zuckte mit den Schultern. Rein äußerlich wirkte sie ganz ruhig. Es war ihr in keiner Weise anzusehen, wie es in ihrem Innersten aussah, von welch widersprüchlichen Gefühlen sie beherrscht wurde. Sie hatte sich schon immer sehr gut verstellen können. Ganz im Gegensatz zu ihrer Mutter, der man jede Regung sofort auf dem Gesicht ablesen konnte.

Nachdem sie sich von dieser Neuigkeit erholt hatte, begannen Barbaras Gedanken zu kreisen.

»Jetzt denkst du daran, dass der Leo wieder frei ist, nicht wahr?«, fragte Andrea mit leisem Spott. »Aber ich hab' mich nicht von ihm getrennt, um jetzt wieder mit wehenden Fahnen zu ihm überzulaufen.«

»Wie kommst du denn darauf?«, erwiderte Barbara verlegen. »Andererseits, wenn du Hilfe gebraucht hast, war er immer für dich da.«

»Wir haben uns in aller Freundschaft getrennt«, stellte die Tochter richtig. »Das eine hat mit dem anderen nichts zu tun.«

»Ja«, seufzte Barbara, »aber du könntest es leichter haben.«

»Wie meinst du denn das?« Andrea sah ihre Mutter scharf an.

»Ich meine gar nichts«, wich die Bäuerin aus.

»Gib dir keine Mühe, Mama, du kannst nicht lügen«, erwiderte Andrea mit einem sanften Lächeln. »Der Leo hat es nicht verkraftet, dass ich auf die Modeschule gegangen bin. Er hat nicht eingesehen, dass ich ein selbstbestimmtes Leben führen wollte. Ich kann nicht mehr mit ihm noch einmal ganz von vorn anfangen. Er hat sich sicher in dieser Beziehung nicht verändert.«

Der Vater blickte nun auf. Er verstand jedes Wort. Sein Verstand arbeitete noch wie früher, auch wenn er träge war. Aber er konnte seine Meinung nicht mehr kundtun. Er war hilflos. Dieser Zustand ließ ihn oft resignieren.

»Lass uns über dieses Thema nicht mehr reden.« Andrea blickte zu ihrem Vater hin, der etwas sagen wollte, aber nichts herausbrachte. Sie legte begütigend ihre Hand auf seinen Arm.

»Es ist alles in Ordnung, Papa. Nächstes Jahr wird der Markus von Neuseeland zurückkommen, so wie er es letzten Sommer versprochen hat. Er hat ja schon von einem Jahr auf zwei Jahre Auszeit verlängert. Ein drittes Jahr wird er nicht noch dranhängen. Ich kenne ihn doch. Er hängt an dem Hof und an der Heimat. Er wollte immer Bauer werden, auch wenn er jetzt als Tauchlehrer in Neuseeland jobbt. Ich hingegen werde in Wien meine Meisterprüfung als Damenschneiderin absolvieren, so wie ich es vorhatte. Es verzögert sich nur alles ein wenig. Du hattest doch nie etwas dagegen, du wolltest immer, dass der Markus den Hof übernimmt, denn beim Christian war es ja schon früh klar, dass er studieren würde.«

Der Bauer nickte beruhigt und nahm sich noch ein Stück Speck, das er sorgfältig in dünne Scheiben schnitt und mit Pfeffer bestreute.

Barbara sagte nichts dazu. Sie hatte vergangene Nacht geträumt, dass Markus nicht mehr von Neuseeland zurückkehren würde. Sie ließ sich immer sehr von ihren Träumen beeinflussen und hoffte nun, dass es anders kommen würde.

Es wurde nicht mehr viel gesprochen beim Essen, dafür umso mehr gedacht, überlegt, sich erhofft. Jeder von den dreien hatte dabei seine eigene Sehnsucht.

Dass der Steiner-Leonhard wieder frei war, ließ Barbara keine Ruhe. Sie hatte sehr darunter gelitten, als sich Andrea vor drei Jahren von ihm trennte, endgültig von ihm trennte, besser gesagt. Sie war bereits fast ein Jahr in Hallein, in Österreich, auf der Modeschule gewesen und selten nach Seebruck gekommen. Und doch wären sie ihrer Meinung nach das ideale Paar gewesen. Sie musste zugeben, dass ihr Mann viel mehr Verständnis für die beruflichen Ambitionen seiner Tochter aufbrachte als sie selbst. Ihr wäre es am liebsten gewesen, wenn Andrea mit Leonhard den Hof übernommen hätte, denn auf Markus war eigentlich nie richtig Verlass gewesen. Das wusste sie. Und genau aus diesem Grund blieb ihre Skepsis, dass er jemals in die Heimat zurückkehren würde.

Als sich der Vater mit seiner Zeitung in die Bauernstube zurückgezogen hatte und die beiden Frauen den Tisch abräumten, konnte sich Barbara nicht länger zurückhalten zu fragen: »Wenn nun der Markus für immer in Neuseeland bleibt, aus welchen Gründen auch immer, was wird dann mit dem Hof?«

Andrea, die bis jetzt ihre Ruhe bewahrt hatte, brauste nun auf: »Ich habe zwei Brüder: Der eine will Arzt werden, gut. Christian ist begabt, ehrgeizig, war immer ein Einser-Schüler. Wir alle haben seine Entscheidung akzeptiert. Er hätte sich auch nicht davon abbringen lassen. Aber der Markus, wie der sich verhält, das kann ich nicht verstehen. Er war kein guter Schüler, aber ein guter Bauer. Jahrelang hat er den Vater auf dem Hof unterstützt, bis es ihm plötzlich einfiel, dass er unbedingt noch einmal in die Fremde müsse, bevor er endgültig sesshaft wird. Seine langen Reisen im Winter nach Südamerika, Südafrika und Kanada haben wir immer akzeptiert. Auch diese lange Neuseelandreise. Aber nun soll er zu seinem Wort stehen.«

»Wenn er es nur tut«, erwiderte die Mutter leise und bedrückt, ging dann zu ihrem Mann in die Stube, um noch ein wenig fernzusehen.

2

In den nächsten Wochen arbeitete Andrea von früh bis spät auf dem Feld. Sie zerkleinerte Erdschollen, befreite den Acker von Unkraut, bereitete das Saatbett vor. Sie befreite die Wiesen von Moos, glättete die Maulwurfshügel und verteilte den Mist.

Sie hatte inzwischen gelernt, mit der großen Egge umzugehen. Beim Transport hatte ihr Leonhard geholfen, er hatte ihr auch noch den einen oder anderen Tipp gegeben.

Als das schwere Gerät nach tagelanger Arbeit wieder abzuholen war, erledigte er das auch.

»Möchtest du noch kurz hereinkommen, auf ein Bier?«, fragte Andrea, als sie das riesige Gerät im Stadel hatten. »Als kleines Dankeschön«, fügte sie mit ihrem bezaubernden Lächeln hinzu, ihre braunen Augen blitzten ihn dabei so wie früher an.

Leonhard hatte auf dieses Angebot nur gewartet. Er hatte sich bis jetzt nur auf den Transport konzentriert und nicht viele Worte mit Andrea gewechselt. Die kurze Begegnung beim Fasching, die Worte, die er ihr dabei zuflüsterte, wurden nicht erwähnt. Auch nicht die Trennung von Birgit. »Da sage ich nicht nein«, erwiderte er erfreut, er sah sie jetzt erst so richtig an. »Ich wollte ja schon lange mal nach deinem Vater sehen. Wie geht es ihm denn?«

»Immer gleich«, erwiderte Andrea bedrückt, das Feuer in ihren Augen erlosch. »Da ändert sich nicht mehr viel. Einmal die Woche kommt eine Logopädin. Doch ich habe nicht das Gefühl, dass er deshalb mehr Worte herausbringt.«

»Trotzdem ist er immer noch viel besser dran als der Huber-Bauer«, meinte Leonhard dazu, »der kann sich ja gar nicht mehr rühren. Liegt im Bett wie ein Säugling, wird künstlich ernährt …« Er hielt mitten im Satz inne, als er die Bäuerin sah, die vor der Haustür stand und ihm mit einem freundlichen Lächeln auf dem runden, weichen Gesicht entgegenblickte.

»Kommst noch rein auf ein Bier?«, fragte nun auch sie in aufgeräumter Stimmung.

Die beiden scheinen ja bester Laune zu sein, dachte Andrea, die sich plötzlich sehr müde fühlte. Wenn sie jetzt noch ein Bier trank, würde sie am Tisch einschlafen.

Der Bauer sah erstaunt auf, als er Leonhard erblickte, der zwei Jahre als angehender Schwiegersohn auf dem Hof ein und aus gegangen war.

»Na, was wollt ihr denn trinken?«, fragte die Bäuerin, nachdem sich alle am Tisch niedergelassen hatten.

»Ein kaltes Bier wäre nicht schlecht«, antwortete Leonhard als erster.

»Und du ein Radler?«, fragte sie ihren Mann. »Zu den vielen Tabletten, die du einnehmen musst, solltest du nicht zu viel Alkohol trinken.«

Alex nickte gefügig.

»Ich möchte bitte auch lieber ein Bier«, erwiderte Andrea.

»Was ihr immer mit eurem Bier habt«, meinte Barbara vergnügt. »Da schenk ich mir doch lieber ein Gläschen Wein zur Feier des Tages ein.«

Was für eine Feier des Tages?, musste Andrea denken, doch sie behielt diesen Gedanken für sich. Sie war froh, ihre Arbeit erledigt zu haben. Jetzt musste sie bloß noch das Saatgut einarbeiten, aber dazu konnte sie sich noch ein paar Tage Zeit lassen.

Nachdem sie eine Weile über den schwierigen Transport der Egge gesprochen hatten, meinte Barbara, nachdem sie bereits das zweite Gläschen getrunken hatte: »Mein Gott, ich weiß noch, wie du als Bub immer zu uns auf den Hof gekommen bist, Leo. Ihr wart eine richtige Rasselbande, der Christian, der Markus und du.«

»Und wir Mädchen werden nicht erwähnt«, meinte Andrea, die froh war, dass die Mutter von der Kindheit und nicht von ihrer Verlobung mit Leonhard sprach, denn bei diesem Thema könnte es heikel werden.

Die Müdigkeit ließ langsam etwas nach, denn sie sprach gern über diese unbeschwerten Tage, als sie mit ihren Freundinnen und Brüdern und deren Freunden auf dem Hof herumgetollt hatte.

»Ihr Buben habt uns ganz schön geärgert«, fügte sie lachend hinzu.

»Ihr habt euch aber auch nichts gefallen lassen. Du schon gleich gar nicht.« Leonhard grinste und schaute zu Andrea. »Was ist denn eigentlich aus dieser g'spinnerten Germana geworden?«, fragte er, während er Birgit, die auch immer dabei gewesen war, nicht erwähnte.

»Die ist in Wien auf der Meisterschule, so wie ich es auch wollte.« Andreas Gesicht überschattete sich während ihrer Antwort.

Leonhard schluckte schwer. Das Gespräch war in eine Richtung geraten, die er eigentlich vermeiden wollte.

»Dann gibt es also bei dir keine Hochzeit, so wie ich gehört habe«, platzte Barbara, abrupt das Thema wechselnd, heraus, leerte dabei ihr zweites Glas in einem Zug, um sich gleich noch einmal nachzuschenken.

»Nein, das mit der Birgit hat sich erledigt«, erwiderte Leonhard ziemlich verlegen. Er streifte Andrea dabei mit einem unbestimmten Blick.

Barbara sah den jungen Burschen neugierig an.

»Es hat halt nicht sollen sein. Wir haben wohl doch nicht zusammengepasst. Da trennt man sich lieber gleich. Dazu muss man nur den Mut haben«, fügte er hinzu.

Andrea horchte auf. Birgit hatte zu ihr gesagt, dass *sie* sich von ihm getrennt hätte. Und sie hatte ihr auch gesagt, warum. Diese Gedanken fuhren ihr durch den Kopf. Auch die kleine Begebenheit beim Fasching, als er sie so zärtlich an der Bar in den Nacken geküsst hatte, kam ihr wieder in den Sinn. Er hatte getrunken, sagte sie sich, da reden die Männer halt viel Unsinn. Er denkt sicher nicht mehr daran. Sie war in den letzten Tagen viel mit ihm zusammen gewesen und hatte dabei nicht den Eindruck gehabt, dass er sich ihr wieder nähern wollte.

Sie betrachtete ihn nun unter halb geschlossenen Lidern. Er sieht wirklich gut aus, dachte sie, aber das habe ich ja schon immer gewusst. Er ist nie ein Angeber gewesen, immer aufrichtig und natürlich. Sie war sehr für das Natürliche gewesen. Er gefiel ihr nach wie vor. Aber sie wusste, dass sie ihn nicht liebte, wusste auch, dass Leonhard es nie akzeptieren würde, wenn sie ihren beruflichen Werdegang weiterverfolgen würde.

»Wie geht es denn dem Markus?«, wechselte Leonhard nun dieses unerquickliche Thema, »Kommt er bald zurück von Neuseeland?«

Diese Frage brachte nun Barbara Sorgenfalten auf die Stirn und auch Alex blickte betreten in sein Glas.

»Wir hoffen es«, meinte die Mutter zögerlich.

»Und was treibt der Christian so? Er lässt sich ja gar nicht mehr bei mir sehen, dabei waren wir einmal die besten Freunde.« Leonhard drückte ehrliches Bedauern aus.

»Er steckt mitten im Physikum«, erklärte Andrea. »Aber das entschuldigt nicht, dass er sich so selten bei uns sehen lässt. Er ist ein richtiger Städter geworden.« Sie sagte dies, während sie die Gläser vom Tisch räumte. Das war unanständig ihrem Gast gegenüber, doch sie wollte jetzt ins Bett und nicht weiter über ihre Brüder und über Leonhards geplatzte Hochzeit reden. Nicht einmal über ihre Kindheit.

Leonhard verstand sofort und erhob sich.

»Mein Gott!«, fiel es Andrea plötzlich ein. »Ich muss ja noch die Pferde von den Webers in den Stall bringen. Auch das noch!«

»Ich helfe dir«, erklärte sich Leonhard sofort bereit, der sehr gut mit Pferden umgehen konnte, da er selbst zwei besaß.

Nach einem kurzen Dankeschön und Gutenachtgruß in die Runde ging Leonhard hinaus und Andrea folgte ihm.

Draußen herrschte eine graublaue Dämmerung, es war kühl geworden. Hinter dem Hochfelln stieg ein heller, noch nicht ganz voller Mond auf. Sie holten das Zaumzeug aus dem Stall und gingen zur Koppel. Geschickt hatte Leonhard, den die Pferde überhaupt nicht kannten, Wotan eingefangen und führte ihn in den Stall. Bevor Andrea mit dem zahmen, willigen Pony Goldi kam, hatte er auch schon Belinda am Zaum und brachte sie in die Box. Dann fütterten sie die Tiere und gaben ihnen zu trinken.

Andrea begleitete Leonhard noch bis zu seinem Auto. Er wohnte nur einen halben Kilometer vom Hof entfernt. Der Steiner-Hof war der nächste Nachbar, wenn man von den drei Wohnhäusern unterhalb des Hügels absah.

»Ich danke dir. Jetzt hast du mir schon wieder geholfen. Ich brauche immer ewig, bevor ich den Wotan im Stall habe. Und bei dir ging es ruck, zuck! Ich kann eben doch nicht so gut mit den Pferden umgehen«, sagte sie zu ihm, als er schon bei geöffneter Tür am Wagen stand.

»Du musst mir nicht danken«, raunte er ihr zu. Er streifte sie nun mit einem sehnsüchtigen Blick. Es war heute das erste Mal, dass er sie so ansah. Sie fühlte sich schuldig. »Aus dir würde eine gute Bäuerin werden«, flüsterte er ihr zu, ohne sie aus den Augen zu lassen. Als sie nicht antwortete, fügte er schnell hinzu: »Was rede ich da, das bist du ja schon.«

»Die nicht einmal eine Egge transportieren kann«, meinte sie mit einem halben Lächeln.

»Dafür wäre ich ja da«, sprach er vielsagend, sein Gesicht näherte sich dem ihren.

Andrea wich zurück. Es ist gar nichts vorbei, dachte sie und erschrak dabei. Ich habe einen großen Fehler gemacht, als ich ihn um diese Gefälligkeit bat. Dass ich ihn nun auch noch ins Haus geholt habe, das war unbedacht. Er macht sich jetzt wieder Hoffnungen. »Ich bin schrecklich müde«, wich sie aus. »Ich falle gleich um. Danke nochmal.« Sie drehte sich um und ging zum Haus.

3

Einige Wochen später an einem Sonntagabend, Christian hatte seine Familie besucht, schlenderte Andrea wieder einmal zu ihrer Bank beim Wegkreuz. Lange war sie nicht mehr hier gewesen, die Arbeit hatte ihr keine Zeit dazu gelassen.

Inzwischen waren die feuchten, fahlgelben Wiesen saftig grün geworden, die Bäume hatten ausgeschlagen, die Narzissen waren verblüht und hatten Lichtnelken, Lilien und Glockenblumen Platz gemacht.

Das Gezwitscher der Vögel in den Bäumen verstummte allmählich, dafür rauschten die jungen, lindgrünen Blätter im Wind. Der See, nur zum Teil sichtbar zwischen dem Wäldchen, zeigte sich nicht mehr grau und kalt, sondern in einem silbrigen Blau. Heute konnte sie bis zu den Loferer Steinbergen blicken. Auf ihren Gipfeln lag noch Schnee.

Für Minuten genoss sie die Stille und Schönheit der Landschaft, aber dann holten die Gedanken sie wieder ein. Christian würde in diesem Sommer nicht bei der Ernte helfen, das war jetzt Realität. Markus wollte noch ein Jahr in Neuseeland bleiben, das war auch eine Tatsache. Doch der Betrieb musste weiterlaufen, denn das war nun einmal so.

Christian hatte eine Freundin. Völlig überrascht war die Familie gewesen, als er mit ihr hereingeschneit war. Er hatte nicht gesagt, dass er jemanden mitbringen würde.

Christians Freundin – und so wie es aussah auch bald Ehefrau – war schon fertig mit ihrem Studium und arbeitete in der Praxis ihres Vaters als Zahnärztin. Andreas älterer Bruder, der bisher keine nennenswerte Beziehung gehabt hatte, himmelte sie an. Andrea war dies schnell klargeworden und es behagte ihr nicht.

»Ich kann dir dieses Jahr bei der Ernte nicht helfen«, hatte er gleich im Flur zu ihr gesagt, als die Eltern mit Silke noch draußen standen und die Bäuerin der zukünftigen Schwiegertochter die Namen der Berge erklärte.

»Dann weiß ich auch nicht, wie es gehen soll«, hatte Andrea geantwortet, vor Wut und Enttäuschung hatte sie mit den Tränen gekämpft.

»Wir wollen nach Kreta fliegen im September. Ich habe mir von meinem Vater vier Wochen Urlaub erbeten«, stellte Silke gleich richtig, als die Mutter eine halbe Stunde später den Kaffee einschenkte und alle um den runden Tisch in der Bauernstube saßen. »Wir planen eine Trekkingtour rund um die Insel. Ich habe das vor ein paar Jahren schon einmal mit Freunden gemacht. Es war einfach fantastisch!« Sie sprach gestochenes Hochdeutsch, Christian versuchte sich nun auch darin. Silke sah ganz gut aus. Sie war mittelgroß, schlank und brünett. Ihre dunklen Augen standen allerdings ein wenig zu nah beisammen.

Andrea sah ihren Bruder noch vor sich, wie er der Mutter seinen Kuchenteller hinhielt, sich aber dabei der Schwester zuwandte und meinte: »Es tut mir wirklich leid, Andrea, dass ich dir diesen Sommer bei der Ernte nicht helfen kann. Aber dieser Urlaub ist schon fest eingeplant.«

Christian hatte dann drei Löffel Sahne auf den Kuchen geschaufelt und losgemampft. »Vorzüglich, Mama«, hatte er gelobt, »er schmeckt so gut wie eh und je. Meine Güte, habe ich mich auf diese Apfeltorte gefreut!«

Die Mutter genoss erst einmal jedes Lob, das man ihr erteilte, denn es freute sie immer, wenn sie für ihre Koch- und Backkünste bewundert wurde. Dann schien ihr eingefallen zu sein, was Christian gleich richtiggestellt hatte, und sie hatte betroffen zu ihrer Tochter hinübergeschaut. Andrea rief sich den verstörten Blick der Mutter in Erinnerung und biss sich dabei vor Wut auf ihren Bruder auf die Lippen.

So ließ Andrea in dieser stillen Abendstunde noch einmal diesen Nachmittag Revue passieren.

Christian und Silke hatten das Gespräch bestritten, die Mutter war kaum zu Wort gekommen, der Vater konnte eh nichts sagen. Er hatte sich dann auch nach einer Stunde aus dem Staub gemacht, müde und enttäuscht. Er hatte sich aber nicht hingelegt, sondern war hinterm Haus verschwunden. Sie hatte es vom Fenster aus beobachtet. Er war zu seinen Hühnern gegangen, hatte ihnen zugesehen, wie sie unermüdlich nach ihren Körnern pickten und hatte dabei seinen trüben Gedanken nachgehangen. Er mochte die zukünftige Schwiegertochter nicht, das hatte Andrea gleich erkannt.

Der Wind fuhr durch ihre braunen Locken. Sie fühlte sich enttäuscht und verraten.

Sie musste plötzlich an Leonhard denken, der sie liebte. Vielleicht wäre es doch besser, alles fallenzulassen, was sie sich vorgenommen hatte, ihren Lebensplan zu ändern und das zu tun, was notwendig war. Soll ich eine Vernunftehe eingehen?, fragte sie sich, sagte sich zugleich, dass davon nun auch wieder keine Rede sein konnte, denn sie war in Leonhard schließlich einmal ernsthaft verliebt gewesen. Er würde sofort zu mir auf den Buchberger-Hof ziehen, wenn wir heirateten, spann sie ihre Gedanken weiter. Dann wäre ich alle Sorgen los, Markus kann bleiben, wo er ist, und Christian auch. Auf den Hof würde Markus aber dann keinen Anspruch mehr haben. Wäre das nicht das Beste? Wären damit nicht alle Probleme gelöst?

»Von Leonhard soll ich dir auch einen schönen Gruß ausrichten. Vielleicht schaust du noch kurz bei ihm vorbei«, hatte sie gesagt, als Christian schon mit seiner Silke im Aufbruch war. »Er war doch dein Freund.« Es waren einige der wenigen Sätze, die sie während dieses Besuchs hervorgebracht hatte. »Nein, dazu ist heute keine Zeit mehr, dass ich noch auf den Steiner-Hof fahre. Wahrscheinlich ist er auch gar nicht daheim. Wir müssen schließlich noch nach München zurück, Sonntagabend ist immer starker Verkehr.

Wahrscheinlich stecken wir wieder eine Stunde im Stau«, hatte er geantwortet. Seine Worte klangen ihr noch im Ohr.

Sie erkannte ihren Bruder nicht wieder. Er hatte sich sehr verändert, er war nicht mehr der, der er einmal gewesen war. Er war ihr fremd geworden. Und seine Freundin – oder Verlobte –, diese selbstbewusste, kluge Frau, tat zwar so, als ob man mit ihr Pferde stehlen könnte, doch das war alles nur Fassade. Alles kam ihr an Silke gekünstelt und gewollt vor. Schade, dass Christian ihr so verfallen war, und dass er das nicht erkannte.

Aber was geht mich das alles an, dachte sie weiter. Es ist sein Leben. Und ich habe das meine zu leben.

Wieder wanderten ihre Gedanken zu Leonhard hin, während sie in den scheidenden Tag blickte. Die Sonne war über dem See wie erloschen, er wurde langsam dunkel, Wald und Wiesen lagen nun im Schatten.

Alles wäre so leicht, haderte sie mit sich selbst, wenn bloß diese ehrgeizige, trotzige und so hoch hinauswollende Andrea der bescheidenen und vernünftigen Andrea nachgeben würde.

»Andrea!«, hörte sie die Stimme der Mutter, die anscheinend nach ihr gesucht hatte. Barbara kam langsam näher.

»Da bist du ja! Ich hab' dich überall gesucht.« Die Bäuerin setzte sich neben die Tochter auf die Bank, etwas außer Atem. »Schön ist es hier«, meinte sie leichthin, »aber allmählich wird es kalt.«

Andrea fühlte sich gestört. Nie kam die Mutter hierher, warum denn ausgerechnet heute, fragte sie sich.

»Machst' dir Gedanken, weil du keine Hilfe für die Ernte hast?«, fragte Barbara die Tochter nach einer Weile besorgt.

»Freilich, das kannst du dir ja denken«, erwiderte Andrea unwirsch.

»Ich weiß Rat«, sagte die Mutter. »Ich habe gerade mit der Huber-Christine telefoniert. Sie haben ja auch einen ziemlich großen Hof und der Altbauer hat immer fleißig mitgearbeitet, bis er den Schlaganfall bekam.«

Andrea sah ihre Mutter fragend an.

»Beim Huber hatten sie letztes Jahr einen Erntehelfer aus Polen. Heuer kommt er auch wieder.«

»Einen Erntehelfer aus Polen?« Andrea wusste nicht recht, was sie davon halten sollte.

»Ich hab' das von Betty erfahren. Als wir heute Nachmittag diese Abfuhr von Christian bekamen, hab' ich mir gedacht, dass ich bei der Huber anrufen könnte, um mich zu erkundigen, was für Erfahrungen sie mit ihrem polnischen Helfer gemacht hat, ob sie uns eventuell jemanden vermitteln könnte.«

»Einen Polen?« Andrea war perplex.

»Was ist daran so außergewöhnlich? Bist du etwa fremdenfeindlich?«

»Freilich nicht. Aber auf so etwas wäre ich jetzt nicht gekommen.«

»Aber ich.« Barbara schaute zufrieden. »Ich hab' eben auch manchmal gute Ideen. Auf jeden

Fall habe ich mit der Christine telefoniert, gleich nachdem Christian mit seiner Silke weg war. Ich wollte dich eigentlich erst fragen, was du davon hältst, aber du warst nicht aufzufinden. Da hab' ich die Sache selbst in die Hand genommen.«

»Und? Was ist dabei herausgekommen?« Andrea kräuselte die Stirn.

»Wie gesagt, ich hab' lang und breit mit der jungen Huber-Bäuerin geredet. Und sie konnte nur das Beste über ihren Helfer sagen. Heuer kommt er wieder. Frederik Slezak heißt er.«

»Ja, aber den brauchen sie doch beim Huber selbst.«

»Der Frederik könnte uns jemanden vermitteln, hat sie gesagt. Das wäre kein Problem.«

Andrea war immer noch skeptisch. Andererseits, wo bekam man sonst einen deutschen fleißigen und geschickten Landarbeiter her? Das war gar nicht so leicht.

»Überleg es dir. Es wäre eine Lösung«, redete die Mutter auf die Tochter ein. Barbara fröstelte. »Jetzt wird es aber kalt, lass uns ins Haus gehen.«

Über den Hügel fuhr nun ein frischer, sehr kühler Wind.

»Das Wetter wird doch nicht umschlagen«, meinte Andrea und erhob sich von der Bank.

»Ich weiß nicht.« Barbara zuckte mit den Schultern. »Hoffen wir es nicht.«

»Die meiste Arbeit ist vorerst getan«, erwiderte Andrea, »wir können jetzt nur auf einen guten Sommer hoffen, nicht zu heiß und zu trocken, aber auch nicht verregnet.«

»Das können wir uns nicht aussuchen«, meinte die Mutter.

Kaum hatten sie den Flur betreten, läutete das Telefon. Barbara hob ab.

»Es ist noch einmal die Christine«, flüsterte sie ihrer Tochter zu, die neben ihr stand. »Morgen? Ja, warum nicht? Ist vermutlich eh schlechtes Wetter. Ja, Christine, wir sind daheim. Ja, vielen Dank.« Barbara legte auf.

»Die Polen kommen morgen zum Huber-Hof, weil sie gerade in der Nähe arbeiten. Der Gregor Slezak, das ist der Cousin von Frederik, käme kurz bei uns vorbei. Er wäre frei diesen Sommer und könnte bei uns arbeiten.« Barbara hatte vor Aufregung ganz rote Wangen bekommen.

Beinahe wäre ich heute noch zu Leo gegangen, dachte Andrea, ich hätte Nägel mit Köpfen gemacht. Die vernünftige, bescheidene Andrea hätte über die stolze, von sich selbst eingenommene, ehrgeizige, gesiegt. Das Schicksal hat es anders gewollt. Zumindest sah es ganz danach aus.

4

Der Pole ließ auf sich warten, dafür kam der Kramer-Hans vorbei und brachte den Kostenvoranschlag. Andrea hatte schon nicht mehr daran geglaubt.

Erst will er unbedingt den Auftrag und dann lässt er sich wochenlang nicht blicken, hatte sie sich gesagt. Aber dass mit der Scheune etwas unternommen werden musste, war Andrea klar.

Der Kramer überreichte ihr nur den Kostenvoranschlag und war dann gleich wieder weg. Er musste noch zu einer Baustelle. Es pressierte ihm.

»Ich sag dir Bescheid, wann wir anfangen könnten«, rief er ihr zu, während er schon wieder zu seinem Kombi hinging. »Wie gesagt, die Sache ist nicht billig, aber ich würde dir wirklich zu Mondholz raten.« Damit war er weg.

Andrea öffnete den Umschlag und überflog den Kostenvoranschlag. »Der ist ja narrisch!«, entfuhr es ihr. »Das sind ja Apothekerpreise!«

Wieder kam ein Auto auf den Hof gefahren, es war wieder nicht der Pole, sondern Betty, die Schwester ihres Vaters und ihre Taufpatin.

»Wollt' nur mal nach dem Alex schauen und euch was fragen«, begrüßte sie Andrea. Sie blieb kurz stehen. »Außerdem hab' ich gehört, dass gestern der Christian da war. Aber mir sagt ja keiner was. Nicht einmal zu einem kurzen Grüß Gott hat er bei uns reingeschaut. Er hätte doch kurz vorbeikommen können, wenn ich von euch schon nicht zum Kaffee eingeladen werde«, maulte sie drauflos. »Fährt einfach an unserem Haus vorbei. Der Theo hat sich ganz schön geärgert. Ist er auf einmal so eingebildet, weil er ein Arzt wird, euer Christian?«

»Die Mutter hat vergessen, dir Bescheid zu sagen«, rechtfertigte sich Andrea, »und dass der Christian nicht bei dir vorbeigeschaut hat, dafür können wir nichts. Für uns hat er auch kaum noch Zeit.«

»Ist schon gut. Ich bin das ja gewöhnt, dass man den Theo und mich vergisst«, antwortete Betty scharf und rauschte weiter.

Andrea, den Kostenvoranschlag in der Hand, wandte sich dem Stadel zu, um das Ausmaß des Schadens noch einmal zu begutachten.

Sie stieß nun auch, so wie es der Kramer gemacht hatte, mit der Fußspitze gegen die Latten, und sie musste einsehen, dass die meisten tatsächlich ziemlich morsch waren. Aber 20000 Euro für einen neuen Stadel oder 30000, wenn man ihn mit Mondholz baute, das war dann aber doch zu viel. Wieder einmal blieb alles an ihr hängen. Die Mutter war in dieser Beziehung keine Hilfe, und der Vater lamentierte mit beiden Armen, wenn sie davon sprach, konnte ihr aber damit nicht konkret klarmachen, was er wollte.

Als sie gestern mit Christian darüber sprechen wollte, hatte dieser nur abgewinkt. »Das ist eure

Sache«, hat er leichthin gesagt, »mich geht der Hof nichts mehr an.« Er lebte nun in einer anderen Welt.

Es war wieder kalt geworden. Der Wind blies von Norden her. Von dem grauen, nebelverhangenen Himmel fiel feiner Sprühregen. Die Lichtung, die bei schönem Wetter einen bezaubernden Blick auf den Chiemsee bot, lag im Nebel. Die Fichten und Tannen zeigten sich düster und schwarz.

Andrea zog ihre Strickjacke enger an ihren schlanken Körper. Sie hatte rein gar nichts von den molligen Rundungen der Mutter geerbt. Ihre Brüste waren klein, die Hüften schmal. Mit ihrem dunkelbraunen gelockten Haar, das sie schon als Kind kurzgeschnitten trug, weil es sich nie zu Zöpfen bändigen ließ, war sie früher oft für einen Buben gehalten worden. Doch jetzt, mit 23 Jahren, war ihre Weiblichkeit zum Ausdruck gekommen.

Ich lass den Stadel abreißen und neu aufbauen, entschloss sie sich jetzt. Aber nicht zu diesem Preis. Da muss ich mit dem Kramer noch hart verhandeln.

Sie schlenderte über die mit Efeu bewachsenen Mauerreste der einstigen Scheunenauffahrt zurück zum Bauernhaus.

»Was möchtest du? Den alten Heuwender?«, hörte sie die Mutter gerade Betty fragen, als Andrea die Küche betrat.

Betty nickte. »Der muss doch irgendwo sein.« Sie blickte ihre Schwägerin herausfordernd an.

Die tut immer noch so, als ob ihr der Hof gehören würde und ich mich hier eingeschlichen hätte. Dabei hätte ich den Alex auch geheiratet, wenn er ein Schustergeselle oder ein Habenichts gewesen wäre. Ich wollte nie den Hof, ich wollte den Mann, dachte Barbara.

Doch Barbara war eine friedliebende Frau und ließ sich ihren Ärger nicht anmerken. Sie versuchte, mit ihrer Schwägerin auszukommen, auch wenn dies oft sehr schwer war und sie sich dazu überwinden musste.

»Weißt du, wo der alte Heuwender vom Großvater ist?«, fragte die Bäuerin nun ihre Tochter, als diese sich zu den beiden Frauen an den Tisch setzte.

»Ich denke, der steht irgendwo im Stadel ganz hinten, da bei dem anderen alten Gerümpel«, erwiderte Andrea. »Was willst du denn mit dem Heuwender?«, fragte nun auch sie ihre Tante erstaunt.

»Meinen Urlaubsgästen zeigen. Sie sollen sehen, wie früher gearbeitet wurde. Ich möchte ihn in den Garten stellen, hinten beim Komposthaufen, der so schön eingewachsen ist. Dort macht er sich gut«, entgegnete Betty selbstbewusst.

Sie war schon wieder beim Friseur, stellte Andrea fest. Betty hatte sich das Haar schneiden und kohlrabenschwarz färben lassen. Es ist ihr nicht klar, dass ihre Gesichtszüge dabei noch viel härter herauskommen, musste Andrea denken.

»Ja, dann müssen wir mal schauen, wo er ist«, meinte Barbara in ihrer gutmütigen Art. »Kannst du nachschauen, Andrea?«, wandte sie sich wieder an die Tochter, die immer noch mit dem modischen Haarschnitt ihrer Tante beschäftigt war.

»Kann ich schon machen.« Andrea wirkte zerstreut. »Der Stadel muss eh abgerissen werden, je weniger Gerümpel da ist, umso besser.«

»Ihr wollt den Stadel abreißen lassen?«, fragte Betty erstaunt. »Den schönen Stadel, den der Alex mit meinem Vater so mühsam gebaut hat. Er ist doch noch nicht alt.«

»Aber marode.« Andrea spürte, wie der Ärger auf die Tante langsam wieder in ihr hochstieg. Was bildet die sich eigentlich ein? Die tut so, als ob sie immer noch hier das Hausrecht hätte.

In diesem Moment hörten sie die schleppenden Schritte des Bauern, wie er schwer auf seinen Stock gestützt durch den Flur ging und dann in die Küche kam.

Er begrüßte seine Schwester nur flüchtig. Dabei war es ihm ausnahmsweise einmal recht, dass er nicht mehr viel sprechen konnte, denn er hatte schon früher nie recht gewusst, was er mit Betty reden sollte.

»W a…a r…d…e r…K r a m…e r d a…a?«, fragte er mühsam, er zog sich einen Stuhl heran.

»Ja«, erwiderte Andrea, »ist aber gleich wieder weg. Da schau her, das ist sein Kostenvoranschlag.« Sie schob dem Vater das Kuvert zu, das er langsam öffnete und dann die Aufstellung sorgfältig durchlas.

»H a a…« Er brachte nun kein Wort mehr heraus. Die Frauen sahen, wie sehr er sich aufregte.

»S…t i f t«, sagte er zu seiner Frau und sie holte ihm einen Kugelschreiber. »Halsabschneider«, schrieb er auf das Kuvert.

»Da hast du recht«, meinte Andrea. »Wenn der nicht um mindestens 5 000 Euro runtergeht, frag ich einen anderen Zimmerer.«

Alex nickte zufrieden und schob den Kostenvoranschlag weit von sich.

Betty kam sich plötzlich überflüssig vor. In Anwesenheit ihres Bruders traute sie sich nicht, so herrisch aufzutreten, auch wenn dieser von seiner Krankheit arg gezeichnet war.

»Ich wollte nur einmal schauen, wie es dir geht«, wandte sie sich an ihren Bruder, der daraufhin nur seufzend und resignierend mit den Schultern zuckte.

»Es ändert sich nichts mehr«, bemerkte Barbara, »wir müssen froh sein, wenn es so bleibt. Er kann gehen, wenn auch langsam und mühsam, braucht aber sonst kaum Hilfe.«

»Um die Hühner kümmerst du dich jeden Tag, nicht wahr, Papa?«, fügte Andrea augenzwinkernd hinzu. »Die haben es wirklich gut bei dir.«

»Na, dann ist ja alles in Ordnung.« Betty lehnte sich in ihrem Stuhl zurück und zupfte ein wenig an ihrem Haar herum.

»Warst' beim Friseur?«, fragte Barbara.

»Ja, gefällt dir der neue Haarschnitt?«

»Ein wenig kurz, oder? Aber er steht dir«, log die Schwägerin. Das raspelkurze Haar lässt ihre lange Hakennase noch stärker hervorspringen, dachte sie dabei insgeheim.

»Die Betty ist gekommen, weil sie den alten Heuwender braucht«, erklärte Andrea, sie sah zu ihrem Vater hin, »der müsste doch im Stadel sein. Ganz hinten in einer Ecke, oder nicht?«

Alex nickte.

»Gut, dann geh ich wieder.« Betty erhob sich. »Heute kommen die Hamburger. Kann sein, dass sie schon nachts losgefahren sind, dann sind sie mittags da. Da muss ich daheim sein.«

»Kommen die immer noch, auch wenn die Frau vom Kramer-Hans weg ist?«, fragte Barbara erstaunt.

»Freilich. Die stehen ganz auf der Seite vom Hans. Ist doch auch klar. Schließlich ist die Britta dem Hans davongelaufen. Es ist ja nicht so, dass er die Trennung wollte.« Betty stand schon an der Tür, als sie dies sagte. »Die Hansen haben auch gar keinen Kontakt mehr zur Britta. Aber der Hans soll froh sein, dass er sie los ist. Die hat doch nur sein Geld ausgegeben und nichts gearbeitet.«

»So, so«, meinte Barbara nur.

»Also, kann ich mich dann darauf verlassen, dass ihr mir den alten Heuwender bringt? Ich kann ihn nicht holen«, kam Betty auf den Zweck ihres Besuches zurück.

Andrea erhob sich. »Warte einen Moment! Ich muss erst nachsehen, ob er wirklich noch da ist. Markus hat doch die alten Geräte verscherbelt.«

»Gut, dann schau nach.« Betty winkte den Bauersleuten zu. »Servus«, sagte sie und war draußen.

Barbara und Alex waren froh darüber.

»Die stiftet immer Unfrieden«, sagte die Bäuerin. »Als sie kam, hat sie mir gleich vorgehalten, dass ich sie gestern nicht zum Kaffee eingeladen habe. Aber sie lädt mich nie ein. Da schon eher den Kramer-Hans und diese Hamburger. Da könnte ich auch beleidigt sein.«

Alex nickte und in seinen Augen lag eine sanfte Zärtlichkeit, als er zu seiner Frau hinblickte. »Z u g u t…b i s…t…d u…z u i…h r«, bemerkte er stotternd.

Wenn er mit Barbara allein war, fiel ihm das Sprechen leichter, er bekam Sätze hervor, die er in Anwesenheit anderer Leute nicht herausbrachte.

»Es hilft ja nichts«, erwiderte Barbara seufzend. »Wir müssen miteinander auskommen. Ich will keinen Streit in der Familie. Und so oft kommt sie ja nicht. Eigentlich bin ich ganz froh, dass sie mich nie zum Kaffee einlädt, dann muss ich auch nicht hin, wenigstens nicht so oft. Wenn ich im Oktober Geburtstag habe, komme ich sowieso nicht darum herum, sie einzuladen. Den Theo mag ich eigentlich ganz gern, auch wenn er zum Lachen in den Keller geht. Zumindest ist er nicht falsch und mischt sich nicht in Angelegenheiten, die ihn nichts angehen.«

Draußen fuhr ein Auto vor. Alex, der auf der Eckbank beim Fenster saß, drehte sich langsam um. Sein Gehör war besser als das seiner Frau. Auch seine Augen ließen nichts zu wünschen übrig. Auf die Weite sah er noch wie ein Adler, nur zum Lesen brauchte er eine leichte Brille.

»W e r… i s… d e n n… d a… s?«

Barbara trat nun auch ans Fenster. »Ein polnisches Kennzeichen«, stellte sie fest. »Das wird der Pole sein, von dem ich dir schon erzählt habe, der Andrea bei der Ernte helfen soll. Die Huber-Bäuerin hat ihn mir vermittelt.«

Alex runzelte argwöhnisch die Stirn, aber er sagte nichts dazu.

Betty war gerade mit einem zufriedenen Gesichtsausdruck vom Hof gefahren, als das polnische Auto bei der Koppel parkte. Andrea stand vor der Haustür. Sie hatte das fremde Fahrzeug auch bemerkt. Sie blieb stehen und wartete darauf, was nun geschehen würde. Das ist der Pole, dachte sie ein wenig aufgeregt.

Gregor Slezak, nicht ganz so groß wie Christian, schlank, gutaussehend, kam mit elastischen Schritten auf sie zu.

Ein Mann, auf den die Frauen stehen, ging es ihr unwillkürlich durch den Kopf.

Der Pole stellte sich höflich vor. Sie erkannte gleich, dass er Manieren besaß, kein einfacher und ungehobelter Landarbeiter war.

»Ich komme gerade vom Huber«, erklärte er. »Dort wurde mir gesagt, dass Sie für diesen Sommer einen Erntehelfer bräuchten.«

Andrea war überrascht, dass er so gut deutsch sprach. Auch das hatte sie nicht erwartet.

»Erst im Sommer«, stellte sie richtig. »Aber kommen Sie doch bitte erst einmal herein.«

Gemeinsam ging sie mit ihm in die Küche. Mit einem amüsierten Lächeln hatte sie bemerkt, dass sich ihre Eltern gerade vor Neugier die Nasen am Fenster plattgedrückt hatten.

Inzwischen saßen sie erwartungsvoll am Tisch. Der Bauer mit einer tiefen, misstrauischen Falte auf der Stirn, die Bäuerin neugierig, gespannt und sehr rot im Gesicht.

Gregor begrüßte die Eltern mit einem festen Handschlag und stellte sich in einwandfreiem Deutsch vor.

»Woher können Sie so gut deutsch?«, fragte Barbara sofort, sie bot ihm einen Stuhl und etwas zu trinken an. Er setzte sich, hatte aber keinen Durst.

»Meine Vorfahren waren Deutsche. Wir sprachen in unserer Familie immer deutsch. Ich stamme aus Ratibor, einer Stadt im damaligen Oberschlesien. Meine Verwandten lebten schon immer in der Gegend von Ratibor und Gleiwitz.«

»Aber Sie haben einen tschechischen Namen, oder?«, bemerkte Barbara lebhaft.

»Wie das halt so ist. Man vermischt sich allmählich«, erklärte Gregor lächelnd. »Aber ich bin wegen der Stelle hier und nicht wegen meines Stammbaums«, fügte er schmunzelnd hinzu.

»Ich kann Sie erst im Sommer brauchen«, sagte Andrea. Sie versuchte dabei, ihrer Stimme einen gleichgültigen, ja sogar herablassenden Tonfall zu geben, denn sie merkte, dass sie dieser Mann nicht kalt ließ. Das hatte sie auf den ersten Blick verspürt.

»Schade, ich hätte jetzt schon Zeit. Aber es ist kein Problem. Ich arbeite zurzeit in München auf einer Großbaustelle. Obwohl ich dort nicht gerne bin, werde ich es schon noch eine Zeit lang aushalten.«

»Haben Sie einen Beruf erlernt?«, nahm Andrea ihn weiter ins Kreuzverhör.

Gregor wunderte sich, dass der Bauer gar nichts sagte, sondern die junge Frau, die vermutlich die Tochter war, hier das Wort führte. War sie wirklich so überheblich oder tat sie nur so?

»Ich will die Karten offen auf den Tisch legen«, antwortete er, auf seiner geraden Stirn zeichneten sich nun schwere Gedanken ab. »Ich habe Schulden, die muss ich zurückzahlen. Je eher ich schuldenfrei bin, umso besser. In Deutschland verdiene ich viel mehr als in Polen. Und um auf Ihre Frage nach meinem Beruf zurückzukommen: Ich habe bis letztes Jahr als selbständiger Bauunternehmer gearbeitet. Ich habe Holzhäuser konstruiert und gefertigt. Leider ging die Firma in Konkurs.«

»Aber warum denn das?«, fragte Barbara bestürzt, ihr tat dieser junge Mann jetzt schon leid, obwohl sie ihn kaum zehn Minuten kannte.

Der kann uns alles erzählen, dachte Alex hingegen skeptisch.

Andrea glaubte ihm. Aber warum ging seine Firma pleite? Das konnte viele Gründe haben. Gregor könnte unschuldig daran sein. Sie würde ihn später einmal danach fragen.

»Wenn Sie Holzhäuser gebaut haben, dann sind Sie ja gelernter Zimmerer und haben von der Landwirtschaft nicht wirklich viel Ahnung«, bemerkte Andrea. Ihre dunklen Augen wanderten dabei zum Vater hin, der etwas sagen wollte, es jedoch nicht herausbrachte.

»Mein Vater hat vor knapp zwei Jahren einen Schlaganfall erlitten«, erklärte sie, als sie Gregors verwunderten Blick bemerkte, der an dem Bauern hängen blieb.

»Das tut mir leid«, bemerkte der Pole wirklich betroffen.

»Nun hängt fast alles an mir«, erklärte Andrea seufzend.

»Möchten Sie nicht doch ein Glas Limo oder ein Bier?«, fragte Barbara, nach einer kurzen, etwas peinlichen Stille.

»Dann ein Glas Wasser, bitte«, antwortete Gregor höflich.

Er hat wirklich Manieren, fuhr es Andrea wieder durch den Kopf.

Er macht einen guten Eindruck, dachte der Bauer, der Argwohn in seinen grauen Augen verflüchtigte sich etwas.

Andreas Blick fiel zufällig auf den Kostenvoranschlag, der offen auf dem Tisch lag. Sie hatte plötzlich eine Idee: »Sie könnten schon eher bei uns anfangen, haben Sie gesagt?«, wollte sie noch einmal wissen.

»Ja, schon nächste Woche. Ich habe keinen festen Arbeitsvertrag und es gefällt mir auch nicht besonders in München.« Er warf ihr aus seinen hellen Augen, die einen interessanten Kontrast zu seiner braunen Haut boten, einen fragenden Blick zu.

»Und Sie sind gelernter Zimmerer?« Andrea war von ihrer Idee immer stärker angetan. Der Kramer-Hans kann mich gern haben, dachte sie, dieser Wucherer.

»Könnten Sie auch einen Holzstadel bauen?«

»Wenn ich Wohnhäuser bauen kann, dann kann ich auch einen einfachen Stadel bauen«, erwiderte er spöttisch.

Andrea ignorierte seinen Sarkasmus. Ihr Blick fiel wieder auf den Kostenvoranschlag. Die Eltern hatten inzwischen verstanden, um was es ging. Sie wussten nicht, was sie davon halten sollten.

»Aber das ist Schwarzarbeit«, wandte die Mutter schließlich ein. »Wir bräuchten auch einen Plan und eine Genehmigung. Das hätte der Kramer alles erledigt.«

Alex fuchtelte mit den Armen und schüttelte den Kopf. »N…e i n…« stieß er aufgeregt hervor.

»Nein?« Andrea verstand ihren Vater nicht. Warum regte er sich so auf? Schließlich war es nur ein Vorschlag, wenn die rechtlichen Bestimmungen nicht eingehalten werden konnten, dann ging es halt nicht.

»S…t i f t«, stotterte der Bauer.

Barbara eilte zum Küchenschrank und holte Papier und Kugelschreiber.

»*Keine Genehmigung, kein Plan, da bestehendes Gebäude*«, schrieb der Vater auf, er schob Andrea den Zettel zu.

»Ja, super«, bemerkte Andrea erleichtert.

»Trotzdem ist es Schwarzarbeit«, wandte Barbara vorsichtig ein. »Wenn uns da einer anzeigt.

Und ich wüsste da auch schon wer. Da steht der Kramer ganz oben auf der Liste.«

»Er kann gar nichts machen, wenn ich Herrn Slezak sofort als landwirtschaftlichen Helfer einstelle und ordnungsgemäß für ihn Steuern bezahle und ihn versichere«, konterte Andrea.

Gregor schwieg zu allem. Er dachte nur daran, dass er die Großbaustelle in München lieber heute als morgen verlassen würde. Hier auf dem Land gefiel es ihm. Und eine Scheune zu bauen, wäre mal wieder etwas ordentliches, als auf dieser lauten Baustelle den ganzen Tag Hilfsarbeiten zu verrichten. Aber er brauchte das Geld, schlecht bezahlt wurde er nicht in München.

Alex nickte zufrieden. Er war einverstanden.

Die Mutter hatte jedoch ein ungutes Gefühl bei der Sache. Der Kramer-Hans wird sich furchtbar darüber aufregen, dachte sie. Ob das gut ist? Er hat ja schon fest mit dem Auftrag gerechnet. Aber ein Kostenvoranschlag ist natürlich eine unverbindliche Sache, überlegte sie unsicher.

»Würden Sie uns den Stadel bauen?« Aus Andreas dunklen Augen war nun alle Überheblichkeit verschwunden.

Sie hat sich also nur verstellt, als sie die Überhebliche spielte, schoss es Gregor durch den Kopf. Warum auch immer, jetzt gibt sie sich, wie sie wirklich ist. Laut meinte er: »Ich denke schon. Soviel ich gesehen habe, besteht noch ein alter Stadel, der gehört vermutlich abgerissen. Frederik könnte mir bei der Arbeit helfen. Allein schaff' ich es nicht.«

»Wenn das ginge?«

»Dem steht nichts im Wege. Beim Huber brauchen sie ihn ja noch nicht.«

»Wir könnten uns den Stadel einmal ansehen«, schlug Andrea vor.

Gregor nickte und sie gingen hinaus.

Wieder drückten sich die Bauersleute die Nasen an der Fensterscheibe platt, als Andrea mit dem Polen über den Hof zur Tenne hinging.

»Was hältst du denn von dem?«, fragte Barbara ihren Mann.

»G…u…t, e h…r…l i…c h, de…n…ke…i c h«, erwiderte Alex beruhigt. Er hatte keine Vorurteile mehr gegen den Fremden.

»Er macht also auf dich einen guten Eindruck«, stellte die Bäuerin fest und wandte sich vom Fenster ab.

Der Bauer nickte und sank schwerfällig auf die Bank zurück. Er nahm sich noch einmal den Kostenvoranschlag vor. Am liebsten hätte er ihn zerrissen. Aber vielleicht brauchte ihn der Pole noch. Der Kramer hatte den Holzverbrauch schon berechnet.

»Mein Gott, gleich zwölf Uhr!«, rief die Bäuerin aus. »Ich muss mit dem Kochen anfangen.«

Während sie die Kartoffeln schälte, hing sie ihren Gedanken nach. Christian hat sich verändert, dachte sie, und Markus stiehlt sich aus der Verantwortung. Wenn er nicht in die Heimat zurückkommt, werde ich den Alex überreden, dass er Andrea den Hof überschreibt. Schließlich kümmert sie sich jetzt um alles. Vielleicht überlegt sie es sich und lässt ihre Pläne, als Mode-Designerin zu arbeiten, doch fallen und wird noch eine gute Bäuerin. Das Zeug dazu hat sie. Sie wächst allmählich richtig hinein. Sie ist tüchtig und rührig. Wie ihr das mit dem Stadel gleich in den Sinn gekommen ist! Bin gespannt, ob der Pole ihn baut. Aber was wird der Kramer dazu sagen? Der wird schön verärgert sein. Aber was kümmert mich dieser Mann, der mich kaum grüßt, wenn er mich im Dorf sieht, überlegte sie weiter. Wir sparen uns sicher eine Menge Geld, wenn der Pole das macht.

Nach einer halben Stunde standen Andrea und Gregor wieder in der Küche.

»Die Sache ist geritzt«, sagte die Tochter und ihre dunklen Augen blitzten Gregor an. »Der Herr Slezak baut ihn. Er wird seinen Cousin bitten, dass er ihm dabei hilft. Übrigens«, sie sah Gregor verschmitzt an, »auf einem Bauernhof gibt es kein ›Sie‹. Ich bin die Andrea und meine Eltern heißen Barbara und Alex.«

»Gut, einverstanden«, grinste Gregor, »dann duzen wir uns gleich, ich bin der Gregor.«

»Er wird schon am Montag anfangen. Wir haben auch das Finanzielle schon geregelt. 2000 Euro im Monat, Kost und Unterkunft frei. Ich denk' mir, ihr seid damit einverstanden«, wandte sie sich selbstbewusst an die Eltern.

Gregor schien es fast ein bisschen peinlich zu sein, wie schnell und konsequent die Bauerntochter die Sache in die Hand nahm. Natürlich war ihm alles recht. Der Lohn war in Ordnung. Zwar zahlte sie weniger, als er in München bekam, aber dafür hatte er hier keine Unkosten und musste keine so hohe Miete bezahlen. Und er konnte in seinem erlernten Beruf arbeiten, war endlich kein Hilfsarbeiter mehr.

»Ja, freilich sind wir einverstanden, stimmt doch, Alex?«, wandte sich die Bäuerin nun an ihren Mann.

Alex nickte schmunzelnd. Sein Misstrauen war nun völlig verschwunden. Er vertraute diesem Mann, der so gut deutsch sprach und weder untertänig noch großspurig wirkte. Es gefiel ihm auch, dass er gleich so ehrlich gewesen war und seine Firmenpleite erwähnt hatte. Die wenigsten hätten das sofort zugegeben.

»Möchten Sie ... ich meine, möchtest du mit uns Mittagessen?«, fragte Barbara. »Es gibt etwas schnelles: Schweinswürstchen mit Sauerkraut und Kartoffeln.«

Doch Gregor lehnte dankend ab. »Ich muss jetzt gleich nach München zurück und meinen Job kündigen. Ich bin dann am Montag pünktlich zur Stelle. Dann werde ich erst einmal abmessen und das Holz berechnen. Bei wem wollt ihr es bestellen?«

»Ich denke beim Kramer-Ignaz, dem Bruder vom Hans. Der hat eine Säge. Dort wird bei uns im Dorf allgemein das Holz gekauft«, meinte Barbara, sie legte ihren Kartoffelschäler für einen Moment zur Seite.

»Auf gar keinen Fall bei dem«, widersprach Andrea. »Nein, da suchen wir uns ein anderes

Sägewerk. Der Ignaz ist der größere Gauner, schlimmer noch als der Hans.«

»Wenn ich es bei uns in Polen kaufen würde, käme der Stadel noch billiger. Der Transport würde sich locker rentieren. Auch Mondholz gibt es bei uns zu kaufen«, schlug Gregor vor.

Andrea und die Mutter blickten skeptisch.

»Ihr könnt es euch ja noch überlegen«, meinte Gregor.

»Das Holz ist schon berechnet«, erklärte Andrea und zeigte dem Zimmerer den Kostenvoranschlag. »Hier, alles genau aufgeführt: die Latten, die Balken für den Heuboden, die Ziegel.«

Gregor studierte Menge, Holzqualität und Preise. Auch einen Grundriss hatte der Kramer seinem Angebot beigefügt. »Das ist meiner Meinung nach zu viel Material. Ich werde es selbst noch einmal berechnen.«

»Er hat zu viel berechnet?«, fragte Andrea und biss sich dabei auf die Lippen. Wollte der Kramer sie denn völlig übern Tisch ziehen? Hat er sich gedacht: Mit einer Bäuerin, die davon nichts versteht, einem Bauern, der seit einem schlimmen Schlaganfall behindert ist, und einer Tochter, die auf der Modeschule war, kann er machen, was er will?

»Ja, Gregor, berechne es bitte noch einmal. Und es wäre sicher gut, wenn wir das Holz aus Polen beziehen. Warum sollen wir mehr Geld ausgeben als notwendig ist. Wir werden es den Kramers schon zeigen. Ich habe diese Leute nie gemocht. Geldgierig sind diese beiden Brüder, alle zwei.«

»Aber Andrea! Halt dich ein bisschen zurück. Vielleicht tust du dem Hans Unrecht«, versuchte Barbara ihre Tochter zu beschwichtigen. Andererseits freute sie sich über deren Unternehmungsgeist. Bisher hatte sie immer geglaubt, sie arbeitete nur auf dem Hof, weil sie musste.

Gregor grinste, weil sich Andrea so ereiferte. Er lernte in kurzer Zeit immer mehr Eigenschaften an ihr kennen, dieses Mal ihre Impulsivität. Er verabschiedete sich schließlich mit festem Händedruck. Als er Andrea die Hand gab, blitzten seine hellen Augen auf.

Sie fing diese Funken auf und gab sie zurück. Die Chemie stimmt schon einmal zwischen uns, dachte Andrea vergnügt. Sie hatte sich schon lange nicht mehr so wohlgefühlt auf dem elterlichen Hof.

5

Gregor Slezak kam am Montag, wie vereinbart, gegen Mittag an. Mutter und Tochter hatten ihm das Zimmer von Markus hergerichtet, weil es einen Balkon hatte und die Fenster nach Süden zeigten. So hatte er einen schönen Ausblick. Markus' persönliche Gegenstände verstauten sie zwischenzeitlich in der Abstellkammer.

Die nächsten Wochen verliefen für Andrea wie im Traum. Sie hatte sich schon lange nicht mehr so froh gefühlt, so unbeschwert. Die ehrgeizige Andrea, die noch vor gar nicht allzu langer Zeit eine Karriere als Trachtenmoden-Designerin angestrebt hatte, verblasste hinter der vernünftigen, die ihre Pflichten auf dem Hof nun voll Freude erledigte. Es fiel ihr plötzlich alles so leicht. Sie fühlte sich beschwingt und voller Tatendrang. Es war auf einmal so einfach, vernünftig zu sein.

Sie wusste, das lag an Gregor. Wie er dazu stand, war ihr allerdings unklar. Sie begnügte sich damit, ihn jeden Tag zu sehen, ihm die Brotzeit auf die Baustelle zu bringen, ihm zu helfen, wenn Not am Mann war und sie Zeit hatte.

Sie wuchs über sich hinaus, hatte viel mehr Kraft als vorher. Sie half ihm beim Ausschneiden der Winkel, legte mit ihm die Balken für den Heuboden. Sie stellte sich sehr geschickt dabei an.

Nach getaner Arbeit, saßen sie dann oft noch eine Stunde auf irgendeinem Bretterstapel und unterhielten sich. Meist über die Arbeit, das Wetter oder die Landschaft, von der Gregor so begeistert war. »Bei uns in Ratibor ist es auch schön, aber so schön wie hier dann doch nicht«, musste er zugeben.

Ihre Gespräche waren harmlos.

»Gehören die Pferde euch?«, fragte er sie einmal, als Frau Weber mit ihrer Tochter gerade auf den Hof fuhr und Gregor zu ihnen hinsah.

»Nein, jetzt nicht mehr. Wir hatten früher fünf Warmblüter und das Pony noch dazu. Christian und Markus sind Pferdenarren. Ich weniger, ich fahre lieber mit meinem Radl durch die Gegend. Als Markus dann auch den Hof verließ, verkauften wir drei Pferde an die Lehrerfamilie, drei gingen an ein Gestüt außerhalb. So haben wir Wotan, Belinda und Goldi noch in ›Pension‹ auf dem Hof.«

Gregor lächelte, er wandte sich wieder von der herben Frau und ihrer oft so aufreizend lachenden Tochter ab. Er hatte sehr wohl bemerkt, wie die 17-Jährige ihm jedes Mal kokette Blicke zuwarf, wenn sie mit ihrem Pony zufällig – oder wahrscheinlich auch weniger zufällig – an ihm vorbeiging oder -ritt.

»Da unten, die drei Häuser, die stehen erst seit gut zehn Jahren. Als ich ein Kind war, hatte man von unserem Hof aus noch einen völlig freien Blick auf den Chiemsee. Da standen die Bäume noch nicht so hoch. Die Grundstücke gehörten alle zu unserem Anwesen. Zwei wurden an Fremde verkauft, das andere Grundstück bekam meine Tante.« Andrea deutete zu den schönen großen Häusern hin und Gregor folgte ihrem Blick.

»Warum hast du den Stadel eigentlich von mir bauen lassen?«, fragte er sie, weil ihn diese Tatsache in letzter Zeit beschäftigte. »Entschuldige, wenn ich das sage, aber ihr hättet es euch doch locker leisten können, den Auftrag der Zimmerei Kramer zu geben.«

»Freilich hätten wir das bezahlen können«, bestätigte Andrea leichthin. »Aber wenn man sich Geld sparen kann …«, sie zog die Schultern hoch und schaute vergnügt vor sich hin, »warum also nicht …«

Gregor betrachtete sie schmunzelnd, wurde dann aber wieder ernst. Die Sonne schien ihm ins Gesicht, er wischte sich ein paar Schweißperlen von der braunen Stirn.

Und dann gibt es da noch einen anderen Grund, der mir zuerst gar nicht klar war, dachte sie und sah ihn an. Kann er sich das nicht denken? Merkt er denn gar nicht, wie gut er mir gefällt? Andrea hing förmlich an seinem Gesicht. Eine leise Sehnsucht lag dabei in ihren Zügen, doch er schien dies nicht zu bemerken, oder er wollte es nicht bemerken. Enttäuscht stand sie auf.

»Ich muss jetzt wieder gehen. Ich muss aufs Maisfeld, solange es so sonnig und trocken ist. Das Unkraut muss weg«, erklärte sie ihm ernüchtert. »Es trocknet jetzt gut und kann sich nicht mehr vermehren.«

Er nickte nur, ohne zu antworten. Sein Blick schweifte über die Landschaft. Sie stand auf und ging einfach weg.

Eine Viertelstunde später sah Gregor Andrea mit dem Bulldog und dem Zinkenstriegel vom Hof fahren. Er sah ihr grübelnd nach. Habe ich irgendetwas falsches gesagt?, fragte er sich. Bedeutet sie mir etwas? Bedeute ich ihr denn etwas? Das wäre nicht gut. Das kann nicht gut sein, sinnierte er weiter. Dann nahm er seine Arbeit wieder auf.

Andreas Enttäuschung dauerte jedoch nur ein paar Tage an, dann kam sie wieder auf die Baustelle, wenn sie Zeit hatte. Und als er sie fragte, ob sie ihm beim Winkelschneiden helfen könnte, weil Frederik heute nicht da wäre, erklärte sie sich sofort dazu bereit. Ihre Hände berührten sich dabei oft. Diese Berührungen elektrisierten sie und ihr Herz schlug schneller. Er betrachtete sie nach diesen Berührungen oft mit einem eigentümlichen Blick, doch immer nur ganz kurz, dann wandte er sich gleich wieder gewissenhaft und genau seiner Arbeit zu.

Andrea war wieder versöhnt. Sie wusste nun, dass sie ihm nicht gleichgültig war, auch wenn er ihr das nicht direkt zeigte, gleich gar nicht sagte. Warum er sich so zurückhielt, konnte sie sich nicht erklären.

Durchsichtig wie Glas waren diese Tage. Die Berge ganz im Süden, auf der österreichischen Seite, zeigten sich noch immer schneebedeckt. Es war, als ob die Natur ihre Adern öffnen würde.

Eigentlich ist es schade, wenn der Stadel bald fertig wird, dachte sie manchmal, denn die Arbeit ging rasch voran. Es hatte sich gleich abgezeichnet, dass Gregor sehr tüchtig war und etwas von seinem Handwerk verstand. Aber ich werde ja noch viel öfter mit ihm zusammen sein, wenn wir gemeinsam auf dem Feld arbeiten, überlegte Andrea weiter. Sie freute sich auf diese Zeit. Doch bis dahin war es noch eine Weile hin. Vielleicht, so hoffte sie, würde er ihr dann zeigen, dass auch er sie mochte.

Sie fragte sich oft, ob er eine Freundin hatte, die ihn bis jetzt daran hinderte, schließlich war er schon Ende 20. Er konnte natürlich gerade solo sein. Diese Frage ließ ihr keine Ruhe. Sie gestand sich ein, dass sie in Gregor nicht nur flüchtig verliebt war, sondern dass er ihr inzwischen viel bedeutete. So ein Gefühl hatte sie Leonhard selbst am Anfang ihrer Beziehung nie entgegenbringen können. Sie dachte kaum mehr an den Bauern, den sie von Kindheit an kannte, der ganz in ihrer Nähe wohnte. Das schlechte Gewissen, das sie ihm gegenüber noch gehabt hatte, war verschwunden. Sie sah ihn auch kaum noch. Und wenn sie ihm begegnete, blieb sie völlig gelassen.

Sie ahnte nicht, dass im Dorf über sie geredet wurde. Der Kramer-Hans, der sich furchtbar darüber geärgert hatte, dass Andrea ihm den Bauauftrag nicht erteilte und den Stadel nun von einem »dahergelaufenen Polen«, so wie er sich ausdrückte, bauen ließ, zog im ganzen Dorf über die junge Bauerntochter her.

Es war an einem lauen Abend Ende Juli, als Andrea und Gregor nach getaner Arbeit noch ein wenig auf der Baustelle zusammensaßen. Der Stadel wuchs und bald würde das Dach draufkommen.

Gregor hatte so eine Andeutung gemacht, dass er nach Fertigstellung des Baus für ein paar Tage nach Hause fahren würde. Er hätte noch einiges zu erledigen und wollte auch seine Mutter besuchen, die er lange nicht mehr gesehen hatte.

»Nur deine Mutter?«, fragte Andrea scherzhaft und versuchte, dabei ihrer Stimme einen betont harmlosen Tonfall zu verleihen. Ich will jetzt wissen, sagte sie sich, ob er eine feste Freundin hat. Warum hält er sich sonst so zurück? Ich habe ihm doch mehr als einmal zu verstehen gegeben, wie sehr ich ihn mag.

Er fiel nicht in ihren gespielt scherzhaften Tonfall ein. Er runzelte vielmehr die Stirn. »Ich weiß, worauf du hinauswillst«, begann er mit fester Stimme zu sprechen: »Ich war fünf Jahre mit einer Frau zusammen. Wir haben uns vor einem Jahr getrennt. Sie war die Schwester meines früheren Teilhabers. Wir haben uns die letzten drei Jahre unserer Beziehung sowieso nur selten gesehen, weil ich viel in Zakopane gearbeitet habe. Doch wenn wir dann zusammen waren, vor allem im letzten Jahr, bevor es dann endgültig auseinanderging, haben wir uns nur gestritten. Damals ging es mit unserer Firma schon bergab. Anastasia gab allein mir, und nicht ihrem nichtsnutzigen Bruder, der uns das alles eingebrockt hatte, die Schuld daran.« Zorn mischte sich nun in seine Stimme, als er wieder einmal an das alles dachte.

Andrea legte ihm begütigend und schweigend die Hand auf die Schulter. Sie wollte gar nichts Näheres wissen. Er ist also frei, dachte sie nur, das ist die Hauptsache. Irgendwann wird er zu mir finden, wird erkennen, dass ich ihn liebe. Hatte sie ihn verlassen? Litt er darunter?, fragte sie sich dann gleich wieder besorgt. Er sieht plötzlich so traurig aus. Die Freude, die sie gerade empfunden hatte, bekam einen Dämpfer.

»Karel war ein tüchtiger Zimmerer, sonst hätte ich die ganze Sache ja gar nicht mit ihm aufgezogen. Doch er war unzuverlässig, trank auch und rauchte wie ein Schlot. Wenn er wieder einmal am Sonntag in einer Kneipe versackte, stand ich am nächsten Tag allein auf der Baustelle. Wir konnten die Häuser nicht mehr termingerecht fertigstellen, bekamen Schwierigkeiten mit den Bauherren. Mit einem unserer Kunden kam es dann schließlich zu dem Prozess, der uns völlig ruinierte. Karel tauchte unter. Ich weiß bis heute nicht, wo er ist. Er ließ mich mit den Schulden sitzen. Aber ich werde ihn schon noch finden.« Gregor seufzte tief und nahm dann einen Schluck Bier aus seiner Flasche, die er sich nach Feierabend gerne einmal gönnte. »Aber reden wir von etwas anderem. Wenn ich daran denke, rege ich mich bloß wieder auf.«

Andrea hatte ihm schweigend, aber aufmerksam zugehört. »Das tut mir alles schrecklich leid für dich«, murmelte sie dann. »Jeder Rückschlag enthält ein Samenkorn des Erfolges, sagt man bei uns so schön.«

»Ich gebe auch nicht auf. Ich will mich wieder selbständig machen«, antwortete er sinnierend.

»Erzähl mir doch bitte mehr von deiner Familie, Gregor. Ich finde es noch immer beeindruckend, dass du so gut deutsch sprichst.«

»Meine Vorfahren waren ja Deutsche, wie du weißt. Der Urgroßvater heiratete 1940 eine Polin, eine Apothekerin. Er war auch Apotheker. Als dann nach dem Krieg die meisten Deutschen Oberschlesien verließen, blieb er. Die Apotheke lief gut, selbst mit dem deutschen Namen.

»Aber du heißt Slezak«, wandte Andrea ein.

»Ja, mein Großvater hieß noch Müller. Aber meine Mutter heiratete einen Polen und nun heißen wir Slezak. Aber die Eltern sind geschieden. Frederik, mein Cousin, heißt auch Slezak.«

Er hatte die unangenehmen Erinnerungen verdrängt, seine Stirn hatte sich wieder geglättet und lachte nun. »So ist das. Die Politiker entscheiden über Grenzen und Volkszugehörigkeit und wirbeln alles durcheinander. Das Volk muss sich dann irgendwie reinfinden.«

»Ich habe irgendwann einmal von Oberschlesien im Geschichtsunterricht gelernt«, erwiderte sie. »Aber ehrlich gesagt, hat mich Geschichte nie sonderlich interessiert. Jetzt, nachdem ich dich kennen gelernt habe, würde ich in der Schule wahrscheinlich besser aufpassen«, fügte sie mit weicher Stimme hinzu.

Er sah sie lächelnd an, in seinem gebräunten, markanten Gesicht zeigten sich dabei kleine Fältchen. Er nahm ihre Hand und drückte sie.

»Ich wollte dich noch etwas fragen, was mir aufgefallen ist«, begann sie zögernd.

»Nur heraus mit der Sprache. Ich habe nichts zu verbergen.«

»Du gehst fast jeden Sonntag in die Kirche. Da liege ich noch im Bett. Ich bin so gar keine Kirchgängerin. Warum machst du denn das?«

Er zuckte mit den Achseln. »Vielleicht aus Scheinheiligkeit«, erwiderte er und warf ihr dabei einen teils herausfordernden, teils scherzhaften Blick zu.

»Das glaube ich nicht. Du bist nicht scheinheilig. Ich glaube vielmehr, dass du das wirklich aus Überzeugung tust.«

Die kleinen Fältchen um seine hellgrauen Augen verschwanden wieder, er wurde ernst.

»Wir Polen sind ein ziemlich gläubiges Volk. Besonders wir Oberschlesier haben uns stets zu Gott und der Natur hingezogen gefühlt.« Er bemerkte dies sachlich, keineswegs bigott.

Er ist ganz etwas Besonderes, musste sie denken. Das habe ich sofort gesehen, deshalb habe ich mich auch in ihn verliebt. Sie verglich ihn nun mit Leonhard, der ihr im Gegensatz zu diesem Mann nun schrecklich langweilig vorkam.

»Aber jetzt lass uns ins Haus gehen, deine Mutter wartet bestimmt schon mit dem Abendessen auf uns.« Er zog seine Hand zurück und wollte sich erheben, aber sie blieb sitzen.

»Ach, das habe ich dir gar nicht erzählt. Sie ist heute gar nicht da. Die Eltern sind gleich nach dem Stall noch zu Bekannten gefahren. Es kann später werden. Wir müssen uns selber kümmern. Hast du schon Hunger?« Ihre dunklen Augen blitzten ihn schelmisch an.

»Ich werde es schon noch eine Weile aushalten«, erwiderte er, obwohl ihm bereits der Magen knurrte.

Andrea dachte kurz nach. Sie war so lange nicht mehr zum Essen ausgegangen. Sie liebte die Pizzeria im Dorf. Dort war sie früher oft mit Freundinnen gewesen und auch mit Leonhard. Aber jetzt schon lange nicht mehr.

»Magst du Pizza?«, fragte sie ihn spontan.

Er warf ihr einen verwunderten Blick zu. »Freilich, ich schwärme dafür. Hast du eine in der Tiefkühltruhe?«

Andrea erhob sich langsam. Sie streifte sich ihre Jeans glatt. »Nein«, antwortete sie, »aber ich möchte auch gar nicht daheim essen, sondern mit dir nach Seebruck ins Restaurant fahren.«

Gregors Gesicht überschattete sich etwas. »Du willst mit mir in Seebruck in ein Restaurant gehen?«

»Warum nicht? Was spricht dagegen?«, rief sie aus. Was ist denn jetzt schon wieder los mit ihm?, dachte sie unwillig.

Er runzelte die Stirn, widersprüchliche Gedanken kreisten in seinem Gehirn. Aber dann, als er sah, wie enttäuscht Andrea war, nahm er wieder ihre Hand und drückte sie fest.

»Dann lass uns keine Zeit mehr verlieren«, meinte er aufmunternd. »Ich habe dich nämlich angelogen, ich habe schrecklichen Hunger. Und auf eine Pizza würde ich mich ganz besonders freuen.«

Andrea atmete erleichtert auf. »Auf geht's«, rief sie lachend aus.

»Ich muss mich erst duschen und umziehen.«

»Meinst du, ich nicht? Aber dann geht's ins ›Dolce Vita‹.«

Zwei Stunden später, sie hatten schon lange gegessen, aber sich noch ein zweites Glas Wein bestellt, saßen sie noch immer in der Pizzeria und unterhielten sich. Sie erzählten sich von ihrer Kindheit, auch welche Streiche sie damals angestellt hatten. Sie wusste nun viel von ihm, aber nicht alles, wie sie vermutete. Dass sie vom Nachbartisch von Einheimischen beobachtet und sogar belauscht wurden, merkte nur Gregor, allerdings erst, als es schon zu spät war. Er fühlte sich plötzlich unbehaglich. Er sagte sich, dass er nicht zu weit mit Andrea gehen durfte. Es würde wirklich nichts Gutes dabei herauskommen, sie beide nur unglücklich machen. Das wollte er nicht. Er versuchte, seinen Verstand einzusetzen und nur auf seinen Kopf und nicht auf seinen Bauch zu hören. Die Gefühle würden irgendwann wieder vergehen.

»Ich wollte immer Trachtenmoden-Designerin werden«, erzählte sie nun und sah ihm dabei tief in die Augen. Auch dies wurde beobachtet. Andrea kannte die Leute am Nebentisch selbst nur vom Sehen, dem Ehepaar jedoch schien sie gut bekannt zu sein.

»Warum bist du jetzt Bäuerin?«, fragte Gregor lächelnd.

»Meine Brüder sind das Problem.« Sie schaute nun etwas verloren drein, anscheinend hatte sie noch immer nicht ganz mit ihrem ursprünglichen Berufswunsch abgeschlossen.

Gregor nickte. »Ja, der eine studiert Medizin und wird nicht mehr nach Seebruck zurückkommen, und dein jüngerer Bruder ist in Neuseeland. Soviel habe ich bereits mitbekommen.«

»Vielleicht kommt Markus auch gar nicht mehr zurück. Zumindest vertröstet er mich und die Eltern nun schon von einem Jahr auf das andere. Es hat immer geheißen, dass er den Hof übernehmen soll. Wenn der Vater vor zwei Jahren den Schlaganfall nicht erlitten hätte, wäre ja alles gar nicht so schlimm. Aber in dieser Situation!«

»Aber du machst es sehr gut. Du bist wirklich eine tüchtige Bäuerin«, lobte er sie.

In Andreas dunklen Augen spiegelte sich eine tiefe Nachdenklichkeit. Der Wein tat seine Wirkung. »Ich weiß selber nicht mehr, was ich will. Es ist alles so kompliziert«, bemerkte sie gedankenverloren.

»Ich weiß, was ich will«, erwiderte er mit fester Stimme. Er sah, dass das ältere Ehepaar vom Nebentisch inzwischen grußlos seinen Platz verlassen hatte. Gregor blickte ihnen grübelnd nach.

»Was willst du denn?«, fragte sie ihn und sah ihm dabei direkt ins Gesicht.

»Das, was ich immer wollte. Man sollte seine Träume nicht aufgeben. Wenn ich meine Schulden abbezahlt habe, werde ich mich wieder in meinem Beruf als Zimmerer selbständig machen. Ich will wieder Holzhäuser bauen. Und ich werde dann mit meiner Firma Erfolg haben. Ich habe aus meinen Fehlern gelernt. Jetzt weiß ich, wie man es aufziehen muss. Ich habe Bauingenieurwesen studiert, die Meisterprüfung als Zimmerer abgelegt, aber ich bin kein guter Kaufmann gewesen. In dieser Beziehung habe ich dazugelernt, ich hatte mir für den Betrieb einfach die falschen Leute ausgesucht.«

Er wird wieder fortgehen, grübelte Andrea leicht beschwipst. Er wird wieder Blockhäuser bauen in Ratibor, Gleiwitz und Zakopane. Ganz weit weg von mir. Was habe ich mir da eingebrockt? Habe ich allen Ernstes geglaubt, ich würde mit ihm zusammenkommen, er würde mich heiraten, mit mir den Hof bewirtschaften? Ja, diese Gedanken waren ihr in letzter Zeit immer öfter durch den Kopf gegangen. Wo hatte sie sich da nur hineingesteigert? Völlig abwegig schien ihr jetzt die ganze Sache. Er hatte ihr mit keinem Worte zu verstehen gegeben, dass er sie liebte.

»Du gehst also im Herbst wieder nach Polen zurück?«, fragte sie und blickte dabei traurig in ihr Weinglas.

»Wenn du mich rausschmeißt«, entgegnete er schmunzelnd, »dann muss ich wohl gehen.«

»Also sicher nicht im Herbst.« Sie trank ihr Glas aus, schaute immer noch vor sich hin.

»Ich weiß ja nicht, wie lange du mich brauchen kannst.«

»Ja, was mache ich mit dir, wenn die Ernte vorbei ist?«, murmelte sie, lehnte sich nun zurück und fuhr sich dabei durch ihr lockiges Haar.

»Ich werde dann wieder in München arbeiten. Die große Baufirma, bei der ich zuletzt beschäftigt war, würde mich sofort wieder einstellen. Es dauert noch eine Weile, bis ich meine Schulden abbezahlt habe und neu durchstarten kann.«

»Dann liegen ja zum Glück noch ein paar Sommertage vor uns«, meinte sie mit leicht schleppender Stimme, »das ist schön.«

»Verträgst du den Wein nicht?« Gregor warf ihr einen besorgten, aber zugleich nachdenklichen und auch ein wenig amüsierten Blick zu. Sie hatte einen leichten Schwips. Sie sagte nun Dinge, die sie im nüchternen Zustand nicht preisgeben würde. Sie war verliebt in ihn. Das hatte er bemerkt. Er wusste jedoch nicht, ob er für diese junge, selbstbewusste und hübsche Frau nur ein Abenteuer sein sollte. Etwas anderes konnte er sich einfach nicht vorstellen. Und wenn doch nicht? Konnte das gut gehen? Die schöne, im Dorf alteingesessene Bauerntochter und der arme, verschuldete Erntehelfer? Gleich kam ihm wieder in den Sinn, wie argwöhnisch, ja feindselig die Leute am Nebentisch ihn angeschaut hatten, sie hatten auch Andrea mit verächtlichen Blicken gestreift.

Eine halbe Stunde später waren sie wieder auf dem Hof angekommen. Es brannte kein Licht mehr hinter den Fenstern, die Eltern schienen schon im Bett zu sein. Eine beinahe gespenstische Stille breitete sich über dem Hof aus. Es roch nach getrocknetem Kuhmist und nach der Erde, die noch die Wärme des Sommertages ausströmte. Über der Scheune stand ein heller, noch nicht ganz voller Mond.

»Morgen Nachmittag bin ich nicht da«, bemerkte Gregor, als sie von seinem Auto zum Haus gingen. »Ich muss nach Traunstein. Ich habe dort etwas zu erledigen.«

Sie hatte sich eine andere Konversation am Ende dieses Tages erhofft. Doch Gregor war die letzte Stunde ihres beinahe zärtlichen Zusammenseins immer sachlicher geworden. Das war ihr aufgefallen. Als ob er sich mit Gewalt zusammenreißen wollte, um ihr ja nicht zu nahe zu kommen. Sie fragte sich, was er in Traunstein erledigen musste.

»Abends werde ich übrigens auch nicht da sein. Ihr braucht also mit dem Essen nicht auf mich zu warten.«

»Wo bist du denn da?«, fragte sie ihn schwach.

»Als ich neulich in der Apotheke war, kam ich mit dem Herrn Noss ins Gespräch. Es hat sich zufällig herausgestellt, dass wir das gleiche Hobby haben, nämlich Skat. Sie spielen in zwei Gruppen, jeden Freitag beim ›Alten Wirt‹. Ich wollte Frederik auch mit in die Runde bringen. Er spielt auch ganz gut, doch er wollte nicht.«

»Sehr interessant!« Andrea kämpfte mit den Tränen. Was sollte sie noch sagen? Sie hatte sich schon viel zu weit aus dem Fenster gelehnt, viel zu viel von ihren Gefühlen preisgegeben. Sie wollte sich nicht länger zum Affen machen. Es war beinahe verletzend, wie er nach diesem Abend und in dieser schönen, milden Mondnacht, in dieser Stille und gegenseitigen Nähe, von solchen belanglosen Dingen sprach.

»Gute Nacht«, rief sie ihm zu und ging schneller. Er kam ihr nicht mehr nach. Sie riss die Haustür auf, ließ sie sperrangelweit offenstehen und lief die Treppe zu ihrem Zimmer hinauf.

Jetzt ist endgültig Schluss mit der Schwärmerei, sagte sie sich. Ich muss einsehen, dass er nichts von mir will.

6

In den nächsten Tagen sahen sich Gregor und Andrea kaum. Wenn sie aufeinandertrafen, sprachen sie nur das Notwendigste miteinander. Gregor tat es leid, dass sich ihr gutes Verhältnis abgekühlt hatte. Er meinte es doch nur gut. Gerade, weil sie ihm für eine Affäre zu schade war, fing er sich nichts mit ihr an. Wie es ihm selbst dabei ging, damit musste er ganz allein fertig werden.

»Ich glaube nicht, dass du noch nach Polen fahren kannst«, sagte sie eines morgens ziemlich herablassend zu ihm. »Wir müssen das Heu ernten, so lange es trocken ist. Ich brauche dich bei der Arbeit.«

»Dann fahr ich eben nicht. Du bist die Chefin«, erwiderte er spöttisch. Doch ihre arrogante Art, die sie seit jenem Abend in der Pizzeria an den Tag legte und die er irgendwie auch verstand, schmerzte ihn sehr.

An einem Samstag, Mitte August, fand in Seebruck das obligatorische Gartenfest der Freiwilligen Feuerwehr statt. Alex, der früher selber bei der Feuerwehr gewesen war, hatte dieses Fest nie ausgelassen, wollte selbst in diesem Jahr wenigstens für ein paar Stunden mitfeiern.

Barbara freute sich, wieder einmal ihre Bekannten und Verwandten zu treffen, denn die fröhlichen Zusammenkünfte waren in den letzten Jahren seltener geworden. Andrea wollte auch auf andere Gedanken kommen und die Arbeit für ein paar Stunden vergessen. Vor allem aber wollte sie für ein paar Stunden ihre unglückliche Liebe vergessen. Zu Gregor hatten sie nichts gesagt.

Als sie gegen drei Uhr nachmittags, bei etwas wolkigem aber mildem und sonnigem Wetter, am Festplatz eintrafen, spielte schon die Blechmusik und ein paar Bekannte winkten ihnen zu, doch an ihrem Tisch Platz zu nehmen.

Doch Andrea staunte nicht schlecht, als sie sah, dass Gregor auch da war. Er saß am Tisch seiner Skatfreunde, zu denen auch die Familie Weber gehörte. Die Tochter des Lehrerehepaares strahlte Gregor an. Er schenkte ihr jedoch kaum Beachtung. Sie schien ihm mit ihren 17 Jahren doch zu jung zu sein. Andrea beobachtete dies mit einer gewissen Genugtuung.

Wenigstens macht er sich nicht an halbe Kinder heran, sagte sie sich sarkastisch.

Sie versuchte, nicht ständig zu ihm hinzusehen, sondern sich an dem Gespräch der anderen am Tisch zu beteiligen. Doch die Musik spielte so laut, dass dies kaum möglich war.

Schon nach einer halben Stunde begann sich Andrea zu langweilen. Ihre Stimmung war seit Tagen auf dem Nullpunkt. Sie wollte nun wieder weg: weg von Seebruck, von den Eltern, von der Landwirtschaft, von Gregor.

Leonhard kam auf sie zu und fragte, ob noch ein Platz an ihrem Tisch frei wäre.

»Lange nicht mehr gesehen«, sagte er und setzte sich, nachdem seine Frage von Andrea bejaht wurde. Er betrachtete seine frühere Freundin interessiert. Er sah auch ein paar Mal zu Gregor hin. An den Gerüchten im Dorf, dass sie mit ihrem Erntehelfer etwas angefangen hat, scheint ja rein gar nichts dran zu sein, dachte er, sonst würde der doch jetzt bei ihr sitzen.

»Ja, habe immer viel Arbeit«, wich sie aus. Sie wollte auch mit Leonhard nicht reden, obwohl er ein guter Kerl war, wie sie wieder einmal feststellen musste.

»Die Blasmusik spielt gut, findest du nicht auch?« Er sah sie fragend an.

»Ja, ganz gut.«

Leonhard seufzte. Er sah ein, dass mit ihr heute schwer ins Gespräch zu kommen war.

»Um acht Uhr spielen dann die ›Salon-Boarischen‹«, versuchte er die Unterhaltung in Gang zu halten, »und später legt ein DJ an der Bar auf.«

»Da werde ich nicht mehr da sein«, erwiderte Andrea und warf ihm ein müdes Lächeln zu.

»Euer Stadel steht ja schon, wie ich gesehen habe, als ich neulich daran vorbeigefahren bin. Sauber ist er geworden. Alle Achtung! Hätte der Kramer-Hans auch nicht besser machen können«, bemerkte Leonhard. Da dieser Pole anscheinend keine Gefahr für mich darstellt, dachte Leonhard, kann ich ihn ruhig loben. Das wird ihr sicher gefallen. Er hatte es immer noch nicht aufgegeben, sie zurückzuerobern. Irgendwann wird sie einsehen, so überlegte er weiter, während er sie liebevoll betrachtete, dass ich doch der Beste für sie bin.

»Der Kramer ist gar nicht gut auf uns zu sprechen«, erwiderte Andrea. »Stinksauer ist er, dass er den Auftrag nicht bekommen hat.«

Leonhard zuckte mit den Schultern. »Zu mir hat er nichts gesagt. Ich spiele ja am Stammtisch mit ihm Schafkopf beim ›Alten Wirt‹.«

»Scheint ja die reinste Spielhölle zu sein, der ›Alte Wirt‹«, spottete Andrea, »unser Pole spielt dort auch immer Karten, aber Skat.«

»Ich kenne ihn nicht«, log der junge Bauer, »aber im Jagdzimmer spielen sie Skat, das stimmt. Das Lehrerehepaar sehe ich da immer. Die ihre Pferde bei euch eingestellt haben, weißt'? Die kenne ich, aber die anderen nicht.«

Der Leo hat sich nicht verändert, dachte Andrea gerührt und genervt zugleich. Er ist langweilig wie eh und je. Ich kann ihn einfach nicht mehr lieben. Aber er scheint nicht aufzugeben. Wie kann ich ihm nur klarmachen, dass aus uns nichts mehr wird?

Leonhards Eltern, die unmittelbaren Nachbarn des Buchberger-Hofes, kamen nun an ihren Tisch und setzten sich Alex und Barbara gegenüber. Sie waren vernünftige Leute und nicht im Geringsten böse auf Andrea, dass sie mit ihrem Sohn Schluss gemacht hatte. Sie hatten sich selbst oft gesagt, dass die quirlige, an so vielen Dingen interessierte Person, keine geeignete Frau für ihren ruhigen Sohn war. Auch wenn man oft behauptete, dass sich Gegensätze anzogen.

Zwischen dem Steinerbauern und Barbara kam es bald zu einem anregenden Gespräch, in das sich auch Alex mischte, so gut er es vermochte. Es waren nur Halbsätze, die er herausbrachte, oder einzelne Wörter, diese manchmal nicht vollständig. Seine Frau musste dann raten, was er meinte und den Satz vervollständigen.

Plötzlich hielt jemand Andrea von hinten die Augen zu. Sie schrak ein wenig zusammen und Leonhard starrte die junge, blonde Frau, die nun vor ihnen stand, entsetzt an.

»Germana!«, rief Andrea aus und ihre Augen leuchteten nach Tagen wieder einmal so richtig auf. »Wo kommst du denn her? Ich habe dich ja schon ewig nicht mehr gesehen.«

Germana wirbelte um den Tisch herum und setzte sich neben Leonhard. »Hallo Leo. Dich habe ich ja auch schon lange nicht mehr gesehen. Seid ihr beiden wieder zusammen? Es war doch aus, oder?«

Sie ist so direkt und indiskret wie eh und je, musste Andrea schmunzelnd feststellen, aber ich mag sie trotzdem.

»Leider nicht mehr«, erwiderte Leonhard und warf dabei Andrea einen sehnsüchtigen Blick zu. Andrea zog es vor zu schweigen. Sie merkte dabei, dass er schon etwas getrunken hatte, dabei war es noch früh am Tag.

Germana schenkte seiner Antwort nur wenig Beachtung. Sie hatte nie ganz verstanden, warum

Andrea mit Leonhard gegangen war. Sie begrüßte nun die Familie Buchberger, die zu ihr herübersah, und wechselte ein paar freundliche Worte mit der Bäuerin, kam aber dann gleich wieder zu den Jungen zurück, die etwas abseits am Ende des langen Biertisches saßen.

»Wie geht es dir, Andrea? Bist du noch auf dem Hof festgenagelt?«

Andrea nickte. »Ja, Markus ist immer noch nicht von Neuseeland zurück. Bis dahin muss ich auf dem Hof die Stellung halten. Es muss ja weitergehen mit dem Betrieb.«

»Es sollte doch aber nur für ein Jahr sein.« Germana winkte die Bedienung heran. »Eine Maß Bier bitte«, bestellte sie in ihrem verdrehten Bayerisch.

»Du wirst unseren Dialekt nie lernen«, bemerkte Andrea lachend, »dabei bist du schon als Zehnjährige nach Oberbayern gekommen.«

Germana winkte lachend ab. »Egal! Mensch, das waren noch Zeiten, als wir auf eurem Hof mit deinen Brüdern rumgealbert haben«, schwelgte Germana in Erinnerungen. »Mit deinen Brüdern und Birgit, und du warst doch auch oft dabei, Leo«, wandte sie sich an den schweigsamen Bauern, der nur nickte.

Erinnerungsfetzen längst vergangener Kindertage zogen an Andrea vorbei. Sie lächelte. »Ich weiß noch, wie du zu uns in die Klasse gekommen bist. Wir haben uns gleich angefreundet.«

»Viele in der Klasse haben mich am Anfang gar nicht gemocht. Tochter eines berühmten Dirigenten und einer Pianistin, das war fast allen suspekt«, erinnerte sich Germana ohne Groll.

»Wir haben aber dann bald alle gemerkt, dass du kein bisschen eingebildet bist, und du warst nach ein paar Wochen dann auch sehr beliebt.«

»Mag schon sein, wenn du es sagst«, entgegnete Germana lachend, nahm den Maßkrug in die Hand, der ihr von der Bedienung gereicht wurde, und prostete Andrea und Leonhard zu.

»Bleibst du lange in Seebruck? Sind deine Eltern auch da?«, stellte Andrea gleich zwei Fragen.

»Meine Eltern! Um Gottes willen! Die gehen doch auf kein Feuerwehrfest«, prustete Germana los. »Die waren schon zwei Jahre nicht mehr in der Villa und werden garantiert auch nicht mehr kommen. Wenn, dann sind sie in Bayreuth zu den Wagner-Festspielen. Sonst kommen sie sicher nicht mehr nach Bayern. Die Villa am Chiemsee war eine überstürzte Idee, die sie sicherlich schnell bereut haben. Aber ich habe mich in Seebruck immer wohlgefühlt. In dem alten, großen Haus allerdings weniger.« Germana nahm einen tiefen Schluck aus ihrem Maßkrug. »Sie haben sich nun voll und ganz in Florida eingelebt. Ich bin übrigens in erster Linie hier in Seebruck, um die Villa zu verkaufen. In einer Stunde kommt ein ernsthafter Interessent.«

»Und ich hab' gedacht, um mal wieder deine alten Freunde zu besuchen«, entgegnete Andrea halb scherzend, aber auch ein wenig enttäuscht.

Germana wirbelte wieder um den Tisch und umarmte Andrea. »Das natürlich auch. Sei nicht gleich eingeschnappt. Im Übrigen habe ich immer versucht, per SMS mit dir in Verbindung zu bleiben. Aber du hast nur selten geantwortet.«

Andrea musste zugeben: »Ja, es lag auch an mir, dass wir uns ziemlich aus den Augen verloren haben.«

»Aber jetzt bin ich ja da. Der Verkauf der Villa wird sicher einige Tage in Anspruch nehmen, wenn er überhaupt zustande kommt. Das Haus steht nun schon seit zwei Jahren leer. Ein alter Mann kümmert sich um den Garten und hält die vielen Räume in Schuss.«

»So etwas habe ich mir fast gedacht«, erwiderte Andrea und erinnerte sich daran, wie sie Germana einmal in der alten, von hohen und düsteren Bäumen umschatteten Villa besucht hatte. Germanas Vater, ein berühmter Wagner-Dirigent, hatte sie dabei gar nicht zu Gesicht bekommen. Und ihre Mutter, eine ebenfalls sehr bekannte Pianistin, war ihr sehr distanziert und kühl begegnet. Sie hatte niemals wieder dieses herrschaftliche Haus betreten. Germana war zum Spielen immer auf ihren Hof gekommen. Aber sie hatte sich schon damals gefragt, wie es möglich war, dass sich ein Kind bei solch blasierten Eltern zu solch einem lebensfrohen, natürlichen Menschen entwickelte. Dies war ihr noch heute unbegreiflich.

»Aber reden wir von etwas anderem«, wechselte Germana das Thema. »Wie sieht es denn bei dir aus? Du wirst doch deinen Beruf nicht an den Nagel gehängt haben?«

Andrea warf ihr einen nachdenklichen Blick zu. »Eigentlich nicht, aber manchmal bin ich mir nicht mehr sicher, ob ich weitermachen soll. Momentan geht es gar nicht.«

»Du darfst auf keinen Fall aufhören!«, redete Germana ihr zu. »Du bist so talentiert. Und was dir alles entgeht! Im Frühjahr war ich auf der Stoffmesse in München, der *Munich Fabric.* Das wäre auch etwas für dich gewesen. Es war überwältigend! Diese Hallen voller Stoffe! Über 1 000 Anbieter waren da. Ich wusste gar nicht, an welchen Stand ich zuerst hingehen sollte.«

Andrea seufzte. »Das war sicher ein Erlebnis.«

»Aber nichts gegen die Modemessen in Mailand«, schwärmte Germana weiter. »Ich habe mich jetzt ganz auf italienische Mode spezialisiert. Trachtenmode ist nichts für mich. Die Meisterprüfung als Damenschneiderin in Wien habe ich sausen lassen. Ich möchte nur noch kreieren und Modeschauen organisieren.«

Leonhard konnte das Geschwätz der Mädchen, von dem er gar nichts verstand und das er völlig überflüssig fand, kaum mehr ertragen. Er war unglaublich wütend auf Germana, die ihm hier alles versaut hatte. Warum musste sie ausgerechnet jetzt auftauchen? Er war schon als Bub auf sie eifersüchtig gewesen, weil sie sich immer mit Andrea so gut verstanden hatte. Die beiden passen doch hinten und vorne nicht zusammen, dachte er auch jetzt wieder ärgerlich und verzog das Gesicht. Sie hat Andrea auch solche Flausen in den Kopf gesetzt: Mode-Designerin. Sie ist eine Bauerntochter. Gegen ihre Schneiderlehre in Übersee hatte er ja nichts gehabt. Es war immer gut, wenn eine Frau nähen konnte, aber alles andere war ein ausgemachter Schmarren. Er wollte sich diesen Mist auch nicht mehr länger anhören. Er rückte von den beiden Mädchen weg, die dies gar nicht bemerkten. Eine Zeit lang setzte er sich neben seine Eltern. Aber auch ihre Gespräche und Alex' Gestammel nervten ihn schnell. Als er den Kramer-Hans sah, der auf den Tisch einiger Feuerwehrler zusteuerte, beschloss er, sich zu ihnen zu setzen.

»Hier bist du besser aufgehoben als bei der Buchberger-Andrea«, bemerkte der Zimmerer, als sich Leonhard neben dem Kramer-Hans niederließ. »Ich schau' die Buchbergers gar nicht mehr an. Ganze 40 Stunden hat mich das Ausmessen und die Erstellung des Kostenvoranschlags gekostet und dann haben sie den Auftrag zurückgezogen. Keinen Pfennig wollten sie mir für die Arbeit erstatten«, schimpfte der Kramer gleich so laut los, dass es nicht nur Leonhard, sondern auch alle anderen am Tisch hören konnten.

»Was soll ich dazu sagen«, meinte Leonhard vorsichtig, »das ist anderen Handwerkern auch schon passiert.«

»Ja, halt du nur zu deiner Andrea«, antwortete der Kramer, der – obwohl er gute 15 Jahre älter war als die anderen Männer am Tisch – immer noch gern mit der Jugend verkehrte. Er hatte schon graue Strähnen im einstmals blonden Haar und durch sein Gesicht zogen sich tiefe Furchen.

»Sie ist nicht mehr meine Andrea, das weißt du genau«, erwiderte Leonhard verlegen und wurde vollends rot, als er in die grinsenden Gesichter der Kameraden blickte.

»Die hat dich genauso an der Nase herumgeführt wie mich, bloß auf einem anderen Gebiet«, bemerkte der Hans mit einem schiefen und bösen Grinsen.

»Sie wollte sich halt selbst verwirklichen«, brummte Leonhard und bestellte sich noch eine Maß Bier.

»Ja, das hat sie jetzt davon. Ihre feinen Brüder haben sie schön im Regen stehen lassen, ihr die ganze Arbeit aufgehalst. Den Hof wird dann letztlich doch noch der Markus erben.«

»Irgendwer hat mir erzählt, dass ihr der Hof schon gehört«, meinte einer der am Tisch sitzenden Männer.

»Das glaub' ich nicht.« Leonhard zog sich seine frische Maß heran, trank und wischte sich den Schaum von den Lippen. Er war unzufrieden mit sich und der Welt. Es lief nicht so, wie er sich das vorstellte.

»Der Leo müsste das doch am ehesten wissen«, sagte der Kramer und warf dem jungen Burschen einen lauernden Blick zu.

»Ich weiß gar nichts und ich will auch nicht darüber reden. Gibt es keine anderen Themen?«, brummte Leonhard. »Wenn es jetzt nur um die Andrea geht, dann setz ich mich woanders hin.«

»Hättest bei der Birgit bleiben sollen«, meinte einer der Freunde, »die ist ein patentes Madel.«

»Lasst das Thema!«, fuhr Leonhard auf. »Wenn nicht, dann geh' ich wieder.«

»Ich hab' gehört, dass der Markus nicht mehr kommt, und dass Andrea den Hof erben soll«, wollte Fred – ein wirklich unangenehmer Bursche – das Thema noch nicht fallen lassen. »Und sie soll auch gar nicht mehr so abgeneigt davon sein, seit dieser Pole auf dem Hof arbeitet.« Er kniff bei seinen Worten die hervorstehenden Augen zusammen und spitzte die Lippen zum angedeuteten Kuss.

»Hör mir bloß mit diesem Polen auf!«, rief der Kramer-Hans unbeherrscht aus. »Ich möchte bloß wissen, was der zusammengebaut hat. Da kannst du darauf warten, dass der Stadel beim nächsten Sturm zusammenkracht.«

»Sein Cousin, der Frederik, hat ihm geholfen. Er ist ein fleißiger und tüchtiger Bursche«, wandte der junge Huber-Bauer ein, der auch mit am Tisch saß.

»Schluss jetzt, sonst geh' ich!«, schrie Leonhard. Er schlug mit der Hand auf den Tisch, sodass sie alle zusammenfuhren.

»Ja, lasst uns von etwas anderem reden«, meinte einer der Burschen versöhnlich. »Wir werden uns doch an so einem schönen Tag nicht streiten. Dafür bin ich nicht hergekommen.«

»Ich auch nicht«, brummte Leonhard und blieb sitzen.

»Du wirst auch noch gescheiter werden, irgendwann«, bemerkte der Kramer noch, dann ließ auch er das Thema endgültig fallen.

Es wurde danach über das neue Feuerwehrauto gesprochen, auch über den neuen Einsatzleiter, einige meckerten, das Grillfleisch wäre zäh und man sollte im nächsten Jahr wieder einen anderer Metzger beauftragen. Dann sprachen sie über die Politik, über die Blaskapelle und vieles andere mehr.

Leonhard beteiligte sich an den Gesprächen nur noch halb, doch dies fiel nicht auf, weil er ohnehin wenig sprach. Was hat der Fred gesagt?, ging es ihm immer wieder durch den Kopf. Seit dieser Pole auf dem Hof arbeitet und wohnt, will Andrea gar nicht mehr weg? Er sah zu ihr hin, die noch immer mit Germana in ein angeregtes Gespräch vertieft war. Dann wanderte sein Blick zu dem Polen hin, der bei den *Zugezogenen* saß. Alles feine Leute. Aber warum sitzt er nicht bei der Buchberger-Familie?, fragte er sich irritiert und beruhigt zugleich.

Um halb fünf Uhr nachmittags brachen Barbara und Alex auf, weil die Bäuerin in den Stall musste, auch Marianne und Franz Steiner machten sich auf den Weg.

Germana blickte auf die Uhr. »Mein Gott, ich muss ja jetzt auch gehen. Die Interessenten kommen gleich. Willst du mitkommen, Andrea? Du könntest mich bei den Verkaufsverhandlungen unterstützen. Mich hauen sie nur übers Ohr. Ich bin zu gutmütig.«

Andrea lachte. »Nein, das mach mal schön allein. Aber du wirst doch noch einmal zum Fest kommen? Abends wird's doch erst richtig lustig.«

Andrea hatte sich vorgenommen, dieses Fest richtig zu genießen. Sie dachte jetzt gar nicht mehr daran, sich davonzumachen und daheim Trübsal zu blasen. Sie war jung, hübsch und lebensfroh. Sie ließ sich nicht durch einen solch unsinnigen Liebeskummer niederdrücken. Ich hab' gar keinen Liebeskummer mehr, dachte sie, Gregor soll sich doch wieder dahinscheren, wo er hergekommen ist, redete sie sich ein. Sie versuchte sogar – zumindest gedanklich – ihn abzukanzeln.

Als Germana verschwunden war, setzte sie sich zu ein paar Mädchen, die früher einmal ihre Freundinnen gewesen waren, zu denen sie aber kaum noch Kontakt hatte. Sie wurde freundlich aufgenommen, denn sie war immer sehr beliebt gewesen. Niemand konnte es verstehen, dass sie sich so rar machte. Sie erzählten ihr, dass sie sich jeden Donnerstag um acht Uhr abends in der Pizzeria zum Stammtisch trafen und überredeten Andrea, in Zukunft doch auch mal zu kommen.

Die Mädels trugen Dirndlkleider, wie auch Andrea. Doch nach geraumer Zeit wurde beschlossen, dass man jetzt auseinanderging, um sich um neun Uhr in Jeans und weißen Blusen wieder zu treffen. Andrea machte gern mit.

Als sie zurück zu ihrem Fahrrad ging, kam sie am Tisch der Skatfreunde vorbei. Gregor saß nicht mehr bei ihnen. Doch die Familie Weber – das Töchterchen war inzwischen auch nicht mehr anwesend –, der Apotheker, der in Seeon ein schönes Haus besaß, und ein Rechtsanwalt – gebürtiger Seebrucker, aber in München arbeitend – saßen noch am Tisch und unterhielten sich prächtig.

»Ist Gregor schon gegangen?«, fragte Andrea und versuchte ihre Stimme dabei so harmlos wie möglich klingen zu lassen.

»Ja, er hatte wohl noch etwas in Traunstein zu erledigen«, erwiderte Herr Weber freundlich. »Aber setzen Sie sich doch noch ein wenig zu uns her. Oder wollen Sie schon zurück auf den Hof? Daheim sterben die Leute, heißt es doch so schön.« Auch der Lehrer war schon ein wenig angeheitert.

»Danke, wirklich sehr nett. Aber ich hab' noch was zu tun«, log sie. »Ich komme aber wieder, wenn um neun Uhr die ›Salon-Boarischen‹ spielen. Die Band will ich mir nicht entgehen lassen.«

»Da werden wir dann hoffentlich schon daheim sein«, meinte Frau Weber lachend. »Mein Mann kann sich heute gar nicht von seinem Bierkrug trennen.«

»Vielleicht wagen wir beide dann noch ein Tänzchen«, warf Herr Weber lachend ein.

»Wenn du dich dann noch auf den Beinen halten kannst«, lästerte seine Frau, die heute auch sehr ausgelassen wirkte.

»So schlimm wird es nicht werden.« Andrea winkte den Leuten zu und ging weiter.

Was hat er nur immer in Traunstein zu tun? Vor 14 Tagen, nachdem wir in der Pizzeria waren und er mir dabei mehr oder weniger zu verstehen gab, dass er von mir nichts will, musste er auch am nächsten Tag nach Traunstein. Er war bisher immer so offen zu mir gewesen, hat mir Dinge erzählt, die ein anderer lieber für sich behalten hätte, doch bei diesem Punkt hat er sich mir verschlossen. Vielleicht hat es etwas mit seinen Schulden zu tun? Andrea konnte sich das kaum vorstellen, schließlich hatte er sich ja in Polen und nicht in Deutschland verschuldet.

Hat er etwa doch eine heimliche Freundin? Wohnt die vielleicht in Traunstein? Diese Gedanken gingen Andrea durch den Kopf, während sie langsam nach Hause radelte.

Ich will nicht mehr an ihn denken. Er kann mir gestohlen bleiben, redete sie sich ein.

Als sie daheim war, ging sie sofort auf ihr Zimmer, um sich von ihrem fest zugeschnürten Dirndl zu befreien. Danach legte sie sich in Unterwäsche noch ein wenig auf das Bett.

»Ich will nicht mehr an ihn denken«, sagte sie laut und starrte dabei an die Decke. Er kann mir gestohlen bleiben, dachte sie zum wiederholten Mal. Vielleicht suche ich mir heute Abend noch einen Verehrer. Warum nicht? Ich hatte so lange keinen Freund mehr. Im Grunde habe ich ja nur den Leonhard gehabt. Dabei werde ich dieses Jahr 24 Jahre alt. Das ist doch nicht normal! Da kann ich ja gleich ins Kloster gehen! Diese übermütigen Gedanken schossen ihr durch den Kopf, während sie auf ihrem Bett lag und ins Leere starrte.

Seit sie Germana wiedergesehen hatte, fühlte sie sich unruhig, aufgekratzt, wollte sie sich amüsieren. Germanas unbändige Lebensfreude war auf sie übergesprungen. Es gibt schließlich nicht nur Leo und Gregor, sinnierte sie weiter, es gibt noch andere hübsche und nette Männer. Zwei Stunden Schlaf, dachte sie, dann bin ich wieder fit. Dann schmeiße ich mich in Schale und gehe zurück aufs Fest. Gut, dass ich meine früheren Freundinnen getroffen habe, und Germana wird ja auch noch mal kommen.

Sie versuchte, ein Nickerchen zu machen, an Schlaf war nicht zu denken, dazu war sie viel zu aufgekratzt.

Zwei Stunden später kam Andrea wieder aufs Fest. Die Sonne stand inzwischen tief und tauchte den Festplatz in ein rötliches Licht, das bald erlöschen würde. Im Westen warfen die Bäume ihre Schatten auf den See hinaus. Im Yachthafen wiegten sich die Segelschiffe und Boote sanft in den Wellen.

Ihre Freundinnen waren schon da. Sie gruppierten sich um einen der Stehtische, die nahe der Bar aufgestellt waren. An der Theke standen nur wenige Besucher, doch je weiter der Abend fortschritt, desto mehr würden es werden. Die Musiker stimmten ihre Instrumente, die Sängerin summte vor sich hin.

»Letztes Jahr hatten sie Heizstrahler aufgestellt«, meinte eine der Freundinnen, »so kalt war es da. Aber heuer haben wir ein Superwetter.«

»Ich zieh gleich meine Jacke wieder aus. Mir ist warm«, bemerkte eine andere.

»Ja, damit auch jeder deine neue Bluse sieht.«
»Knöpf sie heute Nacht nur nicht zu weit auf«, bemerkte Susi.

Andrea lächelte nur zu dem Geplänkel der Mädchen, die sie so gut kannte, die mit ihr zur Schule gegangen waren und die ihr auf einmal doch so fremd erschienen.

»Da kommt die Birgit!«, rief Susi aus.

Birgit kam langsam näher. Sie war immer die Vernünftigste unserer Mädchen-Clique gewesen, dachte Andrea, die ihr mit gemischten Gefühlen entgegensah.

Aber Birgit begrüßte sie genauso freundschaftlich wie die anderen Mädchen. Anscheinend war sie nicht mehr sauer auf Andrea oder sie ließ es sich zumindest nicht anmerken.

»Dann machen wir uns heute einen schönen Abend. Ich bin auch lange nicht mehr aus gewesen«, rief Birgit in die ausgelassene Runde.

»Wie wäre es denn, wenn wir mit einer Runde Prosecco in den Abend starten würden? Ich gebe die erste Runde aus«, rief Ute spendabel aus. »Habe letzte Woche eine Gehaltserhöhung bekommen.«

Andrea spürte, wie die Euphorie, die sie noch vor Kurzem empfunden hatte, mehr und mehr verpuffte. Sie konnte sich diese Stimmungsschwankung nicht erklären. Aber sie riss sich zusammen, denn sie wollte ja keine Spielverderberin sein.

Scheinbar fröhlich stieß sie mit den anderen Mädchen an. Scheinbar fröhlich lachte und scherzte sie und niemand bemerkte, wie sehr sie sich dazu zwingen musste.

Sie kannte die meisten der jungen Burschen, die schon bald mit einem Glas in der Hand um die Mädchengruppe herumschlichen. Leo war nicht dabei. Vielleicht hatte er schon genug und war heimgegangen. Von den Nachmittagsgästen war kaum noch wer da. Der »Skattisch« war völlig verwaist und auch an den anderen Biertischen saßen nur wenige Leute. Dafür strömte immer mehr junges Volk auf den Festplatz und die runden Stehtische und waren bald alle belagert. An der Bar herrschte wildes Gedränge.

Die Band hörte zu spielen auf, dafür kam nun der DJ zum Zug und die Stimmung stieg.

Die Musik wurde lauter, der Mond spiegelte sich im Wasser, Sterne zitterten am Himmel, Wellen schlugen leise ans Ufer. Die Stimmen der Freundinnen, ihr Lachen, drangen an Andreas Ohr und verflüchtigten sich wieder im allgemeinen Lärm.

Sie sehnte sich nach Gregor. Zwei Wochen lang hatte sie dieses Gefühl verdrängen können, auch heute Nachmittag war ihr das sehr gut gelungen, doch jetzt war es wieder präsent.

Als Germana kam und sich in die Gruppe mischte, vermochte noch nicht einmal sie, Andreas Melancholie zu vertreiben. »Du hast Liebeskummer«, bemerkte die Freundin. »Mach mir bitte nichts vor.«

Germana wäre die einzige gewesen, der sie sich jetzt hätte anvertrauen können, aber sie wollte auch mit ihr im Moment nicht sprechen. Sie brachte es nicht über die Lippen. »Wie kommst du denn darauf?«, sagte sie, doch ihr Blick strafte sie dabei Lügen.

»Mich kannst du nicht hinters Licht führen. Und es ist nicht Leonhard, nach dem du dich sehnst, sondern ein anderer. Aber du hast es bisher ja tunlichst vermieden, mir von dieser ominösen Person, die anscheinend momentan nicht unter den Anwesenden weilt, zu erzählen.«

»Drück dich doch nicht so verdreht aus!«, erwiderte Andrea.

»Es ist die Wahrheit und ich drücke mich aus, wie ich will.«

»Du scheinst mich ja besser zu kennen als ich mich selbst«, versuchte Andrea weiter zu spotten.

»Verstell dich nur. Mir machst du zumindest nichts vor. Aber wenn du nicht reden willst, dann suche ich mir angenehmere Gesellschaft.« Germana kehrte ihr beleidigt den Rücken zu und wandte sich einem jungen Mann zu, der sie schon den ganzen Abend über nicht aus den Augen gelassen hatte.

Sie hat ja recht, dachte Andrea, sie ist wirklich eine gute Freundin, die anderen haben rein gar nichts bemerkt.

Sie nahm die Burschen, die mit ihr anbändeln wollten, nur am Rande wahr. Er ist jetzt daheim auf dem Hof, dachte sie, sicher ist er wieder von Traunstein zurück. Sie wollte plötzlich heim, gleichzeitig wollte sie aber keine Spielverderberin sein. Sie riss sich wieder zusammen.

Sie wurde in Gespräche verwickelt und zwang sich zu diesem oberflächlichen Geplänkel. Sie versuchte zu lachen. Aber es war ein gekünsteltes Lachen. Der ganze Abend wurde für sie mehr und mehr zur Qual. Ihre Gedanken wanderten immer wieder zu Gregor hin. Ihre Sehnsucht wurde immer stärker. Sie trank viel zu viel Sekt. Sie hoffte, damit vergessen zu können. Aber das Gegenteil war der Fall. Dann trank sie nur noch Wasser.

Plötzlich stand Gregor neben ihr. Er sagte erst nichts, sah sie nur an. Sie glaubte zu träumen oder vollends betrunken zu sein.

»Warum hast du mir nicht gesagt, dass du auf dieses Fest gehst?«, raunte er ihr zu. In seinen hellen Augen lag ein Ausdruck, den sie noch nie an ihm bemerkt hatte. So hatte er sie noch nie angesehen. Es kam ihr vor, als ob er sie das erste Mal so richtig wahrnahm.

Birgit und Susi, die neben ihr standen, starrten zuerst Gregor, dann Andrea an.

»Warum hätte ich das machen sollen?« Andrea versuchte das Glücksgefühl, das sein unerwartetes Auftauchen in ihr ausgelöst hatte, zu verbergen. Aber dies nahm ihr Gregor nicht ab.

Seine Mundwinkel verzogen sich zu einem kaum merklichen Lächeln. »Du kannst dich nicht verstellen«, antwortete er mit gedämpfter Stimme.

»Das ist Gregor, er hilft mir auf dem Hof«, stellte Andrea endlich den gutaussehenden, muskulösen jungen Mann vor. »Er ist Pole.«

»Das hört man gar nicht«, bemerkte Susi und ihr Mund stand dabei noch offen, selbst als sie den Satz schon zu Ende gesprochen hatte.

»Fast ohne Akzent«, bemerkte Birgit kurz und musterte den Fremden neugierig.

Gregor grinste. »Danke für das Kompliment. Er wandte sich wieder Andrea zu. »Darf ich dich zu einem Glas Sekt einladen?«, fragte er sie, und die beiden Mädchen, denen die Spucke weggeblieben war, merkten sehr schnell, dass sie überflüssig waren und zogen sich zurück.

»Nein, danke, keinen Alkohol mehr für mich. Ich habe heute schon viel zu viel getrunken«, wehrte Andrea ab. Sie wusste nicht, warum ihre Augen plötzlich feucht wurden.

»Da drüben, der Tisch steht ziemlich im Dunkeln. Sollen wir dort hingehen?«, schlug Gregor vor. »Da ist auch die Musik nicht so laut.«

Andrea nickte selig.

»Dann hole ich dir jetzt ein Wasser und mir ein Pils.« Er ging durch die Dunkelheit zur Bar und Andrea blickte ihm nach. Das Leben hatte von einem Augenblick zum anderen wieder einen Sinn bekommen. Sie spürte ihr Herz wieder schlagen, merkte, wie ihr Blut zirkulierte. Trotz der Abendkühle, die sich allmählich über See und Land ausbreitete, wurde Andrea ganz warm.

Er war zu ihr auf das Fest gekommen, so spät noch. Würde er das tun, wenn er in der Stadt eine andere hätte, wenn er gar nichts von ihr wollte? Warum hatte er sich dann aber bisher so zurückgehalten?, fragte sich Andrea. Noch immer wurde sie nicht schlau aus ihm. Aber daran wollte sie jetzt nicht denken. Er war da. Er war bei ihr. Und er hatte sich die dunkelste Ecke des Platzes ausgesucht, um mit ihr allein zu sein. Das zählte jetzt und nichts sonst. Mochte der morgige Tag bringen, was er wollte.

Gregor kam zurück, stellte das Glas vor sie hin und trank sein Bier aus der Flasche.

»Warum bist du denn noch einmal hergekommen?«, fragte sie ihn. »Du warst doch am Nachmittag schon hier.«

»Du doch auch«, erwiderte er und warf ihr dabei einen langen Blick zu.

»Ich wollte mich noch ein wenig amüsieren«, entgegnete sie und blickte dabei an ihm vorbei in die Dunkelheit.

Ihr Tisch stand nahe am See. Sie konnte von hier aus hören, wie die Wellen ans Ufer platschten, wie der auffrischende Wind durchs Schilf fuhr. Das Dach des gegenüberstehenden Gasthofes schimmerte weiß im hellen Mondlicht.

Er runzelte die Stirn. »Ich hatte nicht den Eindruck, dass du dich amüsierst«, erwiderte er und sah sie dabei durchringend an. »Auch heute Nachmittag nicht.«

»Hast du mich etwa beobachtet?« Sie erinnerte sich, dass er ihr nachmittags am »Skattisch« den Rücken zugekehrt hatte. Sie hatte geglaubt, dass er sie gar nicht gesehen hatte.

»Ab und zu«, gestand er grinsend, »auch vorhin wieder, als du mit deinen Freundinnen zusammengestanden hast.«

»Warum?«, fragte sie ihn. »Ich bin dir doch sonst auch gleichgültig.«

»Wie kommst du denn darauf?« Er sah sie wieder mit jenem durchdringenden, fragenden Blick an, der sie verwirrte und gleichzeitig ein heftiges Glücksgefühl in ihr auslöste.

War sie ihm doch nicht völlig egal? »Dann verstehe ich dich nicht.«

»Eigentlich verstehe ich mich selbst nicht«, murmelte er und blickte nun von ihr weg zum See hin, über den der Vollmond, wie ein Fluss, eine helle Bahn zog.

»Liegt dir nun etwas an mir oder nicht«, stieß Andrea nun hervor. »Ich kenne mich nicht mehr aus mit dir.«

»Wenn du das bisher nicht bemerkt hast«, erwiderte er leise.

»Nein, habe ich nicht. Ich bin mir bisher ziemlich dumm vorgekommen«, presste sie mit feuchten Augen hervor. »Ich habe mich schon viel zu weit aus dem Fenster gelehnt.«

Er trat nun näher zu ihr hin. In der Kühle spürte sie seinen warmen Atem in ihrem Gesicht. Er vergrub seine Hände in ihren glänzenden dunkelbraunen Locken. »Wuschelkopf!«, flüsterte er ihr zu. »Dann weißt du es jetzt.« Sein Mund näherte sich ihren Lippen. Er küsste sie leicht und behutsam.

»Warum hast du das nicht schon früher getan?«, murmelte sie und sah ihn dabei fragend an.

Er wich etwas von ihr zurück. »Weil ich Skrupel hatte und sie noch immer habe.«

»Muss man immer daran denken, ob etwas vernünftig ist?« Ihre Mundwinkel zitterten erregt. Sie wollte sich an ihn schmiegen. Sie wollte ganz mit ihm verschmelzen.

Er schüttelte den Kopf. »Du hast recht«, antwortete er mit sonorer Stimme. »Lass uns nicht daran denken, wie es weitergeht.«

»Ich möchte hier nicht mehr bleiben«, flüsterte sie ihm zu. »Mir wird allmählich kalt. Lass uns gehen.«

Er zog seine Strickjacke aus und legte sie über ihre schmalen Schultern. »Wie du möchtest.« Gregor trank sein Bier aus und stellte die Flasche auf den Tisch.

»Bist du mit dem Auto hier?«, fragte er sie, als sie bereits langsam den Festplatz verließen.

»Nein, um Gottes willen!«, rief Andrea lachend aus. »Den Wagen habe ich wohlweislich daheim gelassen.«

»Dann steht uns ein langer Fußweg bevor«, meinte er vielsagend.

»Er kann gar nicht lang genug sein«, erwiderte sie mit einem glücklichen Lächeln.

Als sie nach einer Stunde auf dem Buchberger-Hof ankamen, war dort kein einziger Laut mehr zu hören.

»Meine Eltern scheinen schon tief und fest zu schlafen«, flüsterte Andrea Gregor zu.

»Es sieht so aus.« Er sah sie fragend an.

»Ich mache heute Nacht kein Auge zu. Der Vollmond macht mir arg zu schaffen«, raunte sie ihm zu.

»Mir auch«, antwortete er lächelnd und zog sie an sich.

Andrea schloss leise die Tür auf. Auf Zehenspitzen schlichen sie die Treppe in den ersten Stock hinauf. Die Eltern schliefen unten.

»Gehen wir in deine Kammer?«, fragte sie ihn leise.

»Wenn du es wirklich willst.« Wieder vergrub er seine Hände in ihrem Haar, küsste sie dann aber fester und drängender.

»Ja, ich will es«, murmelte sie, sie drängte sich an seinen warmen Körper.

Behutsam öffnete er die Kammertür. Barbara hatte ihm ein schönes Zimmer gegeben, schöner als das von Andrea. Das Licht des Mondes spiegelte sich in dem alten Marienbild, das über dem Bett hing. Andrea konnte sich nicht erinnern, dass dort jemals so ein Heiligenbild gehangen hätte. Markus hatte vor Jahren den ganzen Raum mit seinen unmöglichen Postern verklebt. Die Mutter hatte sie gleich nach seiner Abreise weggerissen.

»Hast du das Bild dort aufgehängt?«, fragte Andrea, als sie sich angezogen auf das Bett legte.

Er nickte. »Stört es dich?«

»Nein, warum denn? Es fällt mir nur auf.«

»Dann komm her!«, raunte er ihr zu. Er legte sich neben sie und schloss sie in die Arme.

Weit nach Mitternacht schlich Andrea in ihr Zimmer zurück. Gregor schlief tief und fest, als sie sich schließlich aus seinen starken Armen befreite.

Sie konnte lange nicht einschlafen. Sie war glücklich. Ja, sie war selig. Seltsam, dass er dieses Heiligenbild über das Bett gehängt hat, dachte sie schmunzelnd. Diese Polen sind ja wirklich erzkatholisch. Und einen solchen habe ich nun zum Liebsten, dachte sie aufgewühlt weiter, das hätte ich mir auch nicht träumen lassen. Aber wo die Liebe hinfällt.

Bevor sie endlich einschlief, hoffte sie nur, dass die Mutter am Sonntag nicht gerade wieder ihren »Schwindel« hatte, denn dann müsste sie selbst in den Stall. Doch sie wollte ausschlafen. Das hatte sie bitter nötig.

7

An jenem Sonntag Mitte August hatte Barbara zum Glück keine Kreislaufbeschwerden.

Die Sonne stand schon hoch am Himmel, als Andrea erwachte. Sie freute sich darauf, ihren Geliebten gleich wieder zu sehen.

Als sie die Küche betrat, hatten die Eltern schon lange gefrühstückt. Von Gregor keine Spur.

»Wo ist denn Gregor?«, fragte sie mit gespielt harmloser Stimme.

»Wo wird er wohl sein? Der geht doch jeden Sonntag in die Kirche«, erwiderte die Bäuerin. »Davon könntest du dir auch mal eine Scheibe abschneiden.«

»Du gehst ja selbst nicht regelmäßig«, entgegnete Andrea und ihr Gesicht strahlte dabei.

Ihre Mutter warf ihr einen verwunderten Blick zu. So gut aufgelegt war Andrea schon lange nicht mehr. Vielleicht hat sie gestern auf dem Feuerwehrfest jemanden kennen gelernt. Es wäre ja an der Zeit, dass sie sich wieder einen Freund sucht. Sie hat ja außer dem Leonhard keinen anderen gehabt. Diese Gedanken gingen der Mutter durch den Kopf, während sie den Kaffee aufbrühte. Sie trank nach ihrem ersten Frühstück um sechs Uhr am Vormittag dann immer noch eine zweite Tasse.

»Bist ja spät heimgekommen gestern«, bemerkte die Mutter und warf ihrer Tochter dabei einen prüfenden Blick zu.

»Gar nicht so schlimm«, erwiderte Andrea, während sie sich ihr Marmeladenbrot bestrich und dann herzhaft hineinbiss. »Die anderen Mädels sind viel länger geblieben.«

»Der Gregor ist auch noch mal ins Dorf, da war es schon dunkel. Ist er noch mal aufs Feuerwehrfest? Hast du ihn gesehen?«

Nun wurde Andrea doch ein wenig verlegen, was die Mutter aber nicht bemerkte, da in diesem Moment das Telefon im Flur läutete.

»Das wird die Betty sein. Die wird sich für heute Nachmittag zum Kaffee einladen.« Barbara erhob sich seufzend.

»Hab' ich es nicht gesagt«, brummelte die Bäuerin, als sie wieder hereinkam. »Sie war es. Jetzt darf ich mir wieder zwei Stunden ihre Bosheiten anhören.«

»Mit mir brauchst du nicht zu rechnen. Ich mach mich aus dem Staub, wenn sie kommt«, rief Andrea aus.

»Übrigens, heute Mittag bleibt die Küche kalt. Ich fahr' mit dem Alex nach Seeon, da treffen wir uns mit Freunden zum Essen.«

»Und der Gregor?«, rief Andrea aus. »Der isst doch sonntags immer mit.«

»Ich hab' ihm gesagt, dass ich heute nicht koche. Er hat gesagt, dass er eh nicht da sein wird.«

Andreas Gesicht überschattete sich. Wieder hatte Gregor ihr nichts davon gesagt, dass er den ganzen Tag fort sein würde. Und sie hatte sich auf einen gemeinsamen freien Tag mit ihm gefreut. Sie wollte diesen Tag ganz allein mit ihm verbringen. Nun war er wieder nicht da. Was dachte er sich dabei? Sie spürte, wie Enttäuschung und Misstrauen abermals von ihr Besitz ergriffen. Hatte er sie nur benutzt? War er nicht ehrlich gewesen? Wollte er nur diese eine Liebesnacht von ihr?

»Hast du heute etwas mit deinen Freundinnen ausgemacht? Oder kommt Germana zu Besuch? Ich denke mir, dass das Wasser schon bald 20 Grad hat. Ihr könntet doch zum See fahren«, plapperte Barbara daher.

»Hab' keine Lust zum Baden. Außerdem sind mir 20 Grad viel zu kalt.« Andrea trank ihren Kaffee aus und blickte aus dem geöffneten Fenster. Die Kirchenglocken begannen zu läuten, der Gottesdienst war zu Ende.

Sie ging ins Freie, setzte sich auf die Hausbank. Ich könnte mit dem Heuwender hinausfahren, dachte sie. Mitte nächster Woche soll es regnen. Sie blickte zur Pferdekoppel hin. Wotan scharrte mit den Hufen und warf den Kopf hin und her. Goldi schüttelte ihre goldene Mähne und rannte auf den Zaun zu, als sie ihre Herrin, die Lehrerstochter, sah, wie sie mit ihrem Fahrrad auf den Hof fuhr.

Nein, heute arbeite ich nicht, entschied sie dann. Ich werde das Heu schon noch trocken in den Stadel bringen. Wir werden das Heu trocken in den Stadel bringen, berichtigte sie sich, denn Gregor musste ihr dabei helfen.

Wieder läuteten die Kirchenglocken. Andrea blieb noch eine Weile sitzen. Wenn Gregor gleich nach der Messe heimfuhr, würde er jede Minute kommen. Sie wartete noch eine Viertelstunde. Auf der schmalen Nebenstraße fuhren ein paar Autos vorbei, aber keins bog in den Hof.

Andrea dachte an die Zärtlichkeiten der vergangenen Nacht. »Ich weiß nicht, ob es richtig ist, was wir tun«, hatte er ein paar Mal zu ihr gesagt, sie dann aber wieder und wieder geküsst und sich in ihr verloren.

»Warum zeigst du mir erst jetzt, dass du mich liebst«, hatte sie ihn gefragt.

»Weil ich bisher Angst davor hatte, dass ich dich unglücklich mache, dass ich mich unglücklich mache. Unsere Liebe hat doch gar keine Perspektive«, hatte er geantwortet.

»Warum denn nicht? Warte doch ab, was die Zukunft uns bringt. Wir zwei müssen zusammenhalten, meinetwegen gegen den Rest der Welt. Wir müssen uns vertrauen.« Das waren ihre Worte gewesen.

Sie hatten noch lange miteinander gesprochen, nachdem sie sich geliebt hatten. Irgendwann war Gregor dann eingeschlafen und sie hatte ihn noch eine Zeit lang lächelnd im Mondlicht betrachtet.

Die Erinnerung an diese Nacht flog wie im Traum an ihr vorüber. Sie würde sie niemals vergessen, auch, oder vielleicht gerade dann nicht, wenn sie Gregor wieder verlieren würde.

Es war gleich elf Uhr mittags. Er müsste schon längst da sein. Er ist also woanders hingefahren.

»Wir müssen uns vertrauen«, hatte sie gesagt. Schon begann sie wieder an ihm zu zweifeln. Er machte es ihr aber auch nicht leicht.

Nachdem Andrea die nächsten zwei Stunden im Liegestuhl unter den Obstbäumen verträumt hatte – das Buch, das sie sich im Haus geholt hatte, lag noch immer zugeklappt neben ihr –, beschloss sie, noch ein wenig zu joggen.

Sie dachte an Germana. Sie wird doch nicht so sang- und klanglos wieder abgereist sein, überlegte sie. Und sie dachte auch daran, dass sie am gestrigen Abend nicht gerade nett zu ihrer besten Freundin gewesen war. Sie hatte sich auch nicht von ihr verabschiedet, war mit Gregor einfach gegangen, ohne den anderen auch nur einen Blick zuzuwerfen. Was werden sie von mir denken?, sinnierte sie weiter. Sie werden sich sicher über uns das Maul zerreißen, machte sie sich klar. Sie wollte sich darum nicht scheren, aber so ganz kalt ließ sie es dann doch nicht.

Sie schlenderte aufs Haus zu, ging in ihr Zimmer, schlüpfte in Jogginghose und Turnschuhe und lief einfach drauflos. Um Seebruck machte sie einen Bogen, bog vielmehr in einen Feldweg ein, der Richtung Chieming führte. Sie lief am Seeufer entlang und stand irgendwann in der Nähe von Arlaching vor der alten Villa »Thannhäuser.« Die Bäume im 4000 Quadratmeter großen Park waren in den letzten Jahren noch höher und düsterer geworden. Die Villa, jahrelang nicht mehr renoviert und kaum bewohnt, machte einen etwas verwahrlosten Eindruck.

Andrea öffnete das schmiedeeiserne Tor. Germanas Mittelklasse-Wagen stand in der Einfahrt. Sie war vermutlich daheim.

Sie klingelte. Es dauerte sehr lange, bis ihr geöffnet wurde. Sie wollte fast schon wieder enttäuscht das Anwesen verlassen.

»Andrea!«, rief die Freundin erfreut aus, als sie die Bauerntochter im Sportdress vor sich stehen sah. »Bist du bis hierher gejoggt?«

Andrea nickte. »Habe mich lange nicht mehr sportlich betätigt. Bin nicht wirklich richtig fit.«

»Anscheinend doch. Komm herein! Ich mach uns einen Kaffee.«

Andrea betrat etwas zögerlich das alte Haus. »Wie lange ist das her, dass ich dich hier einmal besucht habe?«, fragte sie die Freundin. Ich fühle mich hier genauso unwohl wie damals, setzte sie in Gedanken hinzu.

»Was bin ich froh, wenn ich den Kasten endlich los bin«, erwiderte Germana. »Meine Eltern, großzügig wie sie in finanziellen Dingen sind, haben mir angeboten, dass ich die Hälfte des Erlöses aus dem Verkauf behalten darf. Aber diese alte Burg ist ja nicht mehr viel wert.«

»Das Seegrundstück dafür umso mehr«, erwiderte Andrea, während sie mit Germana durch den großen, altmodischen Salon mit den schwarzen Ebenholz-Möbeln ging. Mitten im Raum stand eine mit rotem Damast überzogene Polstergarnitur. »Was wird denn mit den ganzen Möbeln?«, fragte sie. »Die müssen doch sehr wertvoll sein?«

»Sie sind leider in keinem guten Zustand mehr, außerdem wird heutzutage für solche Antiquitäten nicht mehr so viel bezahlt. Aber ich werde natürlich versuchen, noch einen einigermaßen guten Preis rauszuholen.«

Im Wohnzimmer roch es muffig und Andrea war froh, als sie die große Terrasse betraten, die sich von einer schwungvollen, niedrigen, aber schon sehr bröckelnden Balustrade von Osten nach Westen zog. Sie bot einen herrlichen Blick über den See hinweg bis zur Fraueninsel und zu den Chiemgauer Bergen.

»Haben die Interessenten angebissen?«, fragte Andrea, als sie sich in einen der Korbstühle setzte, die auch schon bessere Zeiten erlebt hatten.

»Heute Vormittag waren sie noch einmal da. Sie wollen das Anwesen unbedingt. Ich habe hart verhandelt. Letztlich haben wir beide Kompromisse gemacht.« Germana lachte. »Aber jetzt koche ich uns eine gute Tasse Kaffee und Kekse habe ich auch noch da. Die habe ich von Mailand mitgebracht. Schmecken gut.«

»Hab' eigentlich gar keinen Hunger, vielmehr Durst«, rief Andrea der Freundin nach, aber die war bereits im Haus verschwunden.

Andrea dachte an Gregor. Warum hatte er ihr nicht erzählt, dass er diesen Tag alleine verbringen wollte? Oder, dass er eine Verabredung, mit wem auch immer, haben würde. Er war ihr heute Nacht so nahe gewesen. Und jetzt, am Tag, war er wieder so weit weg. Er stammte aus einem ihr fremden Land. Sie war noch nie in Polen gewesen.

Aber seine Familie war deutschstämmig. Diese Gedanken gingen ihr durch den Kopf, während sie über den ruhigen, blauen See blickte und die wenigen Segelschiffe beobachtete, wie sie bei der Flaute langsam dahinkrochen. Graureiher kreisten am Himmel und eine stolze Schwanen-Familie verließ das Wasser und ließ sich watschelnd am Ufer nieder.

»Warum bist du denn gestern so schnell verschwunden?« Germana trat, ein voll beladenes Tablett vor sich her balancierend, durch die dreiflügelige Terrassentür. Sie warf der Freundin einen eindringlichen Blick zu, als sie die Sachen auf den Tisch stellte.

Andrea spürte, dass es für sie nun kein Entrinnen gab. Andererseits wollte sie ja auch mit ihrer besten Freundin über Gregor reden. Doch es fehlten ihr die Worte. Sie wurde rot und schwieg erst einmal.

»Das habe ich mir gedacht. Du hast dich verknallt«, bemerkte Germana mit einem wissenden Blick. Sie räumte das Tablett ab, um Andrea Zeit zu lassen.

»Ich muss dir da was erklären.«

»Das finde ich auch. Gestern wolltest du ja nicht raus mit der Sprache.«

»Es ist nicht leicht für mich«, begann Andrea zögernd, »aber wem soll ich mich denn anvertrauen, wenn nicht dir?«

»Das hat gestern nicht den Eindruck auf mich gemacht.« Nachdem sie einen kleinen Schluck getrunken hatte, stellte Germana die wertvolle

Tasse, vermutlich feinstes Meißener Porzellan, auf den Unterteller zurück.

»Ich habe mich bis über beide Ohren verliebt. Er arbeitet bei uns auf dem Hof, sozusagen als Erntehelfer. Aber er hat viele Talente. Er hat uns den neuen Stadel gebaut.«

»Das hättest du mir doch alles schon gestern Abend erzählen können.« Germana warf ihren blonden Pferdeschwanz zurück, ihre grünen Augen blitzten erwartungsvoll.

»Als ich mich mit dir unterhalten habe, war ich so durcheinander, so traurig. Aber dann ist er doch noch zum Fest gekommen. Und jetzt ist alles anders. Bis gestern habe ich geglaubt, dass er gar nichts von mir will, dabei habe ich ihm oft genug zu verstehen gegeben, wie sehr ich ihn mag«, versuchte sie ihrer Freundin zu erklären.

»Aha, jetzt bin ich im Bilde. Ihr seid nun ein Paar.«

»Ja und nein. Ich bin mir plötzlich gar nicht mehr sicher. Vielleicht war ich nur ein Abenteuer für ihn. Ich habe mir nach dieser Nacht gedacht, dass wir auch den Tag gemeinsam verbringen würden. Aber er ist von der Kirche gar nicht auf den Hof zurückgekommen.«

»Von der Kirche?« Germana verschluckte sich an ihrem Kaffee.

»Gregor ist doch Pole und sehr gläubig. Er geht jeden Sonntag in die Kirche. Davon könnte sich manch einer bei uns im Dorf eine Scheibe abschneiden.« Andrea hatte sich nun einigermaßen gefangen.

»Dein Kaffee wird ja kalt«, bemerkte Germana und blickte auf Andreas Tasse.

Andrea nahm einen Schluck von dem starken Getränk.

»Das ist aber schon außergewöhnlich«, musste Germana zugeben. »Wenn er nun so christlich ist, dann müsste er auch ehrlich sein, sonst wäre er ja scheinheilig.«

»Keinesfalls ist er scheinheilig, trotzdem hat er Geheimnisse vor mir.« Andrea biss sich auf die Unterlippe.

»Ich kann dir da nicht viel helfen«, meinte Germana seufzend. »Ich kenne ihn nicht, habe ihn gestern gar nicht richtig gesehen, geschweige denn mit ihm gesprochen. Du hast ihn mir auch nicht vorgestellt. Und ihr seid dann ja auch bald von der Bildfläche verschwunden.«

Kenne ich ihn denn überhaupt richtig?, überlegte Andrea insgeheim, plötzlich wieder an Gregor zweifelnd.

Sie wollte nun nicht mehr von ihm reden. Germana konnte ihr in dieser Beziehung auch wirklich leider nicht weiterhelfen. Da musste sie alleine durch.

»Lass uns von etwas anderem reden, lass uns alte Erinnerungen austauschen. Kannst du dich noch entsinnen, wie wir damals in Oberstdorf auf der Allgäuer Nadelstichmesse waren?«, wechselte Andrea abrupt das Thema. Sie wollte sich unbedingt auf andere Gedanken bringen.

»Ja, das war wirklich ein Erlebnis«, schwelgte nun auch Germana in der Vergangenheit. »Wir kamen uns so wichtig und groß vor, als wir nach dem Rundgang in dem kleinen Näh-Café einen Martini getrunken haben.«

»Weißt du das noch?«

»Na klar, das war ja schließlich der erste Martini meines Lebens. In meinem Elternhaus gab es keinen Alkohol. Nicht einmal Wein.«

»Und wenn ihr Besuch hattet?«

»Dann wurde Wein gekauft, aber nur für die Gäste«, erklärte Germana lachend.

»Das war eine tolle Mode-Messe. Die vielen wunderbaren Spitzen-Stoffe, die Knöpfe, die Accessoires. Ich sehe alles noch vor mir«, schwärmte Andrea. Und sie vergaß Gregor tatsächlich für eine Weile und dachte an die schöne Zeit, als sie zusammen mit Germana in Hallein auf die Modeschule gegangen war. Germana hatte ihren Traum verwirklicht, wenn sie auch keine Trachtenmode mehr kreieren wollte. Sie reiste in Europa hin und her. Arbeitete in Mailand, dann wieder in München, in Berlin und Paris. Und ich? Ich fahre mit dem Traktor über die Felder, haderte sie plötzlich mit ihrem Schicksal. Germana ist zu beneiden.

Doch dann besann sie sich wieder. Sie war nicht Germana. Sie war im Grunde ein eher bodenständiger Mensch. Und das wollte sie auch bleiben. Da merkte man dann doch die Herkunft. Die Meisterprüfung in Wien hatte sie noch machen wollen, doch dann wollte sie sich aber hier in der Gegend niederlassen, mit einem eigenen Geschäft. Das waren ihre Träume gewesen.

»Und, hast du die Mode und das Schneidern jetzt aufgegeben?«, fragte Germana, die Andreas Gedanken erraten hatte.

Sie zuckte mit den Schultern. »Ganz aufgegeben habe ich es noch nicht. Schließlich habe ich eine abgeschlossene Lehre als Schneiderin. Und die Modeschule habe ich auch gerade noch fertigmachen können, bevor mich das Schicksal auf den Hof zurückholte.«

»Markus wollte doch immer den Hof übernehmen?« Germana warf ihrer Freundin einen fragenden Blick zu.

»Wollte ...«, wiederholte Andrea seufzend, »manchmal glaube ich, dass er gar nicht mehr von Neuseeland zurückkommt. Er arbeitet dort in einer Tauchschule.«

»Vielleicht gehört sie ihm sogar schon«, gab Germana zu bedenken, »und er traut es sich nur nicht zu sagen.«

»Wer weiß«, fuhr Andrea resignierend fort. »Er ruft ab und zu an und vertröstet uns dann von Weihnachten zu Ostern und von Ostern zu Weihnachten.«

»Und wie steht es mit dir? Macht dir die Landwirtschaft Spaß?«, wollte Germana wissen.

»Ja und nein«, erwiderte Andrea. »Ich bin jetzt richtig hineingewachsen. Als Bauer ist man immer im Freien. Das mag ich. Ich liebe die Natur und die frische Luft. Andererseits halte ich mir immer vor Augen, wie es als Mode-Designerin gewesen wäre. Ich habe noch nicht vollständig damit abgeschlossen. Es war mein Traumberuf.«

»Ja, wenn ein Mensch gleich mehrere Talente hat, dann wird es schwierig. Für mich hat es immer nur die Mode gegeben. Ich hatte ab meinem 16. Lebensjahr den Kopf nur noch voll von Inspirationen, Schnitten, Accessoires, Stoffen …«

»Dabei sind deine Eltern beide begnadete Musiker, deine Mutter Pianistin und dein Vater Dirigent«, warf Andrea ein. »Es ist schon seltsam, wo die Begabungen herkommen. Erblich scheinen sie nicht unbedingt zu sein.«

»Das stimmt«, meinte Germana und blickte dabei nachdenklich zu den Schwänen hin, die anscheinend ausschließlich damit beschäftigt waren, Nachkommen zu zeugen, die Familie zusammenzuhalten, sich vom Wasser zum Ufer fortzubewegen, zu fressen, um sich danach wieder zu entleeren.

»Vielleicht sind es die individuellen Erfahrungen und Erinnerungen, die den Menschen ausmachen«, gab Andrea zu bedenken. »Christian wollte zum Beispiel schon als kleiner Bub Arzt werden. Doch woher kommt dieser Wunsch? Ist das nicht seltsam?«

Germana musste eine Zeit lang nachdenken, weil sie die Freundin nicht gleich verstand. Aber dann schien sie zu wissen, was sie meinte. »Ja«, erwiderte sie, »es kann ja sein, dass wir etwas von einem früheren Leben ins nächste tragen.«

Südlich der Terrasse standen keine Bäume. Sie bot einen freien Blick zum mit dichtem, braunen Schilf bewachsenen Ufer. Dazwischen blitzte der See hervor. Am südlichen Ufer ragten zum Greifen nahe die Berge auf. Klar und ruhig zeigte sich heute das »Bayerische Meer«. Kein Wetter zum Segeln. Trotzdem glitten ein paar Schiffe über die glatte, blaue Fläche. Erinnerungen zogen wie ein Vogelschwarm an Germana vorbei. Schöne und weniger schöne Gedanken, aber eben Bilder von damals. Dinge, die sich in diesem Haus, auf dieser Terrasse, in diesem Park, abgespielt hatten.

»Jetzt ist die alte Villa verkauft und ich werde nie mehr hierher kommen«, murmelte Germana. »Das tut schon ein wenig weh.«

»Aber du hast doch das Haus nie gemocht und warst die letzten Jahre kaum noch hier«, wandte Andrea betroffen ein.

»Trotzdem«, erwiderte Germana grübelnd, »es ist ein Abschied. Vor allem von der Kindheit, denn die habe ich ja hier verbracht.«

Andrea legte die Hand auf Germanas Arm. »Du bist jederzeit bei uns auf dem Hof willkommen. Das weißt du. Du kannst bei uns übernachten und so lange bleiben, wie du willst. Meine Eltern haben dich immer gern gehabt und erst recht die Brüder«, setzte sie schmunzelnd hinzu.

»Das weiß ich. Du hast im Grunde eine prima Familie. Es tut mir so leid, dass dein Vater diesen schweren Schlaganfall erlitten hat.«

Andrea warf ihr einen kläglichen Blick zu. »Das Schicksal ist oft grausam. Der Vater fragt sich oft, womit er das verdient hat. Er war immer ein guter, rechtschaffener Mensch gewesen.«

»So ist das Leben«, erwiderte Germana. »Wer weiß schon die Antwort? Aber trotzdem geht das

Leben weiter und du kannst dich glücklich schätzen, dass du so liebe Eltern hast.«

»Darüber bin ich auch dankbar. Deswegen will ich sie auch nicht enttäuschen. Wenn Markus nicht mehr von Neuseeland heimkehrt, werde ich den Hof übernehmen. Sie würden es nicht verkraften, wenn das Anwesen in fremde Hände käme«, antwortete Andrea nun mit fester Stimme. Sie hatte sich dies gerade klargemacht und sie würde bei ihrem Entschluss bleiben. Der Hof musste im Besitz der Buchberger-Familie bleiben.

»Dann wird aus dir doch keine Designerin mehr werden«, antwortete Germana etwas traurig. »Dabei hast du so viel Talent. Du hast damals den ersten Preis bei unserer Abschlussprüfung gewonnen, das schönste Hochzeitsdirndl hast du entworfen. Ich sehe es noch vor mir: ein Traum«, fügte sie schwärmend hinzu.

Andrea nickte versonnen, dann sagte sie: »Ich hoffe doch noch, dass sich Markus besinnt und erkennt, wo seine Wurzeln sind. Er wäre ein guter Landwirt.«

Die Sonne stand inzwischen tiefer und überzog die Landschaft mit einem rot- und gold-glühenden Dunst.

»Ich muss jetzt wieder los, Germana.« Andrea erhob sich langsam.

»Soll ich dich nicht heimfahren?«

Andrea schüttelte den Kopf. »Nein, ich möchte noch ein wenig joggen.« Sie umarmte die Freundin herzlich. »Du weißt, was ich dir gesagt habe. Du bist jederzeit bei uns willkommen. Und zumindest, wenn du gerade in München bist, kannst du mich doch besuchen.«

»Das verspreche ich dir. Es werden nicht wieder zwei Jahre vergehen, bis wir uns wiedersehen.« Germana warf ihr nun einen ernsten Blick zu. »Bis zu meinem nächsten Besuch wirst du dann ja eine Entscheidung getroffen haben. Ich hoffe, du machst weiter.«

»Mit der Landwirtschaft oder der Mode?«, fragte Andrea lächelnd.

»Das weißt du genau«, erwiderte Germana und drückte die Freundin noch einmal fest an sich.

»Es hängt alles von Markus ab«, erwiderte sie.

»Dann mach's gut und beantworte in Zukunft bitte meine E-Mails.« Germana brachte die Freundin noch vor die Tür, winkte ihr nach, bis sie zwischen den alten Buchen, Birken und Linden verschwunden war.

8

Als Andrea auf dem Buchberger-Hof ankam, fuhr Gregor seinen Wagen gerade zu seinem Stellplatz bei der neuen Tenne. Sie ging nicht zu ihm hin, sondern blieb beim Bauerngarten stehen. Da stand auch noch der VW ihres Onkels. Theo und Betty waren also noch da. Sie hatte wirklich keine Lust, den beiden zu begegnen. Da blieb sie lieber noch draußen.

Während sie sich an den Jägerzaun lehnte, wischte sie sich den Schweiß von der Stirn. Das Laufen war anstrengend gewesen. Sie war es nicht mehr gewohnt. Sie war sich nicht sicher, ob Gregor sie gesehen hatte, wahrscheinlich eher nicht. Andrea konnte sich nicht dazu durchringen, sich bemerkbar zu machen.

Auf der Koppel war Anna-Lena gerade damit beschäftigt, Goldi von der Weide in den Stall zu führen. Das Pony war störrisch und wollte draußen bleiben. Als sie Gregor erspähte, winkte sie ihm mit einem raffinierten Augenaufschlag zu. Er hob flüchtig die Hand und ging weiter.

Anscheinend hatte er Andrea noch immer nicht gesehen. Bevor er zur Haustür ging, blieb er einen Moment stehen und betrachtete das Gehöft. Die dunkelroten Geranien, die üppig über den Balkon hingen und ein so heimeliges Bild zu der weißen, sauberen Fassade, den grünen Fensterläden und der grün gestrichenen Haustür boten, schienen ihn zu faszinieren. Dann ging er weiter, drehte sich noch einmal um und erblickte sie erst jetzt, wie sie noch immer am Zaun lehnte und zu ihm hinsah. Er kam zu ihr herüber.

»Warum hast du dich denn gar nicht bemerkbar gemacht?«, fragte er sie und fuhr ihr dabei zärtlich durch das lockige, dunkle Haar. Das schien ihm zu gefallen.

Sie zuckte mit den Schultern. »Wo bist du denn den ganzen Tag gewesen?«, stellte sie ihm eine Gegenfrage.

Nachdem er ihr zuerst einen zärtlichen Blick zugeworfen hatte, kräuselte sich seine tiefbraune Stirn nun gedankenverloren. »Ich musste nachdenken«, erklärte er kurz. »Ich war nicht weit. Nur in Chieming. Ich bin dort, nachdem ich in einer Wirtschaft am See zu Mittag gegessen hab', noch lange am Ufer entlanggewandert.«

»Das hätten wir doch auch gemeinsam tun können«, schmollte sie. »Auch zusammen nachdenken kann schön sein.«

»Es ist doch alles nicht so leicht, Andrea«, wich er aus.

»Gehen wir noch ein Stück?«, fragte sie ihn, »nur zu dem Wegkreuz dort drüben. Da ist eine Bank. Dort sitze ich gern, wenn ich meine Ruhe haben will.«

»Ich bin heute schon so weit gegangen, da kommt es darauf auch nicht mehr an«, erwiderte er mit einem etwas erzwungenen Lachen.

Als sie zur Straße gingen, kam ihnen Anna-Lena mit dem Pony entgegen. Sie zwinkerte Gregor wieder zu. Andrea übersah sie.

»Du scheinst es dem Madel ganz schön angetan zu haben«, spottete Andrea und warf ihm dabei einen forschenden Blick zu.

»Der gehört der Hintern versohlt. Die Eltern sollten besser auf dieses Luder aufpassen.«

Sie ist ihm wohl doch zu jung und zu frech, dachte Andrea beruhigt.

Beim Kreuz angekommen, setzten sie sich auf die Bank. Von hier aus war durch die Waldschneise der See gut zu sehen. Andrea erklärte Gregor die Berge von Ost nach West: »Dort drüben, das ist der Hochfelln, das der Hochgern, dort ist die Kampenwand, Hochplatte. Hochries.«

»Ob ich das behalte«, meinte er lächelnd und nahm ihre Hand.

»Ich habe dich vermisst«, sagte sie leise. »Den ganzen Tag habe ich an dich denken müssen. Das ist doch verständlich, oder?« Sie wirkte enttäuscht.

»Hast du schon mal darüber nachgedacht, wie es weitergehen soll«, fragte er. Und er betrachtete sie dabei von der Seite mit gerunzelter Stirn.

»Dazu ist es wohl jetzt zu spät, oder war ich für dich nur ein One-Night-Stand?«, fragte sie ihn und schob nun trotzig ihr kleines, rundes Kinn empor.

Wieder ergriff er ihre Hand. Dieses Mal entzog sie ihm diese nicht. »Natürlich nicht! Und das weißt du auch.«

»Warum verhältst du dich dann so sonderbar? Ich kapiere das nicht.«

»Das muss ich dir doch nicht wirklich erklären, oder? Ich habe mich von Anfang an gegen unsere Liebe gesträubt, weil ich weiß, dass es nicht klappen wird. Du, die reiche, einheimische Bauerntochter, und ich, der Fremde, der Pole, der Bankrotteur. Wie soll das gehen? Deine Eltern werden dir die Hölle heiß machen, wenn sie es erfahren.«

»Wenn sie so reagieren, was ich nicht glaube, dann können sie sehen, wo sie bleiben. Sie sind auf mich angewiesen, nicht ich auf sie«, erwiderte sie trotzig. »In welchem Jahrhundert leben wir denn?«, fügte sie mit fester Stimme hinzu.

»Du würdest dies hier alles aufgeben wegen mir?«, fragte er sie mit einem sonderbaren Tonfall in der Stimme. Er drehte sich dabei ein wenig zur Seite und schaute zu dem schönen, stattlichen Hof hin, mit dem schönen Bauerngarten, dem neuen Stadel, der Pferdekoppel.

Hinter dem Anwesen, da, wo der Hügel sanft ins Flachland abfiel, weideten die Kühe der Buchbergers auf saftigen, grünen Wiesen.

»Das ist doch jetzt kein Thema«, erwiderte sie. »Müssen wir denn immer unserem Verstand folgen, können wir nicht einmal unserem Herzen nachgeben?« Sie warf ihm einen innigen Blick zu.

Er beugte sich zu ihr und küsste sie sanft auf den Mund. »Wenn du dieses Risiko eingehen willst: Ich habe dich gewarnt.«

Ihr kleines, resolutes Gesicht wurde weich. Sie lehnte ihren Kopf an seine Schulter.

»Lass uns nicht alles zerreden«, murmelte sie und schloss für einen Moment die Augen.

Er küsste sie auf die Lider, dann wieder auf den Mund. Noch immer hielt Andrea ihre Augen geschlossen. Als sie sie wieder öffnete, sah sie, wie ein Wagen die kleine Nebenstraße entlangfuhr. Sie erkannte das Auto ihres Onkels Theo. Betty saß auf dem Beifahrersitz. Während sie an dem Paar auf der Bank vorbeifuhren, sprachen sie heftig miteinander. Es kam ihr fast so vor, als ob sie sich stritten. Im letzten Moment, sie waren schon fast vorbei, riss Betty den Kopf herum. Anscheinend hatte sie sie doch noch erblickt, aber sie war sich nicht sicher. Zumindest fuhren sie weiter.

»Jetzt sind wir geliefert«, rief Andrea aus. »Das war meine Tante und Firmpatin, und ihr Mann. Sie haben meine Eltern besucht. Die Betty kann ich nicht ausstehen.«

»Haben sie uns gesehen?«

»Ich bin mir nicht sicher. Aber es kann durchaus sein. Doch was soll's. Ich scher' mich nicht darum. Soll sie es weitertratschen, dass sie uns zwei *in flagranti* erwischt hat.«

Gregor schwieg dazu. So leicht konnte er die Sache nicht nehmen. »Es kommt mir überhaupt so vor, als ob mir im Ort einige nicht wohlgesonnen sind«, bemerkte er bedrückt.

»Aber du hast doch schon Freunde hier«, erwiderte sie, »die Leute, mit denen du immer Skat spielst.«

»Aber auch Feinde, wie mir scheint.«

»Wie kommst du darauf? Wie solltest du Feinde haben, du hast doch niemandem etwas getan.«

»Dieser Kramer-Hans, der erst die Scheune bauen sollte, sieht mich an, als ob er mich fressen will. Ich muss oft an ihm vorbeigehen, wenn ich zum Skat will. Er sitzt jeden Freitag am Stammtisch. Dein früherer Freund, der Leonhard, schaut mich auch so finster an. Gut, das ist verständlich. Aber nicht angenehm.«

Andrea erinnerte sich daran, dass sie ihm einmal von Leonhard erzählt hatte.

»Lass uns ins Haus gehen«, sagte sie und stand auf. »Die Mutter wartet sicher schon mit dem Essen auf uns. Gott sei Dank sind die Betty und der Theo nicht auch noch zum Abendbrot geblieben. Das hätte mir gerade noch gefehlt. Wir sollten den Eltern sagen, dass wir zusammen sind«, bemerkte Andrea, während sie langsam zum Hof gingen.

»Warte noch ein paar Tage«, bat er sie.

»Morgen wird Betty anrufen und es ihr erzählen«, vermutete Andrea. »Ich werde erst mit der Mutter alleine reden. Du weißt doch, der Vater regt sich nach seinem Schlaganfall immer so schnell auf.«

Gregor erhob keinen Einwand. Er schwieg. Das kann alles nicht gut gehen, dachte er bei sich.

»Da bist du ja endlich«, sagte Barbara, als Andrea die Küche betrat. Gregor war noch kurz in sein Zimmer gegangen.

»Hilf mir doch den Tisch decken«, forderte sie ihre Tochter auf. »Ist der Gregor auch da?«

Andrea nickte und bekam Herzklopfen.

»Also heute reicht es mir wirklich«, begann die Bäuerin dann zu schimpfen, als sie Wurst und Käse aufschnitt.

»Was war denn hier los?«, fragte Andrea erschrocken.

»Heute hat die Betty das Fass wirklich zum Überlaufen gebracht. Der Alex ist auch ganz verärgert.«

Andrea holte Teller und Besteck aus dem Schrank. »Um was geht es denn?«

»Ich erzähl es gleich. Ich möchte nur das Geräucherte aufschneiden. Ich bin so in Rage, dass ich mir noch in den Finger schneide, wenn ich mich jetzt nicht konzentriere.«

Die Familie saß bereits um den runden Bauerntisch, als Gregor hereinkam. Er grüßte freundlich und fragte, ob er Platz nehmen dürfe.

»Aber das weißt du doch«, erwiderte Barbara, »du musst doch nicht immer fragen.«

»Vielleicht macht man das ja so in Polen«, scherzte Andrea und warf ihm einen verschwörerischen Blick zu.

Doch die Bäuerin hörte gar nicht, was ihre Tochter sagte. Sie war noch so wütend, dass ihr das Blut in das sonst eher blasse Gesicht stieg.

»Was sich diese Person herausnimmt! Und der Theo sagt gar nichts dazu. Nun, er hat bei der Frau ja auch nichts zu sagen.« Sie sah ihren Mann an, dieser nickte zustimmend.

»Jetzt sag doch endlich, worum es geht! Was hat sie denn gesagt, dass du so narrisch bist?« Andrea sah die Mutter auffordernd an.

»Es geht um den Stadel«, begann Barbara. »Ich stell' mich noch heute früh in die Küche und back' einen Kuchen, weil sich die Madame mit ihrem Mann selbst zum Kaffee eingeladen hat. Wir waren doch in Seeon beim Essen, mit der Bichler-Evi, mit der ich in die Hauswirtschaftsschule gegangen bin.« Die Bäuerin kam wieder vom Hundertsten ins Tausendste. »Wir wollten nach dem Essen noch ein wenig spazieren gehen, soweit es der Alex halt schafft. Aber ich musste ja heim, weil sich die Betty angemeldet hat.«

»Mama, kannst du bitte mal auf den Punkt kommen«, bat Andrea genervt. »Was ist mit dem Stadel?«

Diese Sache interessierte Andrea.

»Anzeigen will uns der Kramer-Hans, weil wir den Stadel angeblich schwarz gebaut haben.« Sie sah zu Gregor hin, der unter seiner Bräune blass geworden war.

»Damit kommt er nicht durch«, erwiderte Andrea, die erstaunlich ruhig geblieben war. »Wir haben keine Genehmigung gebraucht, weil auf dem Grund schon ein Gebäude stand und der Gregor ist ordnungsgemäß angemeldet. Er ist versichert und wir bezahlen für ihn Steuern. Welche Arbeit er letztlich auf dem Hof verrichtet, geht niemanden etwas an.« Sie schaute zuerst zu Gregor, dann zum Vater hin. Der Bauer nickte zustimmend.

»Ich verstehe davon nicht viel, aber wenn ihr das sagt, dann wird es seine Richtigkeit haben«, meinte nun auch Barbara beruhigt.

»Aber was hat das alles mit der Betty zu tun?«, fragte Andrea.

»Weil dieses unverschämte Weibsbild – ich kann es wirklich nicht anders sagen – ganz und gar zum Kramer hält. Du weißt doch, dass die Schwester seiner geschiedenen Frau – ich weiß gar nicht, ob sie überhaupt schon geschieden sind – mit ihrer Familie jedes Jahr ihren Urlaub bei der Betty verbringt. Daran hat sich nichts geändert. Der Kramer geht bei der Betty mittlerweile ein und aus. Da macht sie mir also heute Nachmittag, während ich sie bediene und ihr ein Stück Kuchen auf den Teller lege, die bittersten Vorwürfe: wie wir es fertigbrächten, so mit dem Hans umzugehen. 40 Stunden hätte er an dem Kostenvoranschlag gesessen, hätte ausgemessen und berechnet. Er hätte einen Kostenvergleich ausgearbeitet, was der Stadel kosten würde, wenn man Mondholz im Gegensatz zu normalem Holz verwendet. Dass man so mit den Leuten nicht umspringen kann und so weiter und so fort. Dir hat sie natürlich die Hauptschuld daran gegeben, aber sie hat auch uns fertiggemacht, dass wir dir so freie Hand lassen. Und an dir Gregor«, sie blickte, wie um Entschuldigung bittend zu ihm hin, »haben sie auch kein gutes Haar gelassen. Du hättest nicht richtig gearbeitet, beim nächsten Sturm würde der Bau zusammenbrechen, dass du es auf die Andrea abgesehen hättest. Lauter so ein Zeug hat sie verzapft. Der Theo hat ihr zwar manchmal widersprochen, aber der kommt gegen seine Frau ja nicht an.«

Barbaras gutmütiges Gesicht, das sich im Zorn verhärtet hatte, bekam wieder seinen weichen Ausdruck, als sie fortfuhr: »Du musst dir dabei nichts denken, Gregor, wir geben auf so ein Gerede nichts.«

Gregor schwieg, aber er wirkte wie versteinert. Das Essen wollte ihm nicht mehr schmecken.

Alex erhob sich abrupt vom Tisch. Er war ganz grau im Gesicht. Er hob kurz die Arme, fuchtelte damit herum. Er wollte etwas sagen. Aber durch die Aufregung kam ihm kein einziges vernünftiges Wort über die Lippen. Er nahm seinen Stock und humpelte hinaus.

Barbara hielt ihn nicht zurück. »Er regt sich schrecklich auf«, sagte sie. »So eine Frechheit von der Betty, vor ihrem Bruder so ein Theater zu machen. Sie weiß doch, wie krank er ist. Ich schau sie nicht mehr an, das schwöre ich dir.«

Andrea senkte den Kopf, hob ihn dann wieder, blickte vorsichtig zu Gregor hin. In ihrem Gesicht spiegelte sich Wut, Trotz, eine Spur von Angst. Sie ärgerte sich aber auch über die Mutter, die alles so brühwarm wiedergab. Sie hätte auch allein mit ihr reden können. Warum breitete sie jetzt alles vor Gregor aus, den es schließlich am meisten betraf.

»Was hat denn der Theo dazu gesagt?«, wollte Andrea wissen, um sich von ihrer Verstörtheit abzulenken.

»Nicht viel, wie immer. Gelb wie eine Zitrone war er im Gesicht. Wahrscheinlich hat er es wieder mit dem Magen und der Galle. ›Ich darf mich nicht aufregen‹, hat er nur gesagt. ›Bei mir schlägt sich alles auf den Magen. Hab' meine eigenen Sorgen.‹«

Gregor sagte zu allem kein Wort. Er aß kaum etwas. Auf seinem Gesicht zeigte sich eine sonderbare Mischung von Abneigung und Schmerz.

Auf Andreas Gesicht zeigte sich Besorgnis. Es ging nicht um die Anzeige vom Kramer, damit kam er sowieso nicht durch. Es ging darum, dass Gregors Befürchtungen, dass ihre Liebe schwierig, wenn nicht gar aussichtslos wäre, sich zu bewahrheiten schienen. Das Problem waren die Eltern. Sie wussten nicht, dass sie Gregor liebte, dass sie ihn heiraten wollte. Sie waren völlig ahnungslos. Wie würden sie auf die Nachricht reagieren? Heute Abend hatte sie mit der Mutter reden wollen, das brachte sie jetzt nicht fertig. Sie mussten ihre Liebe noch eine Weile geheim halten.

Gregor erhob sich vorzeitig vom Tisch. »Entschuldigt mich bitte, aber ich habe keinen Hunger mehr«, sagte er leise.

»Ich hätte das alles vor dir nicht sagen sollen«, jammerte Barbara nun. »Du kannst doch gar nichts dafür. Du hast so gut gearbeitet. Diese Unterstellung, dass du hinter der Andrea her wärst, und das auch noch wegen dem Geld, das ist doch ungeheuerlich. Wie kommt sie nur auf so etwas!«

»Ist schon gut«, erwiderte Gregor bedrückt. »Ich danke dir, dass du mich so verteidigt hast.

Gute Nacht.« Er ging hinaus, ohne Andrea noch einen Blick zuzuwerfen.

»Er nimmt es sich zu Herzen«, bemerkte die Bäuerin, »aber er hat doch rein gar nichts damit zu tun.«

Andrea schwieg. Auch ihr war der Appetit vergangen. Sie räumte den Tisch ab, ging dann hinaus, um sich noch eine Weile auf die Hausbank zu setzen. Sie hoffte, dass Gregor noch einmal herunter käme. Die Sonne stand inzwischen tief und überzog Wiesen, Felder und den Wald mit tiefen Schatten. Es dauerte nicht mehr lange, dann würde sie als glühender Feuerball im See versinken.

Ich muss mit Gregor reden, dachte sie, ich kann das nicht alles bis morgen so stehen lassen.

Sie ging wieder ins Haus zurück. Als sie den Flur betrat, hörte sie, wie im Wohnzimmer der Fernseher lief. Sie stieg leise die Treppe hinauf und klopfte an seine Zimmertür.

Als er nicht antwortete, ging sie einfach hinein. Er stand am Fenster, betrachtete den Sonnenuntergang. Er drehte sich nicht nach ihr um.

»Es tut mir leid, dass du das mit anhören musstest«, sagte sie. Sie setzte sich dabei auf sein Bett. »Aber es hat gar nichts mit dir zu tun. Das ist allein meine Angelegenheit. Und ich sage dir eines: Solche Leute wie meine feine Tante Betty und dieser unverschämte Kramer-Hans können mich nicht einschüchtern.«

»Es hat viel mit mir zu tun. Ich will dich ja nur wegen des Geldes«, antwortete er sarkastisch. »Und deine Eltern ahnen gar nichts.«

»Der Hof gehört mir doch überhaupt nicht. Markus soll ihn erben. Das ist doch alles Unsinn. Über solch dummes Gerede muss man doch kein einziges Wort verlieren.«

Jetzt erst drehte er sich um. Er betrachtete sie voll Liebe. Sie erhob sich, ging zu ihm und er nahm sie in die Arme. Wieder fuhr er ihr durchs Haar, bevor er sie noch fester an sich zog. »Ich habe dir gleich gesagt, dass es für uns beide nicht leicht wird«, bemerkte er leise. »Deshalb habe ich mich so lange gegen diese Liebe gewehrt.«

»Wenn wir zusammenhalten, kann uns nichts geschehen. Ich weiß, das klingt banal, aber es ist so«, flüsterte sie zurück.

»Wenn ich dich nur nicht so gern hätte«, seufzte er und zog sie noch fester an sich, »dann würde ich jetzt sofort meine Sachen packen und gehen.«

»Das darfst du nicht tun«, raunte sie ihm zu. »Aber ich kann der Mutter vorerst nichts sagen. Wir müssen unsere Gefühle füreinander noch eine Weile verstecken, bis der geeignete Augenblick gekommen ist. Aber ich habe gute Eltern. Sie werden mich verstehen.«

»Ich hoffe es«, murmelte er, doch auf seiner kantigen Stirn zeichneten sich dabei schwere Gedanken ab, so als ob er ihren Worten keinen Glauben schenken könnte.

»Wir müssen noch einiges besprechen, wegen morgen. Wir müssen das Heu einfahren«, wechselte sie das Thema.

»Wir besprechen alles, aber nicht jetzt.« Er verschloss ihr den Mund mit heißen Küssen.

9

An diesem Sonntag war Birgit wieder einmal nachmittags zum Steiner-Hof gegangen. Sie tat dies ab und zu ganz zwanglos, denn sie hatte sich immer mit Leonhards Eltern, einfache, rechtschaffene und vernünftige Leute, gut verstanden. So wie sie es akzeptiert hatten, dass es zwischen ihrem Sohn und Andrea auseinanderging, so hatten sie auch Verständnis dafür, als sich schließlich Birgit von Leonhard trennte. Doch natürlich hofften sie inständig, dass er bald mit einer anständigen Bäuerin kommen würde.

Birgit traf Leonhard in der Werkstatt. Selbst am Sonntag konnte er nicht von der Arbeit lassen. Das war auch ein Punkt, den Birgit nicht verstand, immer musste er irgendwo auf dem Hof herumwerkeln.

»Ich mache gerade einen ausgiebigen Spaziergang nach dem anstrengenden Fest gestern«, bemerkte sie lachend, »da hab' ich mir gedacht, ich schau mal bei euch vorbei.«

Zwischen Leonhard und ihr war alles ausgesprochen. Sie hatte gemerkt, dass er immer noch Andrea im Kopf hatte, und daraufhin ihre Konsequenzen gezogen. Sie hatte den gutaussehenden, fleißigen Bauern gern gehabt, aber irgendwann eingesehen, dass das Leben auch ohne ihn weiterging. Doch sie wollten Freunde bleiben und deshalb mied sie den Steiner-Hof nicht, sondern ging immer mal vorbei.

»Kommst ja gerade richtig zum Kaffee«, erwiderte Leonhard grinsend.

»Das war nicht meine Absicht«, erwiderte sie schmunzelnd.

»Ich kenne dich doch. Mach mir nichts vor«, fuhr er scherzend fort, »ich weiß doch, dass du damit rechnest, dass es heute frischen Erdbeerkuchen gibt.«

»Warum bist du denn gestern beim Feuerwehrfest so schnell gegangen? Wir hatten noch eine Riesengaudi«, fragte Birgit.

Leonhards Gesicht überschattete sich ein wenig. »Hatte keine Lust mehr. Mir hat's gereicht.«

»Hättest halt nicht so tief in den Bierkrug schauen sollen«, plänkelte sie weiter.

»Geh schon einmal rein. Die Mutter soll noch ein Gedeck auflegen«, brummte er, ohne auf ihre Anspielung einzugehen.

Birgit ging weiter. So ganz ohne Absicht war sie heute allerdings nicht gekommen. Sie hatte gestern wieder festgestellt, wie sehr Leo immer noch hinter Andrea her war. Er hatte die Hoffnung noch nicht aufgegeben. Er wusste ja, dass sie keinen anderen hatte. Doch Birgit glaubte, dass die Sache mittlerweile etwas anders aussah. Sie wollte Leo darauf aufmerksam machen. Er sollte endlich einsehen, dass er sie nicht mehr zurückbekommen würde, dass sie wahrscheinlich einen anderen liebte: diesen polnischen Erntehelfer. Das lag doch ganz klar auf der Hand. Sie hatte die beiden ja selbst eng umschlungen weggehen sehen. Und was dann geschah, das konnte sie sich denken.

Birgit hasste Andrea nicht. Sie waren Spielkameradinnen gewesen. Als sie älter wurden, waren sie allerdings auseinandergedriftet. Germana war dann Andreas beste Freundin geworden.

Der Steiner-Hof war nicht so groß und stattlich wie der vom Buchberger. Er lag auch nicht so reizvoll auf dem Hügel, sondern etwas weiter im Norden, versteckt am Hügel abwärts, nahe des Waldes, deshalb war es auch etwas schattig. Doch um das kleine Bauernhaus war es sauber, und wie auf dem Buchberger-Hof hingen auch hier rote Geranien in voller Pracht über den Balkon, gediehen auch hier im Bauerngarten Rittersporn, Astern und Margeriten neben Salat und Kräutern.

Beim Steiner betrieben sie nur Milchwirtschaft mit 20 Kühen. Davon konnte jedoch eine Familie nicht leben, deshalb arbeiteten Vater und Sohn noch im Lagerhaus.

Als Birgit das ihr so wohlvertraute Bauernhaus betrat, stellte sie wieder einmal fest, wie blitzsauber alles war.

Marianne kam gerade aus der Küche. »Ja, da schau her! Seltener Besuch. Magst' mit uns Kaffeetrinken? Bin gerade am herrichten«, rief die Bäuerin aus, die eine gewisse Ähnlichkeit mit der Buchberger-Barbara hatte, aber während diese nur mollig war, war Marianne dick, worüber sich niemand wunderte, denn auf dem Steiner-Hof wurde reichlich und deftig gegessen.

»Gern, soll ich dir beim Decken helfen?«

»Wenn du magst. Ich habe den Tisch in den Obstgarten gestellt«, erwiderte die Bäuerin. Birgit ging weiter in die Küche, als ob sie hier zuhause wäre.

»Gestern ist es spät geworden«, plauderte Birgit drauf los, als sie alle vier im Garten bei Kaffee, Erdbeerkuchen und Schlagsahne saßen. »Schade, dass du so bald gegangen bist.«

»Hab' dir doch gesagt, dass ich keine Lust mehr hatte«, brummte Leo, der selbst am Sonntagnachmittag seinen blauen Overall anhatte, obwohl es ziemlich warm war.

»Wir sind auch recht bald gegangen«, meinte Marianne, »der Franz wollte heim.« Sie steckte sich ein großes Stück von dem selbstgebackenen Kuchen in den Mund.

»Ist doch eh jedes Jahr dasselbe«, brummte der Bauer, »eigentlich mag ich schon gar nicht mehr hingehen. Immer diese laute Musik. Nicht zum Aushalten.«

»Daheim ist es für uns alte Leute doch am Schönsten«, fuhr Marianne fort, »aber wenn man jung ist … Ja, da war es bei uns auch anders. Da sind wir gerne ausgegangen und es wurde immer spät.«

»Ich war mit meinen Freundinnen zusammen, mit denen ich mich donnerstags zum Stammtisch in der Pizzeria treffe«, erzählte Birgit. Sie stach sich nur kleine Stücke von dem köstlichen Kuchen ab, aß langsam und bedächtig. Sie war überhaupt die Ruhe selbst.

Birgit überlegte, wie sie das Gespräch am besten auf Andrea lenken könnte. Sie wollte nicht mit der Tür ins Haus fallen. Sie wollte es eher beiläufig erzählen, dass sich Andrea anscheinend einen Polen angelacht hat. Leo sollte es wissen und seine Eltern auch. Leonhard sollten endlich die Augen aufgehen. Nicht, dass sie ihn zurückhaben wollte, aber dass er Andrea mehr oder weniger immer noch nachlief, das konnte sie nicht ertragen. Das war seiner unwürdig, das hatte er doch gar nicht nötig. Er war ein fescher Bursche. Er konnte viele andere haben, wenn es schon nicht sie sein sollte.

»Andrea war auch in unserer Runde, aber dann plötzlich weg«, berichtete sie weiter und blickte dabei in ihre Kaffeetasse.

»Hat es ihr nicht mehr gefallen?« Leo wurde sofort hellhörig, als von Andrea die Rede war.

Birgit schaute ihn an. »Sie stand eine Weile mit diesem Polen, dem Erntehelfer, zusammen, aber dann waren beide verschwunden.« Sie bemerkte, dass Leonhards Schläfen zu pochen begannen. Er starrte auf seinen Kuchenteller. Er sagte nichts dazu. Was hätte er auch sagen sollen? Doch es traf ihn. Birgit bemerkte das genau. Wird er denn nie gescheiter, dachte sie, wird er sie denn nie vergessen können?

»So, mit dem Erntehelfer hat sie angebandelt«, meinte der Franz nachdenklich. »Ob das dem Alex und der Barbara recht ist?«

»Ich weiß nicht«, sprach Birgit eifrig weiter, »ich möchte da auch nichts gesagt haben. Ich habe ja nur gesehen, wie sie beide das Fest verlassen haben und sich dabei an den Händen hielten …« Das muss doch noch raus, dachte sie. Aber ich habe es ja auch gesehen. Ich lüge ja nicht. Warum soll ich es nicht erzählen?

Marianne blickte nachdenklich vor sich hin. Sie wollte nichts Schlechtes über Andrea sagen. Sie hatte das Mädel gern. Wenn sie ehrlich war, dann wäre ihr Andrea als Schwiegertochter noch lieber gewesen als Birgit. Birgit hatte doch ab und zu eine sehr spitze Zunge. Andrea war da herzlicher. Nun wurde es keine von den beiden. Sie sagte sich, dass meist nichts Besseres nachkam. Aber der Leo, so überlegte sie weiter, als sie heimlich ihren Sohn betrachtete, der hängt immer noch an der Buchberger-Tochter. Das ist nicht gut.

»Wie geht es denn deinen Eltern?«, wechselte Marianne das Thema, denn es hing plötzlich eine ungute Stimmung in der Luft, so schön und gemütlich es auch im Obstanger war. Ein leichter Wind frischte auf und trug einen würzigen Duft vom Wald her. In den Obstbäumen zwitscherten die Vögel.

»Es geht ihnen gut. Aber das Geschäft läuft nicht mehr so wie früher. Die meisten Leute kaufen ihre Schuhe in den großen Geschäften in Traunstein, Traunreut oder Rosenheim«, erwiderte Birgit.

»Ja, das ist ein Problem«, brummte der eher kleine, stämmige Bauer, nahm eine Prise Schnupftabak und schnäuzte dann trompetend in ein großes, buntes Taschentuch.

»Die Zeiten ändern sich. Es ist nicht mehr so, wie es einmal war. Wir hier, in unserer Einöde, leben ja fast noch so wie früher. Doch das Dorf hat sich in den letzten 30 Jahren sehr gewandelt. Ob zum Guten, das mag dahingestellt bleiben.« Er erhob sich nun auch. »Ich geh' noch ein wengerl mit dem Hund spazieren.«

»Ich muss jetzt auch wieder an die Arbeit«, sagte Leo, der bisher nicht viel gesprochen hatte. »Irgendetwas stimmt mit der Benzinleitung nicht.«

»Muss das sein! Heute am Sonntag!«, ärgerte sich die Mutter.

»Bring deinen Karren doch in die Werkstatt. Da sind Fachleute am Werk«, raunzte der Vater.

»Das bekomme ich selbst hin. Ich muss morgen mit dem Auto zur Arbeit fahren.« Leonhard erhob sich. Er sah Birgit an. »Entschuldige Birgit, aber ich muss den Wagen heute noch zum Laufen bringen.«

»Du musst dich nicht entschuldigen«, erwiderte sie und dachte daran, dass sich am etwas rauen Umgangston auf dem Steiner-Hof auch nichts geändert hatte. Sie sah Leonhard nach, wie er durch den Obstgarten zur Garage hinging. Ich hätte ihn schon gern gewollt, dachte sie dabei, aber es hat halt nicht sein sollen. Sie verspürte nun doch einen leisen Groll auf Andrea.

»Schade, dass ihr nicht geheiratet habt«, meinte Marianne, die ihrem Sohn gleichfalls nachsah. »Er ist doch eigentlich ein stattliches Mannsbild.«

»Ja, das ist er«, bestätigte Birgit mit einem schmerzlichen Lächeln.

Nachdem Franz wiederholt gepfiffen hatte, kam der Hund, eine Mischung aus Schäferhund und Terrier, angetrottet. Er begrüßte Birgit, die er noch gut kannte, indem er sie beschnupperte und mit dem Schwanz wedelte.

Sie streichelte sein zottiges, schwarzes Fell.

»So, jetzt gehen wir ein Stück«, meinte der Bauer und gab dem Hund einen Klaps aufs Hinterteil. »Pfüat dich, Birgit! Lass dich wieder einmal sehen.«

»Servus, Franz.«

Der Bauer und sein Hund entfernten sich langsam vom Hof und schlenderten gemütlich dem Wald zu.

»Der Leo ist in letzter Zeit so oft mit dem Kramer-Hans zusammen«, begann Marianne, nachdem die beiden Männer nicht mehr zu sehen waren. Ihre Stimme klang dabei besorgt. »Das gefällt mir gar nicht. Der Zimmerer verleitet ihn zum Trinken. Es ist nicht so, dass er direkt betrunken von der Wirtschaft heimkommt, aber man merkt doch, dass er nicht mehr ganz nüchtern ist. Schließlich fährt er immer mit dem Auto. Früher hat er sich beim Alkohol zurückgehalten.« Sie blickte nachdenklich vor sich hin. »Der Kramer ist doch kein Umgang für ihn. Die zwei passen gar nicht zusammen. Der Hans war doch früher ein rechter Hallodri. Erst mit 45 hat er geheiratet und vorher nichts ausgelassen. Seine Frau ist ihm nach fünf Jahren Ehe davongelaufen, soviel ich weiß. Jetzt sitzt er allein in seinem schönen Haus.« Sie streifte Birgit von der Seite mit einem vorsichtigen Blick. »Könntest du nicht ein wenig auf ihn einwirken, damit er sich von diesem Kramer-Hans fernhält. Außerdem ist der doch viel zu alt für den Leo.«

»Nein«, antwortete Birgit mit fester Stimme, »das geht mich überhaupt nichts mehr an. Außerdem würde er sich von mir doch gar nichts sagen lassen.«

Marianne erhob sich, schwer an ihrem Gewicht tragend, vom Stuhl. Sie seufzte tief. »Freilich, das geht dich nichts mehr an. War auch nur so ein Gedanke. Ich mach mir halt Sorgen um ihn.«

»Ich helf' dir das Geschirr ins Haus tragen«, bot Birgit sich an.

Marianne schüttelte den Kopf. »Das mach ich schon. Arbeitest du noch in Traunstein im Landratsamt?«, fragte sie, während sie Tassen und Teller aufs Tablett stellte.

»Ja, freilich«, erwiderte Birgit lachend, »da bleib ich bis zu meiner Rente.«

»Es ist gut, wenn eine Frau einen richtigen Beruf hat«, meinte die Bäuerin. »Ich habe keinen. Meine Eltern haben mich damals nichts lernen lassen.«

»Du bist eine tüchtige Hausfrau«, lobte Birgit die Bäuerin, die ja fast ihre Schwiegermutter geworden wäre.

»Ach«, winkte Marianne ab, »ich koche und backe nicht besser als andere.«

»Dann macht's gut.« Birgit stand nun auch auf.

Wie groß sie ist, dachte Marianne, irgendwie sieht sie in letzter Zeit besser aus. Vielleicht liegt es an ihrem neuen Haarschnitt. Die Haare sind auch nicht mehr so strähnig und irgendwie voller. »Grüß deine Eltern schön von uns«, rief Marianne ihr nach, als Birgit mit anmutigem Gang vom Hof ging.

10

Die nächsten Wochen verliefen ohne besondere Ereignisse. Zwischen dem Buchberger-Hof und der »Pension Seeblick« herrschte Funkstille. Barbara ließ ihre Schwägerin das erste Mal spüren, wie sehr sie sich über sie geärgert hatte.

Andrea und Gregor verbargen ihre Liebe. Andrea merkte jedoch, dass die Mutter langsam etwas ahnte. Sie betrachtete sie manchmal so merkwürdig, sagte aber nichts.

In wenigen Tagen hatten sie das Heu eingefahren. Andrea fuhr mit dem Traktor und Gregor stapelte die Ballen auf den Hänger. Gregor schichtete dann die Ballen im neu erbauten Heuboden auf. Ein Teil der Ernte wurde an die Bio-Bauern der Umgebung verkauft.

Der erste Schnitt war unter Dach und Fach, als das lang anhaltend gute Wetter schließlich eine Pause einlegte. Der Wetterumschwung begann mit einem heftigen Gewitter. Blitze schienen die tief hängenden Wolken zu spalten, Donner erschütterte das Land und Regengüsse stürzten vom schwarzen Himmel. Am nächsten Tag jagte ein kalter Wind schräge, graugelbe Regenschleier über die Felder, Wiesen und den See.

»Es sieht so aus, als würde sich das Wetter nicht so schnell bessern«, sagte Gregor eines Morgens zu Andrea. Sie saßen beim Frühstück. Es war Freitag und es war nicht daran zu denken, heute aufs Feld zu fahren.

Barbara arbeitete im Stall und Alex schlief noch. An manchen Tagen stand er erst um neun Uhr auf.

»Dann werde ich heute nach Ratibor fahren«, erklärte Gregor kurz entschlossen. »Ich wollte nur die Heuernte abwarten. Jetzt ist ja alles im Trockenen und das Wetter ist schlecht. In vier Tagen bin ich wieder zurück. Ich hoffe, es ist dir recht.«

Andrea hob überrascht den Blick. »Dass du mir das nicht früher sagst?«, entgegnete sie konsterniert. »Willst du deine Mutter besuchen?«

»Das auch. Aber vor allem geht es um den Prozess. Davon habe ich dir doch erzählt.«

»Von einem Prozess hast du mir nichts erzählt«, erwiderte Andrea irritiert.

»Das kann ich mir nicht vorstellen. Habe ich das vergessen?«

»Anscheinend.« Sie biss verstimmt in ihre Semmel. »Aber das geht in Ordnung. Ich will gar nichts über diesen Prozess wissen.«

»Ein Kunde hat mich verklagt«, erklärte er ihr trotzdem. »Ich habe dir doch gesagt, dass mich mein Sozius so im Regen stehen ließ. Wir konnten ein Wohnhaus nicht fristgerecht fertigstellen und dann hatte der Bauherr auch noch Mängel festgestellt. Karel hatte das verbockt. Aber ich will mich nicht reinwaschen. Ich bin auch schuld. Zumindest kommt es jetzt, nach einem Jahr Prozess, zur Hauptverhandlung. Es wird auf einen Vergleich hinauslaufen. Ich habe gestern mit meinem Anwalt in Gleiwitz telefoniert.«

»Das hättest du mir doch sagen können.«

»Ich wollte dich nicht mit meinen Angelegenheiten behelligen.«

»Komm gesund wieder heim. In vier Tagen diese weite Strecke hin- und zurückzufahren, das wird sicher anstrengend für dich. Und dann noch die Gerichtsverhandlung.« Sie war enttäuscht, dass er so wenig Vertrauen zu ihr hatte. Manchmal kam es ihr immer noch so vor, als ob er ein Fremder für sie wäre und sie für ihn.

Als er sie dann aber an sich zog und sie küsste, vergaß sie ihre Bedenken wieder.

»Komm wieder gesund heim«, sagte sie noch einmal. »Das ist das Wichtigste.«

Als Gregor fort war, beschloss sie, ihren Eltern endlich die Wahrheit zu sagen.

Sie räumte mechanisch die Küche auf: stellte Wurst, Butter und Käse zurück in den Kühlschrank. Räumte Tassen und Teller in die Spülmaschine. Wischte den Tisch ab und auch gleich den Staub vom Fensterbrett.

Nach einer halben Stunde kam die Mutter aus dem Stall. »Ist der Gregor fortgefahren?«, fragte sie ihre Tochter erstaunt. »Ich hab' ihn mit einer Reisetasche zum Auto gehen sehen.«

»Ja, nach Polen. Für vier Tage.«

»So etwas! Er hat ja gar nichts gesagt.« Barbara sah auf die Uhr. »Der Milchwagen wird gleich kommen«, meinte sie dann zerstreut.

»Ja, jeden Augenblick. Es ist gleich neun Uhr.«

»Ist der Vater denn noch nicht auf?« Die Bäuerin setzte sich eine Weile hin. Sie wollte noch den Milchtransport abwarten und dann mit ihrer Tochter reden.

»Soll ich einmal nach dem Papa schauen?« Andrea war auch ziemlich durcheinander. Alles was sie tat und sagte, geschah irgendwie mechanisch. Sie dachte an Gregor. Und sie wollte ihrer Mutter endlich sagen, dass sie ein Paar waren und zusammenbleiben wollten.

In diesem Moment kam der Bauer in die Küche. Es dauerte immer lange, bis er sich gewaschen hatte. Er tat dies sehr sorgfältig. Er wollte seine Behinderung durch übertriebene Körperhygiene kompensieren.

»Ach, jetzt habe ich schon den Tisch abgeräumt!«, rief Andrea aus. »Wo bin ich heute nur mit meinen Gedanken? Du hast ja noch gar nicht gefrühstückt, Papa.«

»B e k o m…m…e i c h…n i c h…t s m e…h r«, stieß er aus und freute sich, dass ihm ein vollständiger Satz gelungen war. Er grinste.

»Freilich.« Andrea holte die Lebensmittel, die sie gerade in den Kühlschrank gestellt hatte, wieder hervor, auch Tasse und Teller. In der Thermoskanne war noch Kaffee.

»Ah, da kommt der Milchwagen!«, rief Barbara aus und lief vors Haus zum Stall, wo der große Laster stehen blieb.

Andrea saß nun mit dem Vater allein in der Küche. Sie hatte ihm immer alles anvertrauen können. Sie wusste, dass sie sein heimliches Lieblingskind war, sein kleines Mädchen eben. Als sie die Modeschule in Hallein besuchte, hatte er dafür mehr Verständnis aufgebracht als ihre Mutter. Sie überlegte, ob sie nicht zuerst mit dem Vater reden sollte. Dies war auch insofern leichter, da er nicht mehr imstande war, ihr vollwertig zu antworten.

»Ich muss dir was sagen, Papa«, begann sie plötzlich, ohne noch weiter zu überlegen. Einmal musste es gesagt werden und jetzt war die beste Gelegenheit dazu.

Er schaute die Tochter fragend an.

»Ist es euch denn noch nicht aufgefallen, dass ich Gregor gern habe?«, bemerkte sie vorsichtig.

Der Bauer lächelte verschmitzt. »D o…c h«, stammelte er.

Andrea blieb die Spucke weg. War das alles, was er dazu zu sagen hatte? War er nicht mehr ganz richtig im Kopf? Aber das war nicht der Fall. Sie wusste es. Sein Gehirn funktionierte noch einwandfrei. »Dann macht dir das gar nichts aus?«, rief sie völlig perplex aus.

Er schüttelte den Kopf. F l e…i…s s…i g.« Er brachte dieses Wort nur mühsam zustande.

»Du weißt also Bescheid. Und weiß die Mutter es auch?«

Der Vater schüttelte den Kopf mit dem grauen, kurz geschnittenen Haar. Sein trüber Blick wurde ernst.

Sie weiß es also nicht, überlegte Andrea. Sie wird es nicht so leicht aufnehmen wie der Vater.

Da war sie sich sicher. Aber sie musste jetzt Nägel mit Köpfen machen. Dass der Vater so reagieren würde, hatte sie nicht erwartet. Sie ging zu ihm hin und umarmte ihn stumm. Seine graublauen Augen wurden feucht.

Die Mutter kam wieder herein. »So, das wäre erledigt«, meinte sie und setzte sich wieder an den Tisch. Sie blickte vor sich hin, als ob sie nach Worten suchte.

Es herrschte eine angespannte Atmosphäre in der Küche. Es lag etwas in der Luft.

»Andrea«, begann die Bäuerin, bevor die Tochter etwas sagen konnte. »Ich will schon länger mit dir darüber reden, aber ich habe es nicht über mich gebracht.«

Die Situation entwickelte sich nicht so, wie Andrea sich das vorgestellt hatte. Sie merkte schnell, dass das, was ihre Mutter sagen wollte, nichts mit Gregor zu tun hatte.

»Ich glaube, dass der Markus nicht mehr kommt. Er bringt es nur nicht fertig, es uns zu gestehen.« Die Bäuerin stammelte etwas. »Ich kann mich auch nicht mehr länger verrückt machen. Ich will dir den Hof überschreiben.« Sie sah zu ihrem Mann hin, der den Kopf schüttelte. Doch sie fuhr unbeirrt fort: »Der Markus soll keine Ansprüche mehr haben. Er hat sich alles selber eingebrockt. Wir können nicht bis zum Sankt-Nimmerleins-Tag warten, bis er vielleicht wieder in die Heimat kommt. Im Übrigen bin ich mir sicher, dass er gar nicht mehr kommt. Er wird in Neuseeland bleiben.«

Der Bauer wollte protestieren. So hatte das Barbara scheinbar nicht mit ihm abgemacht. Er fuchtelte aufgeregt mit den Armen. Er wollte etwas sagen, brachte jedoch in seiner Aufregung nichts heraus. Zumindest war klar, dass er mit seiner Frau nicht einer Meinung war. Schließlich stammelte er: »I c h…n…i…c h…t.«

Die Bäuerin beachtete ihren Mann gar nicht. Es schien so, als würde sie ihn in dieser Beziehung nicht mehr für voll nehmen. Zumindest entschied sie über seinen Kopf hinweg.

»Ich habe gestern lange mit dem Christian telefoniert. Er kommt übrigens am Sonntag«, sprach sie zielstrebig weiter. »Er meint auch, dass wir dir den Hof überschreiben sollen.«

Der Bauer brummte etwas Unverständliches.

»Du willst es nicht?«, wandte sich Andrea ruhig an den Vater.

Der Bauer schüttelte den Kopf. »M o…d…e«, stotterte er.

Andrea lächelte. »Er will, dass ich in meinem erlernten Beruf weitermache.«

»Aber du machst deine Sache als Bäuerin so gut«, hielt Barbara dagegen. »Und es macht dir doch auch Spaß. Sieh doch ein, Alex, dass es das Beste ist, wenn wir Andrea den Hof überschreiben«, wandte sie sich jetzt an ihren Mann.

Alex brummte widerwillig vor sich hin.

»Besonders gut machst du es, seit der Gregor auf dem Hof ist«, fügte sie schmunzelnd hinzu. Sie lächelte nun wissend.

»Du weißt es?«, rief Andrea erstaunt aus.

»Ja«, gestand Barbara. »Ich hab' schon gehört, wie du dich in sein Zimmer geschlichen hast.«

Andrea wurde rot bis zu den Haarwurzeln. Sie brachte vor Verlegenheit kein Wort heraus.

»Du musst dich nicht schämen«, beruhigte die Mutter sie, »aber du darfst mir glauben, dass ich deswegen so manche schlaflose Nacht gehabt habe. Ein Pole, der Bauer auf unserem Hof werden soll. Das musste ich erst einmal verdauen.«

So ist das also, überlegte Andrea blitzschnell. Gregor ist bloß das kleinere Übel. Die Mutter wägt ab. Sie weiß, dass er tüchtig ist. Sie hat gesehen, wie wir beide den Betrieb meistern. Dass Gregor ein Fremder ist und sie nicht viel von ihm wissen, stellt sie deshalb in den Hintergrund. Sie will unter allen Umständen den Fortbestand des Hofes retten. Das ist ihr am wichtigsten. Und sie musste nun entscheiden. Ihr Mann war nicht mehr voll geschäftsfähig und auch sehr wankelmütig in seinen Entscheidungen geworden. Andrea hatte ihre Mutter unterschätzt. Außerdem schien sie Christian auf ihrer Seite zu haben.

Die Freude darüber, dass nun auch die Mutter nichts gegen ihre Liebe zu Gregor hatte, wurde durch diese Tatsache etwas getrübt. Sie wusste ja auch, dass sich Gregor unbedingt wieder als Bauunternehmer selbständig machen wollte. Doch es war besser, vorerst nichts darüber zu sagen und die Dinge einmal einfach so laufen zu lassen.

»Ich bin froh, dass ihr mir wegen Gregor keine Steine in den Weg legt«, sagte sie deshalb. »Ich bin so erleichtert, dass ihr nichts gegen ihn habt.«

»Was sollten wir gegen ihn haben? Die Betty wird sich natürlich das Maul jetzt erst richtig zerreißen, wenn sie es erfährt. Ob ich sie wieder einmal zum Kaffee einlade«, überlegte sie, »es herrscht ja nun schon wirklich lange Funkstille zwischen uns.«

»Das willst du wirklich tun?«, rief Andrea aus, die froh war, dass das Thema Hofübergabe nicht weiter vertieft wurde.

»Ich will ja nicht ganz und gar mit ihr den Kontakt abbrechen«, meinte Barbara zögerlich.

Das ist typisch Mama, dachte Andrea. Jetzt kommt wieder ihre Gutmütigkeit zum Vorschein.

»Andrea«, griff nun die Bäuerin das ihr am Herzen liegende Thema wieder auf. »Überleg dir das mit dem Hof. Du bist eine gute Bäuerin. Wir könnten dir noch in diesem Jahr alles überschreiben.« Sie sah zu Alex hin, der unzufrieden vor sich hinblickte.

»Was hast du dagegen einzuwenden?«, fragte sie ihn ungehalten. »Ich dachte, wir sind bei diesem Punkt einer Meinung.«

»M a r…k…u s…k…o…m m…t!«, erwiderte er stockend.

Barbara schüttelte den Kopf. »Nein, Alex, du machst dir da was vor.«

»Lass mir Zeit zum Überlegen«, bat Andrea. »Ich muss auch erst mit Gregor sprechen.«

»Es ist also wirklich ernst zwischen euch?«, wollte es Barbara noch einmal bestätigt wissen.

Andrea nickte lächelnd. »Ich vermisse ihn jetzt schon«, sagte sie leise und ging zur Tür.

Sie wollte alleine sein, sich alles durch den Kopf gehen lassen. Heute, bei diesem Regenwetter, fand sie endlich einmal Zeit, über alles nachzudenken.

»Wo gehst du denn hin?«, fragte die Mutter.

»Ich werde nach Rosenheim zum Einkaufen fahren. Ich brauche ein paar neue Sachen.«

»Gut, das muss auch einmal sein«, antwortete die Mutter verständnisvoll. »Du hast ja auch so viel gearbeitet die letzten Wochen. Du machst es so gut wie ein Mann. Ich könnte das nicht.«

Andrea gab keine Antwort und ging hinaus.

Sie fuhr zum Einkaufen, aber sie war nicht bei der Sache. Es bereitete ihr auch keine Freude. Um nicht mit leeren Händen wieder heimzukommen, kaufte sie sich eine Jeans, ohne sie vorher anzuprobieren. Sie war ihr dann auch viel zu groß, wie sie daheim feststellte.

Trotzdem war es für sie ein besonderer Tag gewesen. Gerade im Getümmel der Stadt, hatte sie so richtig über ihr Leben nachdenken können: über die Vergangenheit, die Gegenwart, aber vor allem über die Zukunft.

Zwei Stunden hatte sie sinnierend in einem kleinen Café gesessen, direkt am Fenster, und hatte die Passanten, die mit Regenschirm oder nassem Haar und Mantel an ihr vorübergingen, beobachtet. Dabei auch immer wieder ihr eigenes Leben betrachtet.

Sie dachte an Germana und deren Leben. Die Freundin reiste in der Welt umher, hatte den Traum, den sie auch einmal gehabt hatte, verwirklicht. Wollte sie so leben wie Germana? Sie kam schnell zu dem Entschluss, dass sie dies nicht wollte. Die Freundin wollte sich auch noch an keinen Mann binden. »Erst, wenn ich den Höhepunkt meiner Karriere erreicht habe, dann werde ich mir einen passenden suchen«, hatte sie in ihrer letzten E-Mail geschrieben.

Ich habe mir keinen Mann gesucht, grübelte Andrea weiter, während sie durch das riesige Fenster in den nebelverhangenen Tag hineinblickte. Auf dem nassen, schwarz glänzenden Asphalt fuhren hektisch die Autos und bespritzten die Passanten. Gregor ist zufällig in mein Leben getreten. Jeder hat sein Schicksal. War das wirklich nur ein Zufall oder sind wir für einander bestimmt? Steckt ein höherer Sinn hinter allem? Sie kannte die Antwort nicht. Soll ich den Hof übernehmen?, fragte sie sich weiter. Damit begrabe ich meinen Traum als Mode-Designerin dann endgültig! Als sie bezahlte und schließlich in der heute so früh einsetzenden Dämmerung die Stadt wieder verließ, war sie so unschlüssig wie zuvor. Trotzdem: Dieser Tag in der verregneten Stadt hatte ihr gutgetan.

11

Am Sonntag war das Wetter nicht wesentlich besser. Christian tauchte kurz vor Mittag auf dem Hof auf. Er kam dieses Mal allein. Seine Freundin hatte eine Sommergrippe.

Es gab Schweinebraten mit einer Kruste, die nur Barbara so knusprig hinbekam, und einer Biersauce. Das Wasser konnte einem im Mund zusammenlaufen. Auch Barbaras Semmelknödel waren unübertrefflich. Dazu gab es Sauerkraut. »Das muss mindestens fünf Mal aufgewärmt werden«, behauptete die Bäuerin immer, »sonst schmeckt es nicht. Und Honig, Kümmel und Lorbeer gehören rein.«

Christian war selig und ließ es sich wieder einmal so richtig schmecken. Er benahm sich heute viel natürlicher als beim letzten Mal, als er mit seiner Zahnärztin da gewesen war. Er berichtete von seinem Studium, aber vor allem wollte er etwas über den Dorfklatsch wissen. Er war wie ausgewechselt.

Die Mutter erzählte von ihrer Auseinandersetzung mit ihrer Schwägerin und Christian schüttelte dazu nur den Kopf. »Sie war schon immer taktlos und unverschämt«, war sein Kommentar.

Nach dem Essen und nachdem die Küche aufgeräumt war, schaute sich die Familie gemeinsam auf dem Laptop die Bilder an, die Markus aus Neuseeland geschickt hatte. Markus schien wieder weitgereist zu sein, denn das waren nicht nur Fotos von Auckland, wo er in einer Tauchschule arbeitete, sondern auch von Wellington, von der Südinsel, vom Fiordland National Park und Christchurch. Es waren wunderbare Aufnahmen und Christian bemerkte dabei, dass er im nächsten Jahr mit seiner Freundin den Bruder besuchen wollte.

Also hat die Mutter recht, dachte Andrea, er hat sich wohl endgültig entschieden und wird in Neuseeland bleiben.

Nachdem sich die Familie die schönen Fotos angeschaut hatte, tranken sie noch Kaffee. Der Vater wurde danach müde und die Mutter musste in den Stall.

»Du wirst ja auch bald aufbrechen?«, fragte sie ihren Sohn, der es beim letzten Besuch sehr eilig gehabt hatte.

»Nein, ich bleib noch ein wenig«, erwiderte Christian und machte es sich auf dem Sofa bequem.

»Gut, dann wird dir die Andrea Gesellschaft leisten. Ich muss jetzt zu meinen Viechern«, meinte die Mutter und begab sich in den Stall.

»Ich hab' gehört, dass du dich in deinen Erntehelfer verschaut hast«, bemerkte Christian, nachdem sie eine Weile über das Wetter und die Ernte gesprochen hatten.

»Er heißt Gregor«, entgegnete Andrea etwas zu scharf.

»Entschuldige, ich habe es nicht so gemeint«, meinte Christian versöhnlich und er fuhr schnell fort: »Er soll ja allerhand auf dem Kasten haben.«

»Er hat Bauingenieurwesen studiert und sich auf Holzbau spezialisiert«, stellte Andrea richtig.

»Aber warum arbeitet er dann als Erntehelfer?« Christian, sehr groß, sehr schlank und sehr schmal im normalerweise eher blassen, heute aber leicht geröteten Gesicht, ließ sich gemütlich in die Sofakissen sinken.

»Hat dir das die Mutter nicht erzählt?«

»Sie hat mir kaum etwas über deinen neuen Freund erzählt und du ja auch nicht.«

»Da hast nicht gefragt.«

»Das ist Unsinn. Ich wusste ja nichts.«

»Wohl doch«, erwiderte Andrea schnippisch.

»Gut, dann klär mich jetzt mal richtig auf. Dass er zurzeit in Polen ist, habe ich mitgekriegt.«

»Hast du was gegen ihn?«, fragte Andrea spitz.

»Ich kenne ihn doch gar nicht. Aber ich habe den Eindruck, dass du gerade ein wenig gereizt reagierst.«

»Bring du dein Studium über die Bühne, heirate deine Zahnärztin und lass mich in Ruhe.« Die Freude über den Besuch ihres Bruders war Andrea plötzlich vergangen. Dabei hatte er gar nicht viel gesagt. Sie wusste selbst nicht, warum sie plötzlich so aufgebracht reagierte.

»Ich habe doch nichts gegen diesen Mann. Ich habe ihn ja noch nie getroffen«, wehrte sich Christian noch einmal. Er wollte heute wirklich nicht mit seiner Schwester streiten.

Andreas Miene änderte sich, sie blickte mit einem verlorenen Gesichtsausdruck vor sich hin.

»Liebst du ihn wirklich? Du erscheinst mir gar nicht so recht glücklich.« Christian runzelte die hohe, runde Stirn.

»Freilich liebe ich ihn«, erwiderte sie. Doch in ihre sonst so entschlossen dreinblickenden dunklen Augen trat eine leichte Unsicherheit. »Sonst hätte ich mich doch nicht mit ihm eingelassen. Aber manchmal kommt es mir so vor, als ob ich ihn gar nicht richtig kennen würde. Es gelingt mir nicht, in seine Seele zu schauen«, vertraute sie sich Christian nun wieder an.

»Das kannst du bei keinem Menschen. Auch dem Leo hättest du nicht in die Seele schauen können, noch nicht einmal mir «, bemerkte Christian mit ernster Stimme. »Das hat gar nichts damit zu tun, dass er kein Deutscher ist, kein Seebrucker«, setzte er etwas ironisch hinzu. Er war froh, dass sie nun mit ihm sprach und sich nicht mehr so abweisend verhielt. Er hatte wohl anfangs nicht den richtigen Ton gefunden.

»Ich möchte ihn heiraten«, fuhr sie sinnierend fort. »Ich lasse mich doch mit keinem Mann ein, den ich nicht heiraten möchte. Zu dieser Sorte Frau gehöre ich nicht.«

»Und? Was steht dem im Wege?« Christian runzelte die Stirn und beugte den Oberkörper nach vorne. Er sah die Schwester scharf an.

»Du weißt doch, dass ich den Hof übernehmen soll. Du hast der Mutter ja selbst diesen Vorschlag gemacht.«

Christian ließ sich wieder zurück in die Kissen sinken. Er nickte. »Und was hat das mit deinem Gregor zu tun?«

»Den Hof gibt es seit 1575«, erwiderte Andrea und blickte dabei nachdenklich vor sich hin. »Seit 1771 ist er in Besitz der Familie Buchberger: unserer Familie!«

»Hast du wieder einmal unsere Familienchronik durchgeblättert? Ich wüsste das nicht so genau«, bemerkte Christian grinsend.

»Soll der Hof auf einmal ›Slezak‹ heißen?« Sie sah ihn zweifelnd an.

»Du hast also ein Problem damit?«

Andrea nickte.

»Also darüber würde ich mir jetzt wirklich keine Gedanken machen. Du kannst doch deinen Namen behalten. Außerdem wird er immer der Buchberger-Hof bleiben.«

»Ja«, erwiderte Andrea leise, »da hast du recht.« Doch es war nicht nur der fremde Name, der sie beschäftigte. Sie sagte sich, dass Gregor ihr ja noch überhaupt keinen Heiratsantrag gemacht hatte. Vielleicht wollte er sie gar nicht heiraten.

Christian richtete sich nun wieder auf und sah seiner Schwester fest in die Augen. »Wie dem auch sei«, sagte er und fuhr nachdenklich fort, »wichtig ist jetzt doch nur, dass du den Hof übernimmst, dass er nicht verkauft oder verpachtet werden muss. Willst du ihn übernehmen?«

Durch Andrea ging plötzlich ein Ruck. Alle Unsicherheit, alle Zweifel, die sie eben noch durcheinandergewirbelt hatten, schob sie zur Seite. »Ja«, erwiderte sie mit fester Stimme, »ich habe mich dazu entschlossen. Wenn Markus nicht mehr kommt, dann werde ich ihn übernehmen.« Und sie betonte noch einmal: »Wenn er wirklich nicht mehr kommt.«

»Ich habe von Anfang an gesagt, dass ich Arzt werden will«, rechtfertigte sich Christian sofort. »Ich war noch ein kleiner Bub, als ich das schon wollte.«

Andrea nickte versöhnlich und schmerzlich zugleich. »Das weiß ich doch. Mit dir hat niemand gerechnet.«

Andrea erwiderte den Blick ihres Bruders mit gemischten Gefühlen. Heute ist er ganz anders als bei seinem letzten Besuch, als seine Freundin dabei war. Heute gibt er sich so, wie ich ihn kenne. Er war ja immer der vernünftigere der beiden Brüder gewesen. Markus war immer voller Ideen gewesen, hatte aber die meisten nicht zu Ende geführt. Andererseits hatte Markus die Bauernarbeit geliebt, trotz seiner vielen Reisen.

Christian erhob sich. Von der Stube aus konnte man zum Stall hinübersehen. Mattes Licht schimmerte aus den kleinen Fenstern. Recht früh setzte bei diesem schlechten Wetter die Dämmerung ein.

»Ich muss jetzt los«, sagte er, »heute wird zwar kein starker Rückreiseverkehr sein, wer macht bei so einem Sauwetter schon einen Ausflug, aber ich möchte doch beizeiten in München sein. Morgen steht mir eine schwere Prüfung bevor.«

»Du hast das Physikum so gut geschafft, du schaffst auch den Rest. Da bin ich mir ganz sicher. Du bist und bleibst ein Streber«, meinte Andrea lächelnd. »Trotzdem wünsch' ich dir viel Glück für morgen.«

»Danke.« Er nahm die Schwester in den Arm. Dann, als er schon an der Tür stand, fragte er sie mit ernstem Gesichtsausdruck: »Ist zwischen uns alles wieder gut?«

Andrea nickte. »Alles in Ordnung«, erwiderte sie mit einem versöhnlichen Lächeln.

»Sag dem Vater noch schöne Grüße. Ich will ihn nicht aufwecken. Er schläft sehr viel, habe ich den Eindruck.«

»Ja, das liegt an den Tabletten. Aber er muss sie nehmen.«

»Dann will ich jetzt noch schnell rüber zur Mutter in den Stall gehen und mich verabschieden.« Er zwinkerte Andrea aufmunternd zu.

Andrea beobachtete den Bruder, wie er mit weit ausholenden Schritten durch den Nebel über den Hof zum Stall hinüberging. »Er wird der erste Arzt in unserer alten Familie sein«, dachte sie stolz. »Auch nicht schlecht.«

12

Am nächsten Tag zeigte sich das Wetter etwas besser, die Landschaft wirkte nicht mehr so trist. Doch noch immer umkreisten Nebelschwaden die Bergwälder. Wie bei einem stillen, unheimlichen Tanz trieb der Wind dunkle Wolken vor sich her. Ein feiner Nieselregen sprühte über Land und See. Am Abend riss es dann von Norden her auf, während sich die Chiemgauer Berge noch wolkenverhangen und abweisend zeigten.

Der nächste Tag brachte strahlenden Sonnenschein. Der Sommer, der eine viertägige Regenpause eingelegt hatte, war wieder da.

Auch Gregor war zurückgekommen. Irgendwann in der Nacht. Andrea hatte ihn nicht gehört. Doch sein Auto stand beim Stadel, als sie um sechs Uhr morgens aus dem Fenster sah.

Sie spürte Erleichterung in sich aufsteigen. Hatte sie wirklich geglaubt, dass er sich aus dem Staub machen wollte? Hatte sie ihm das zugetraut? Sie hatte es kurz in Erwägung gezogen, das musste sie zugeben.

In seiner Kammer rührte sich noch nichts. Gregor schien noch tief und fest zu schlafen. Andrea aber musste ins Lagerhaus fahren, um Kraftfutter zu holen. Vorher wollte sie noch zu einem neuen Heu-Kunden, einem kleinen Biobauern in

Rimsting. Sie schaute sich die Leute, bevor sie ihr Heu lieferte, gern erst an. Auch musste sie noch über den Preis verhandeln.

Als Andrea von ihren Erledigungen mit dem Hänger voller Kraftfutter zurückkam, sah sie, wie Gregor beim Hühner-Freilauf einen umgefallenen Pfosten neu einschlug. Der Vater hatte ihn schon vorige Woche darum gebeten. Er war so in seine Arbeit vertieft, dass er den in den Hof fahrenden Traktor nicht wahrnahm. Sie ging langsam auf ihn zu.

»Kannst du mir beim Abladen helfen, wenn du damit fertig bist?«, fragte sie ihn lässig, als ob er nicht vier Tage fort gewesen wäre, sondern bloß eine Stunde. Aber ihre Augen blitzten auf.

Auch Gregors Augen leuchteten. »Aber natürlich, Chefin«, erwiderte und stellte das Beil zur Seite. Er umarmte sie.

»Ich habe dich vermisst«, flüsterte Andrea in sein Ohr.

»Ich dich auch.« Er zog sie noch ein wenig fester an sich, ließ sie dann aber gleich wieder los, als er sah, dass sich die Haustür öffnete und der Alex herauskam.

»Hat sich die Fahrt gelohnt?«, fragte Andrea.

Gregor nahm das Beil wieder zur Hand, schlug kräftig auf den Pfosten, als ob er sich abreagieren wollte. »Es kam zu einem Vergleich, wie ich schon vermutet habe. Meine Schulden sind jetzt noch höher. Aber da muss ich durch.«

Andrea schluckte schwer. »Wie hoch sind sie denn jetzt?«, fragte sie vorsichtig.

»50000 Euro«, stieß er aus und schlug dabei wieder mit voller Wucht auf den Pfosten.

Andrea hatte mit einem wesentlich höheren Betrag gerechnet. In ihren Augen waren 50000 Euro nicht viel. Vor einiger Zeit hatte sie Einblick in die Vermögensverhältnisse der Familie bekommen. Früher hatte sie dies nicht interessiert, die Mutter auch nicht. Der Bauer hatte sich ganz allein um die Geldgeschäfte gekümmert. Seit ein paar Wochen besaß nun auch Andrea eine Bankvollmacht. Sie wusste jetzt, dass die Familie durch den Verkauf einiger Grundstücke vermögend war. Das Geld hatte der Vater vor zehn Jahren krisensicher angelegt. Doch sie hätten auch allein von der Landwirtschaft gut leben können. Sie besaßen 80 Milch-Kühe und auch Mais- und Getreidefelder.

So einen Betrag könnte ich ihm durchaus bezahlen, fuhr es ihr durch den Kopf. Doch sie behielt diesen Gedanken lieber für sich. Gregor erwartete anscheinend auch nicht, dass sie dazu etwas sagte.

Der Vater war bei ihnen angekommen. Er stützte sich schwer auf seinen Stock. Das Gehen schien ihm heute schwerer zu fallen. Es gab immer gute und schlechte Tage. Heute schien für ihn, obwohl sich das Wetter wieder so herrlich zeigte, kein guter Tag zu sein. Er griff nach dem Pfosten, versuchte ihn zu rütteln, doch er bewegte sich nicht.

»F e…s…t«, stammelte er und grinste schief. Er warf Gregor einen dankbaren Blick zu.

»Wir müssen jetzt abladen«, sagte Andrea. »Ich hab' das Futter geholt.«

Der Bauer nickte, sein Gesicht verdunkelte sich.

Jetzt denkt er wieder an früher, als er noch voller Saft und Kraft war und mit Markus das Kraftfutter schnell abgeladen hatte. Andrea warf ihrem Vater einen mitleidigen Blick zu. Dann ging sie mit Gregor zum Bulldog. »Der Vater denkt gerade daran, dass dies früher alles seine Aufgaben gewesen waren«, sagte sie zu ihm. »Das Ausbessern der Zäune, die Fahrten ins Lagerhaus, das Verhandeln mit der Mühle und der Molkerei.« Sie seufzte tief. »Und nun ist er zur Untätigkeit verdammt und dabei ist er noch keine 60 Jahre alt.«

»Ja, das ist sicher alles nicht leicht für ihn«, erwiderte Gregor. »Aber es hätte noch viel schlimmer ausgehen können.«

Sie luden die schweren Säcke ab und brachten sie in den Stall.

»Hast du deine Mutter besucht?«, fragte Andrea, das Thema wechselnd.

»Ja, aber nur kurz. Es blieb ja nicht viel Zeit. Die Verhandlung war in Gleiwitz und wir wohnen in der Nähe von Ratibor.«

Ich werde es ihm jetzt sagen, dass ich mit den Eltern gesprochen habe, dachte Andrea, Schluss mit der Heimlichtuerei. Sie wartete auf eine günstige Gelegenheit.

Gregor stapelte die Säcke in einen kleinen Nebenraum.

Er hielt plötzlich in seiner Arbeit inne und sah sie an. Sie standen im Halbdunkel des Stalles. Durch die kleinen Fenster drang gedämpftes Sonnenlicht, das aber nur bestimmte Stellen beleuchtete.

»Was schaust du mich so an?«, fragte Andrea und ihr Herz begann zu klopfen.

»Ich würde dich gerne meiner Mutter vorstellen«, murmelte er.

»Das wäre schön. Vielleicht im Spätherbst, wenn die Ernte eingebracht ist.« Ihr Herz klopfte noch stärker. »Und zu deinem Vater hast du keinen Kontakt?«

»Nicht viel. Ich besuche ihn ein oder zwei Mal im Jahr«, antwortete er kurz.

Andrea fragte nicht weiter nach. Für Gregor schien nur die Mutter wichtig zu sein. Als er sich von ihr abwandte, um mit seiner Arbeit fortzufahren, sagte sie schnell: »Ich habe mit meinen Eltern gesprochen. Ich meine über uns ...«

Er sah sie fragend an. »Und, wie haben sie es aufgenommen? Haben sie dich enterbt?« Es sollte spöttisch klingen, aber seine Stimme schwankte.

»Ganz im Gegenteil«, antwortete Andrea ruhig. »Sie haben nichts gegen dich. Ich soll den Mann heiraten, den ich liebe, haben sie gemeint.«

Er sah sie erleichtert an und wandte sich wieder den Säcken zu.

»Du sagst ja gar nichts dazu!« Sie ließ ihn nicht aus den Augen. Wieder begann sie an seiner Ehrlichkeit zu zweifeln. Wollte er sie gar nicht heiraten oder war es zum jetzigen Zeitpunkt einfach noch kein Thema für ihn? Wieder spürte sie Enttäuschung in sich emporsteigen.

Er lehnte den Sack, den er gerade zur Hand genommen hatte, an die Wand. »Ich bin glücklich«, meinte er dann. »Sieht man das nicht?«

»Ich weiß nicht«, murmelte sie, »manchmal habe ich nicht den Eindruck.«

Er zog sie an sich und küsste sie.

»Dann willst du mich also heiraten?«, flüsterte sie ihm zu. »Ich habe schon befürchtet, ich wäre nur dein Verhältnis.«

»Du bist keine Frau für ein Verhältnis«, raunte er ihr ins Ohr.

Andrea wand sich aus seinen Armen, obwohl sie am liebsten mit ihm ins Heu gesunken wäre. »Wir müssen jetzt weitermachen.«

Gregor nickte. »Ich bin froh, dass du klare Verhältnisse geschaffen hast. Auch natürlich darüber, dass deine Eltern nicht gegen mich sind.«

»Auch Christian hat nichts gegen dich einzuwenden, obwohl er dich gar nicht kennt. Aber du wirst ihn sicher bald kennen lernen.«

Gregor fuhr fort, die Säcke in die frühere Milchkammer zu stellen.

Andrea blieb noch stehen und sah ihm zu. Er hatte die Ärmel hochgekrempelt. Seine Arme waren muskulös, aber er war kein Kraftprotz, kein Bodybuilder. Auf seiner geraden, kurzen Stirn standen Schweißperlen. Er war ein gutaussehender Mann, aber kein Schönling. Und er besaß eine Ausstrahlung, die Leonhard beispielsweise nicht besessen hatte. Leonhard war ganz einfach fad gewesen. Es tat ihr leid, dass sie sich dies jetzt eingestehen musste, denn sie wusste, dass er ihr immer noch nachtrauerte. Er ahnte ja nicht, dass sie nun einem anderen gehörte. Er glaubte immer noch, dass sie zu haben sei. Er gab deshalb nicht auf, auch wenn er dies behutsam vorsichtig und verhalten anstellte. Aber er würde es nun bald erfahren. Ihre Liebe zu Gregor sollte nicht mehr länger ein Geheimnis bleiben.

»Der Weizen steht gut in diesem Jahr«, sagte Andrea zu Gregor, »ich glaube, wir können langsam mit der Ernte beginnen.«

So fuhr sie hinaus mit ihrem großen Mähdrescher und Gregor kam mit dem Bulldog und dem Hänger nach. Sie arbeiteten den ganzen Tag, nur mittags machten sie eine kurze Pause.

Im letzten Tageslicht kehrten sie müde, aber zufrieden heim.

Barbara wartete dann mit einem warmen Essen auf sie. Wenn später über der neuen Scheune, in der sich jetzt die Strohballen häuften, der Mond aufging, saßen sie noch eine Weile auf der Hausbank und unterhielten sich. Manchmal waren die Eltern dabei, meistens waren sie jedoch allein. Nur donnerstags ging Andrea zum Stammtisch, um sich mit ihren alten Freundinnen zu treffen.

Gregor traf sich hingegen nach wie vor jeden Freitagabend mit seinen neuen Freunden im Nebenraum beim »Alten Wirt« zum Skatspielen. Dabei waren immer noch der Apotheker aus Seeon, das Lehrerehepaar Weber und ein Rechtsanwalt aus Seebruck. Dies waren die beiden einzigen Abende, die Andrea und Gregor nicht zusammen verbrachten.

Sonntags wurde nicht gearbeitet. Gregor ging wie eh und je in die Kirche und Andrea schlief sich richtig aus. Den restlichen Tag verbrachten sie bei schönem Wetter entweder am See, fuhren mit dem Rad oder sie wanderten.

Am nächsten Tag ging die Arbeit weiter. Die schweren Strohballen wurden mit dem Stapler aufgeladen und auf den Hof verbracht oder verkauft. Andrea erwies sich in diesem Jahr als sehr geschäftstüchtig, selbst die Betreiber einer Biogasanlage bekundeten Interesse an ihrem Stroh.

13

Ende Oktober nahte Barbaras Geburtstag. Sie wurde 55. In der Regel feierte sie ihren Ehrentag nur bei Kaffee und Kuchen. Doch weil es ein Halbrunder war, wollte sie die Familie, ihre Geschwister und sogar ihre Schwägerin und ihren Schwager zum Essen einladen.

»Du willst wirklich die Betty einladen?«, fragte Andrea skeptisch. »Ich würde das nicht tun. Sie hat sich bei uns ja auch gar nicht mehr blicken lassen.«

»Ich finde das einfach nicht schön, wenn wir gar nicht mehr miteinander reden. Sie ist nun einmal die Schwester von deinem Vater und die Tochter von der Anna. Die Schwiegermutter, Gott hab' sie selig, war so gut zu mir, als ich in den Hof eingeheiratet hab. Außerdem: Wenn noch mehr Zeit vergeht, dann wird es immer schwieriger, wieder zusammenzufinden.« Barbara saß am Tisch und schrieb die Namen der Personen auf, die sie einladen wollte. »Betty und Theo«, schrieb sie nun und vervollständigte damit ihre Liste. »15 Personen sind wir dann«, meinte sie abschließend, »das reicht. Ich wüsste auch nicht, wenn wir noch einladen sollten.«

Alex, der auch mit am Tisch saß, brummte etwas vor sich hin, was nur Barbara verstand.

»Meinen Halbrunden möchte ich mal richtig feiern«, sagte sie zu ihrem Mann, »auch wenn es dir nicht passt. Da musst du durch.«

»Willst du beim ›Alten Wirt‹ einen Tisch reservieren?«, fragte Andrea.

»Ich denke, das ist das beste. Da weiß man, dass es gut ist«, erwiderte die Bäuerin. »So, jetzt trinke ich noch eine Tasse Kaffee, dann fahre ich zum Einkaufen ins Dorf.«

Andrea schaute etwas gelangweilt vor sich hin. Die Ernte war eingebracht und sie nahm sich vor, es nun etwas langsamer angehen zu lassen.Wochenlang hatten sie beide wirklich hart gearbeitet, Gregor genauso wie sie. Gregor war an diesem etwas trüben Nachmittag wieder einmal nach Traunstein gefahren, um etwas zu besorgen. Sie hatte nicht gefragt, um was es ging. Sie wollte ihn nicht kontrollieren und musste ja auch nicht überall dabei sein. Sie verbrachten sowieso die meiste Zeit zusammen. Er sollte seinen Freiraum haben, den er anscheinend ab und zu brauchte. Er war auch lange nicht mehr in der Kreisstadt gewesen. Und außerdem mochte sie Traunstein nicht so gern, sondern fuhr lieber zum Einkaufen nach Rosenheim.

»W…e b…e r«, stieß Alex hervor, der aus dem Fenster blickte, weil ein Auto angefahren kam. Sein Gehör funktionierte eben wirklich ausgezeichnet.

»Heute kommt wohl Anna-Lena zum Füttern und Putzen«, bemerkte Andrea, die nun auch hinaussah.

Das blonde, nicht unbedingt hübsche, aber große und schlanke Mädchen verschwand im Stall.

»Hat die schon den Führerschein?«, fragte Barbara erstaunt. »Ich seh' sie zum ersten Mal mit dem Auto.«

»Ja, gerade bestanden«, erwiderte Andrea und dachte daran, dass sie einmal auf dieses junge Ding eifersüchtig gewesen war. Nein, dachte sie jetzt, Gregor sieht keine andere an, da bin ich mir ganz sicher.

Was mache ich jetzt mit dem restlichen Tag?, fragte sich Andrea träge. Eigentlich müsste sie sich an den Computer setzen, es gab viel Schreibkram zu erledigen. Aber sie hatte keine Lust dazu. Das Kaufmännische war ohnehin nicht so ihre Sache. Ich könnte ein Buch lesen, dachte sie, oder fernsehen. Doch sie merkte schnell, dass sie weder zum einen noch zum anderen Lust verspürte. »Ich könnte auch zum Einkaufen fahren«, bot sie der Mutter an.

»Nein, das will ich schon selbst erledigen. Ich werde dann auch gleich für nächsten Samstag den Tisch beim Wirt reservieren lassen. Sicher ist sicher. Wir brauchen ja doch den Nebenraum, wenn wir 15 Personen sind.

»Ist das nicht zu früh? Da ist ja noch eine gute Woche hin. Du weißt doch gar nicht, ob alle kommen. Bis jetzt hast du keine Einladungen verschickt«, wandte Andrea amüsiert ein.

»Ich verschicke auch keine Einladungskarten, so viel Arbeit mach ich mir nicht. Ich rufe an. Meine Geschwister und die Nichten kommen, mit denen hab' ich schon gesprochen. Christian kommt auch, aber Silke weiß es noch nicht. Na, wegen einer Person hin oder her … «

»Nicht einmal zu deinem Geburtstag kommt sie«, meinte Andrea. »Sie war erst einmal hier und das für zwei Stunden. Sie macht sich wirklich rar.«

Barbara zuckte mit den Schultern. »Da kann man nichts machen. Ob die überhaupt zusammenbleiben? Ich bin mir da nicht so sicher.«

Dann kam der Geburtstag der Mutter. Es sollte ein schöner Tag werden, doch er endete bitter, zumindest für Andrea und Gregor. Es begann schon damit, dass es nach einer Reihe goldener Herbsttage am Morgen in Strömen regnete. Noch am Vorabend hatte sich diese Schlechtwetterfront, der ein wahrer Temperatursturz von 20 auf zehn Grad folgte, nicht erahnen lassen.

Die Berge waren im Nebelgrau verschwunden. Der scharfe Wind schien von allen Seiten her zu blasen, in seinem kalten Atem lag schon ein leichter Schneegeruch.

Doch die Familie wollte sich davon die gute Laune nicht verderben lassen. Andrea war früher aufgestanden und hatte sorgfältig den Tisch gedeckt. An Barbaras Platz standen Blumen und ein Geschenk: ein selbstgestrickter Schal.

Christian war bereits am gestrigen Abend angekommen. Sie waren eine kleine, aber fröhliche Runde am Frühstückstisch.

Gegen elf Uhr trafen die anderen Gratulanten ein und nach einem kurzen Plausch, Glückwünschen und Geschenken fuhren schließlich alle zum »Alten Wirt«.

»Betty und Theo sind nicht gekommen«, bemerkte Andrea etwas verärgert, die den Wagen lenkte. Gregor saß neben ihr, die Eltern hinten.

»Sie hat mir nicht abgesagt, als ich sie telefonisch einlud«, bemerkte Barbara. »Sie wollten zum Essen kommen. Ich habe den Tisch zumindest für 15 Personen reserviert. Sie kennt die Uhrzeit und weiß, dass wir beim ›Alten Wirt‹ feiern.«

Die Wirtin begrüßte die Familie freundlich und gratulierte Barbara, die sie gut kannte. »Ich hoffe, es ist so recht«, meinte sie, als sie die Gesellschaft in das »Jagerstüberl« führte. Der Tisch war festlich gedeckt.

Betty und Theo waren noch nicht da. Die Getränke wurden bestellt und man vertiefte sich in die Speisekarte. Schwager und Schwägerin ließen auf sich warten. Barbara wurde langsam unruhig, sagte aber nichts.

Dann kamen sie doch noch. Betty blieb auf der Schwelle zum Nebenraum stehen, als sie Gregor erblickte. Sie starrte ihn so böse an, dass dieser blass wurde. »Also doch! Er gehört jetzt schon zur Familie«, zischte sie Theo leise zu.

»Jetzt beherrsch dich!«, fuhr dieser seine Frau mit gedämpfter Stimme an. »Mach jetzt bloß kein Theater!«

Barbara sah ihr ärgerlich entgegen. Doch auch sie riss sich heute zusammen. »Schön, dass ihr doch noch gekommen seid«, presste sie mühsam hervor.

»Alles Gute zum Geburtstag!« Betty drückte ihr kühl die Hand. »Hier, ein kleines Geschenk.« Sie überreichte ihr ein Päckchen.

Wieder ein Mitbringsel aus Italien, dachte die Bäuerin. Sie kannte die Geschenke ihrer Schwägerin schon. Meistens waren es billige Wandteller oder geschmacklose Figuren, die auf den Märkten in Rom, Venedig oder Florenz angeboten wurden und die Betty jedes Jahr von ihrer obligatorischen Italienreise, die sie immer nach Saisonende unternahmen, mitbrachte. Meistens verschenkte sie diese dann, weil sie ihr selbst nicht gefielen.

»Danke«, erwiderte Barbara und nahm das Geschenk in Empfang. »Setzt euch doch. Wir haben die Getränke schon bestellt.«

Theo und Betty begrüßten die übrigen Anwesenden per Handschlag. Als Gregor Betty die Hand hinhielt, übersah sie diese demonstrativ. Theo war so verwirrt, dass er sich sofort setzte und auf die Speisekarte starrte. Er wusste, dass er falsch reagiert hatte, aber es war zu spät.

Andrea verhielt sich anders, als Gregor es von ihr erwartet hatte. Sie wirkte verlegen und unsicher. So hatte er sie noch nie erlebt. Auch war sie sehr schweigsam, brachte kaum ein Wort heraus.

Als alle mit Bier, Wein, Wasser und Saft versorgt waren, hob Barbara ihr Glas und prostete den anderen zu. »Schön, dass ihr gekommen seid«, sagte sie etwas gerührt. »Dich habe ich ja auch ewig nicht mehr gesehen«, wandte sie sich dann gleich an ihre Lieblingsnichte.

»Ja, war ein weiter Weg von Regensburg hierher und ich muss heute auch leider noch zurückfahren. Aber ich wollte so gern heute bei dir sein«, erwiderte die junge Frau lachend, die in Regensburg studierte. Sie wollte Lehrerin werden.

»Ich habe ja gesagt, dass sie wenigstens noch bis morgen bleiben soll«, schaltete sich Monika, Barbaras Schwester, ein, die in Stephanskirchen wohnte. »Aber sie will nicht.«

»Weil ich morgen den ganzen Tag lernen muss. Mir steht nämlich das zweite Staatsexamen bevor«, erklärte sie Andrea, die neben ihr saß.

»Lehrerin hätte ich nie werden wollen«, erwiderte Andrea einsilbig.

»Wo wart ihr denn heuer im Urlaub?«, fragte Carola ihre Schwester Marion, ebenfalls Nichten von Barbara. Die beiden jungen Frauen waren schon verheiratet, hatten aber noch keine Kinder.

»Nur am Gardasee? Wir waren in Florida«, erwiderte Marions Mann, da Marion gerade von Theo gefragt wurde, wie es ihr in München gefiel. Vor zwei Jahren war sie mit ihrem Mann nach Trudering gezogen, da er dort eine gute Stelle als Investmentbanker bekommen hatte.

Alex fühlte sich nicht wohl. Er konzentrierte sich voll und ganz darauf, sein Radler aus der Flasche ins Glas zu gießen und dabei nichts zu verschütten. Seine Hände zitterten leicht. Er war große Gesellschaften nicht mehr gewohnt, sie machten ihn unsicher und erschöpften ihn.

So zog sich das Gespräch bis zum Essen dahin. Einige unterhielten sich angeregt, einige schleppend. Manche hatten sich schon ein paar Jahre nicht mehr gesehen. Gregor war sehr still. Es waren ja lauter fremde Leute für ihn. Er dachte daran, dass in Polen derartige Feste etwas lautstarker und auch feuchtfröhlicher abliefen. Er sah immer mal wieder zu Andrea hin, die sich heute sehr seltsam verhielt. Schämte sie sich seiner? Es kam ihm fast so vor. Sie sagte kaum ein Wort.

Theo unterhielt sich mit Christian über dessen Studium. »Ja, Arzt wäre ich auch gern geworden«, meinte Theo seufzend. »Ich war auch gut in der Schule. Aber da führte kein Weg hin. Das hätten die Eltern nie finanzieren können, kleine Leute, die wir waren. So bin ich halt Buchhalter geworden.«

»Und wie geht es dem Magen und der Galle?«, fragte Christian in seiner Funktion als angehender Arzt besorgt.

»Nicht gut. Ich werde wohl um eine Operation nicht herumkommen.«

Betty trank bereits ihr zweites Glas Weinschorle, noch bevor das Essen kam. Aber sie wurde dadurch nicht fröhlicher, vielmehr immer verbissener. Ihr hageres Gesicht mit der hervorspringenden Nase wirkte leblos, wie eingefroren. Im Essen stocherte sie dann herum und ließ die Hälfte zurückgehen.

»Und der Markus konnte nicht kommen?«, fragte Fritz, der mit Barbaras Schwester Monika verheiratet war.

»Leider nicht«, erwiderte die Bäuerin. »Es ist ja so weit von Neuseeland hierher. Man kann sagen, er ist am anderen Ende der Welt.«

Am Stammtisch in der Gaststube saßen zur gleichen Zeit der Kramer-Hans, Leonhard, der junge Huber-Bauer und sein Helfer Frederik Slezak bei einem Bier.

»Drüben im ›Jagerstüberl‹ gibt es ja eine große Geburtstagsfeier«, erwähnte der Kramer mit spöttisch verzogenem Mund. Die blonden, von grauen Strähnen durchzogenen Haare, die er zu einem schlampigen Pferdeschwanz zusammengebunden hatte, fielen ihm in die zerfurchte Stirn. »Da sitzt ja dein Cousin mittendrin«, fügte er, den harten Mund spöttisch verziehend, an Frederik gewandt, hinzu.

Frederik zuckte nur mit den Schultern. »Soll er doch! Anscheinend er sich … Tochter von Bauern geangelt.« Sein Deutsch war nicht so gut wie das von Gregor, der die Sprache beinahe fehlerfrei beherrschte.

Der Kramer, der ihn leicht musterte, merkte, dass seine Gleichgültigkeit vorgetäuscht war, dass er sich vielmehr über seinen Verwandten, dem er die Stelle auf dem Buchberger-Hof vermittelt hatte, ärgerte.

»Seid ihr gar nicht so viel zusammen?«, fragte der Kramer hinterhältig.

Frederik zuckte mit den Schultern. »Nicht so oft. Wir arbeiten zusammen, wenn … muss.«

»Er soll ja ziemlich verschuldet sein«, fuhr der Handwerksmeister fort. »Was man halt so hört.«

Er schob sich sein Bierglas näher heran und nahm einen Schluck.

»Ja, ist pleite gegangen mit … Firma. Er gleich gesagt den Leuten. Nichts verheimlicht.«

»Und du?«, fragte der Kramer weiter, »was machst du jetzt?«

»Jetzt quetsch den Frederik doch nicht so aus«, mischte sich der junge Huber-Bauer ein. Er mochte den Kramer nicht. Aber der saß schon länger am Stammtisch als er. So musste er ihn halt in Kauf nehmen. Er dachte auch, dass es dem Kramer gar nicht recht gewesen war, dass er Frederik zum Frühschoppen mitbrachte. »Halte mir bloß diesen Polen vom Leib«, hatte er gesagt, aber der selbstbewusste Huber-Bauer hatte seine Bemerkung ignoriert und seinen fleißigen Helfer mit in die Wirtschaft genommen, wann es ihm passte.

»Ich werde noch bleiben in Gegend«, erzählte Frederik bereitwillig. »Zumindest bis Weihnachten. Hab' eine … Stelle in einer Möbelschreinerei bekommen … Trostberg.«

»So? Ich könnte auch jemanden gebrauchen«, erwiderte der Kramer.

»Hab' dem Chef schon zugesagt.«

»Kannst du doch wieder absagen.« Der Kramer-Hans warf ihm einen aufmunternden Blick zu. »Ich bezahle gut.«

Der Huber-Bauer hielt sich heraus. »Das muss der Frederik selber wissen«, sagte er. »Ich kann ihn erst wieder im nächsten Sommer brauchen.«

Leonhard hatte sich komplett aus dem Gespräch herausgehalten. Er schaute nur immer wieder zum »Jagerstüberl« hinüber, dessen Tür weit offenstand. Er konnte gerade sehen, wie Andrea zu Gregor etwas sagte, dieser aber keine Antwort gab. Sie wandte sich dann wieder von ihm ab. Sie sah nicht sehr glücklich aus und dieser Gregor erst recht nicht. Er schien sich nicht besonders wohl zu fühlen im Kreise seiner neuen Verwandtschaft.

»Überleg es dir, Frederik«, meinte der Zimmerer wohlwollend und folgte dann Leonhards Blick. »Ich will ja nichts gesagt haben«, wechselte er dann das Thema, »aber gestern habe ich den Burschen«, er schaute dabei zu Gregor hin, »in einem Café in Traunstein gesehen. Zufällig kam ich beim Park-Café vorbei. Da saß er mit einer blonden Schönen.«

»Ich kann mir ... nicht vorstellen«, sagte Frederik und blickte nun auch zu seinem Cousin hinüber. Es tat ihm leid, dass sie sich in letzter Zeit so selten trafen. Aber er hing jetzt ja ständig mit Andrea zusammen und wenn nicht, dann spielte er mit diesen fremden Leuten Skat. Er dachte daran, dass Gregor ihm angeboten hatte, auch in der Runde mitzuspielen. Aber er mochte diese Leute nicht. Da war er schon lieber mit dem Huber-Bauern zusammen.

»Hat er vielleicht eine Schwester, die auch in Deutschland arbeitet? Könnte ja sein«, fuhr der Kramer mit harmloser Stimme fort. Er wollte es jetzt genau wissen.

»Keine Schwester ...«, entgegnete Frederik.

»Ich geh' jetzt eine rauchen«, sagte Leonhard und stand auf.

»Ich auch.« Der Kramer folgte dem Leo, als dieser vor die Tür ging.

Die beiden bemerkten nicht, dass Andrea Minuten später aus dem Nebenraum kam und den Flur betrat.

Andrea sah die beiden Männer rauchend am Hinterausgang stehen. Das weit hervorspringende Dach schützte sie vor dem unaufhörlich prasselnden Regen.

»Und du hast den Polen wirklich in Traunstein mit einer Frau gesehen?«, hörte Andrea Leonhard fragen, als sie gerade unbemerkt die Toilette betreten wollte. Sie zuckte zurück, drückte sich in die Garderobe, die voller Mäntel hing, und lauschte. Ihr Atem begann zu stocken.

»Warum soll ich etwas erfinden? Weißt du, wie die aussah?«, fragte der Kramer seinen Freund grinsend.

»Woher soll ich wissen, wie die aussah. Du hast sie ja gesehen, nicht ich.«

»Kennst du diese Biathletin, diese Tschechin. Diese Gabriela Koukalova, oder so ähnlich?«

»Freilich kenne ich die. Schau' mir doch immer Biathlon an«, erwiderte Leonhard trocken.

»Dann kennst du das Rasseweib ja.«

»Ich steh nicht auf solche Frauen.« Leonhard warf seinen Zigarettenstummel auf den Boden und drückte ihn mit dem Fuß aus. »Vielleicht war sie es«, fügte er grinsend hinzu.

»Red keinen Blödsinn! Ich habe ja nur gesagt, dass sie genauso aussah.« Der Kramer zog an seiner Zigarette. »Seine Schwester ist sie also nicht, denn er hat gar keine Schwester. Aber wer ist sie dann? Vielleicht seine Freundin? Ich sag dir was, dieser Pole ist nur aufs Geld aus. Kein Wunder bei seinen Schulden. Von der Andrea will der gar nichts. Die Betty hat da schon recht. Und dass sie auf dem Buchberger-Hof gut aufgestellt sind, wird er schnell herausbekommen haben.«

»Meinst du, dass er neben der Andrea noch eine hat?« Der junge Bauer begann wieder zu hoffen. Er hätte allmählich gern eine Frau und Kinder gehabt. Es war nicht so, dass er Birgit gar nicht mehr mochte. Er überlegte oft, mit ihr noch mal anzubandeln. Aber Andrea wollte ihm nicht aus dem Kopf gehen. Das war sein Problem.

Andrea spürte, wie ihr kalter Schweiß auf die Stirn trat. Gerade war ihr Gesicht noch leicht gerötet gewesen, doch nun spürte sie, wie eine tiefe Blässe in ihre erstarrten Gesichtszüge trat. Gregor hat sich mit einer Frau getroffen, dachte sie, vielleicht sogar schon öfter, denn er war ja immer mal wieder etwas in Traunstein besorgen. Jetzt wusste sie endlich, um was es dabei ging. Und sie hatte ihm so vertraut. Warum sollte der Kramer lügen? Er hatte keinen Grund dazu. Sie fühlte sich wie vor den Kopf geschlagen. Er war überhaupt heute so seltsam, sprach mit niemandem. Christian hatte ihn ein paar Mal in ein Gespräch verwickeln wollen, aber er hatte immer nur einsilbig geantwortet.

»Der Alex hat vor seinem Schlaganfall noch gut das Geld angelegt, als er die Grundstücke am ›Unteren Hügel‹ verkauft hat. Teure Maschinen hat er sich dafür angeschafft und er verleiht sie weiter. Dieser Pole ist nicht dumm, der weiß genau, dass er hier in eine Goldgrube gekommen ist«, redete der Kramer munter drauf los, während er immer wieder an seiner Zigarette zog.

»Und du meinst, dass er neben der Andrea noch eine andere hat«, murmelte Leonhard und sah den Kramer fragend an. Die Vermögensverhältnisse auf dem Buchberger-Hof interessierten ihn nicht sehr.

»Davon gehe ich aus. Ich weiß, was ich gesehen habe.« Der Kramer-Hans freute sich insgeheim, dass er den Leonhard eifersüchtig gemacht und gleichzeitig wieder Hoffnungen auf die Bauerntochter in ihm erweckt hatte.

»Das ist ja ein starkes Stück«, brummte Leonhard in sich hinein. »Das sollte die Andrea aber wissen.«

Andrea drückte sich noch tiefer in die Garderobe, umgeben von feuchten Mänteln, Anoraks und Jacken wartete sie ab. Die Männer sahen sie zum Glück nicht, als diese zurück in die Gaststube gingen.

Lautes Stimmengewirr schlug ihr entgegen, als sie sich wieder dem Nebenraum näherte. Doch es schien, als wären die Gäste bereits in Aufbruchsstimmung. Sie setzte sich nicht neben Gregor, sondern neben ihren Bruder Christian, der sich jetzt mit seiner Cousine Annette unterhielt.

Gregor kam sich verloren vor, musste jedoch auch zugeben, dass er selbst heute kein guter Gesellschafter war. Er brauchte sich deshalb nicht wundern, wenn keiner mehr mit ihm sprach. Er sah, dass Andrea nun ganz blass unter ihrem ansonsten so braunen Teint war.

Ist ihr nicht gut?, fragte er sich besorgt.

»Warum bist du denn auf einmal so blass?«, fragte Christian, dem die plötzliche Veränderung in Andreas Verhalten und Aussehen auch aufgefallen war.

»Mir ist gerade ein wenig schwindlig. Ich muss jetzt gehen. Kannst du die Eltern heimbringen?«

»Mit meinem kleinen Studenten-Hupferl?«

»Dann fahr' ich mit deinem Wagen und du mit dem unseren.«

Christian nickte bloß kurz und sie tauschten die Autoschlüssel.

»Ich gehe ein wenig an die frische Luft, dann wird mir sicher besser und fahre dann gleich auf den Hof, um den Tisch für den Kaffee zu decken, dann hat die Mutter weniger Arbeit.«

Christian nickte wieder und sah ihr stirnrunzelnd nach, wie sie ohne ein weiteres Wort, und ohne Gregor zu beachten, hinausging. Da stimmt was nicht, dachte er besorgt. Er konnte sich aber nicht erklären, was geschehen war.

Gregor erhob sich nach einer Weile ebenfalls. Ohne Andrea wollte er nicht bleiben. Die anderen würden ja auch bald aufbrechen. Doch er war verärgert, dass sie einfach ging, ohne ihm etwas zu sagen.

Er begrüßte Frederik auf Polnisch, als er am Stammtisch vorbeikam und ihn erblickte. An den anderen sah er vorbei. Die beiden Männer unterhielten sich eine Weile in ihrer Heimatsprache. Frederik erzählte ihm, dass er übernächste Woche in einer Möbelfabrik in Trostberg anfangen wollte.

»Schade, dass wir uns so selten sehen«, sagte Gregor, »dabei müssten wir beide doch in der Fremde zusammenhalten.«

»Du bist ja jetzt in festen Händen, soviel ich gehört habe«, erwiderte Frederik.

»Ja, es sieht so aus«, erwiderte Gregor, doch in seiner Stimme schwang dabei ein zweifelnder Unterton, den Frederik aber nicht bemerkte.

»Wir sollten uns wieder einmal treffen«, sagte Gregor nun auf Deutsch.

»Ja, komm doch mal auf unseren Hof«, forderte der Huber-Ludwig Gregor auf und warf ihm dabei einen wohlwollenden Blick zu.

Leonhard starrte während Gregors Anwesenheit demonstrativ in sein Bierglas, der Kramer-Hans warf dem Polen einen beinahe hasserfüllten Blick zu, der Gregor nicht entging, auf den er aber nicht reagierte.

Ich habe einige Feinde hier, dachte Gregor. Zum Beispiel diese Betty, Leonhard und diesen Zimmerermeister und es werden noch mehr werden, dafür werden diese drei schon sorgen. Seine Stimmung sank auf den Nullpunkt. Er verabschiedete sich schnell wieder von seinem Cousin und trat vor die Gaststätte. Er hatte erwartet, dass Andrea draußen vor dem Gasthof auf ihn wartete, aber sie war nicht mehr da.

Ein kalter Wind fegte über das Land, doch es regnete immerhin nicht mehr so stark. Die Landschaft zeigte sich grau und unfreundlich. Es roch nach Schnee. Sicher hat es in den Bergen schon geschneit, dachte Gregor beiläufig. Er sah sich nach Andrea um. Ihr muss schlecht geworden sein, sagte er sich, aber dass sie mir gar nichts sagt und einfach geht? Er ärgerte sich. Dieses Geburtstagsessen war für ihn eine Tortur gewesen. Andrea hatte sich heute sehr seltsam verhalten, als ob sie gar nicht zusammengehörten. Sie hatte ihn mit ihrem Verhalten tief verletzt. Er ärgerte sich über sie viel mehr als über diese unsympathische Tante. Der Bauer hatte ein paar Mal aufmunternd zu ihm hingesehen, das war sein einziger Lichtblick bei diesem Essen gewesen. Ansonsten hatte er nicht das Gefühl gehabt, dass ihn diese Leute sehr schätzten. Er sehnte sich zum ersten Mal seit er in Seebruck war in seine Heimat zurück.

Er hielt wieder Ausschau nach Andrea. Vielleicht ist sie schon zum Parkplatz gegangen, sagte er sich dann. Aber auch dort war sie nicht. Er beschloss nun, zu Fuß zum Hof zurückzugehen. Die frische Luft würde ihm guttun. Andreas Verhalten wollte ihm nicht aus dem Kopf gehen. Gerade heute hätte er sie an seiner Seite gebraucht, hätte sie zu ihm stehen müssen. Aber davon hatte er nicht das Geringste gespürt.

Gregor rief sich den hasserfüllten Blick des Zimmerers in Erinnerung und den nicht minder feindseligen dieser Tante Betty. Er sah Leonhard vor sich, wie er demonstrativ an ihm vorbeisah und in sein Bierglas starrte. Gut, dass ihn Andreas Ex-Freund nicht mochte, das konnte er noch am ehesten verstehen.

Nach einer guten Stunde – er ging betont langsam – wurde er ein kurzes Stück vor der Hofeinfahrt von einigen Autos der Familie überholt.

Am Hof angekommen, beschloss er nicht in die Stube, sondern auf sein Zimmer zu gehen. Irgendwie kam er sich heute völlig fehl am Platze vor und Andrea hatte nicht gerade dazu beigetragen, ihm dieses ungute Gefühl zu nehmen. Ganz im Gegenteil. Liebte sie ihn überhaupt? Vielleicht hatte sie ihm doch nur etwas vorgemacht. Er wurde nicht schlau aus ihr, manchmal war sie ihm so nah, dann wieder so fern.

Er wartete darauf, dass sie ihn zum Kaffee holte. Doch es war Barbara, die nach einer halben Stunde an seine Tür klopfte und fragte, wo er denn bleibe.

Es waren nun noch ein paar Bekannte dazugekommen. Die Stube war vollgestopft. Alles gruppierte sich um den großen, runden Tisch, dem noch ein zweiter dazugestellt wurde. Zu seiner Erleichterung fehlten aber Betty und Theo.

Er wurde von einigen neugierig betrachtet. Annette, die Studentin, schenkte ihm allerdings wenig Aufmerksamkeit. Sie schien müde zu sein und war offensichtlich gedanklich ganz und gar mit ihrem Examen beschäftigt. Carola, die hübscheste von Barbaras Nichten, warf ihm ab und zu einen süffisanten Blick zu und aus Marions Augen sprach die pure Neugier, vermischt mit Argwohn.

Andrea sah ihn gar nicht an. Sie lief vielmehr eilig zwischen Küche und Bauernstube hin und her, um die Gäste zu bedienen. Anscheinend ging es ihr wieder besser. Sie hatte nun auch wieder Farbe im Gesicht. Aber warum beachtete sie ihn nicht, würdigte ihn keines einzigen Blickes? Er verstand das nicht.

»Du bleibst jetzt sitzen und tust gar nichts«, sagte sie mehrmals zu ihrer Mutter, als die sich von ihrem Stuhl erheben wollte. »Heute ist dein Ehrentag.«

Sie wirkte nun nicht mehr so versteinert, aber es fiel allen in der Runde auf, wie wenig sie Gregor beachtete.

Da stimmt was nicht, dachte Christian wieder, der die beiden mit versteckten Blicken beobachtete. Und auch die anderen wunderten sich.

Er wurde nun öfter in ein Gespräch verwickelt als zuvor beim Mittagessen. Monika, Barbaras Schwester, die neben ihm saß, sprach am meisten mit ihm. Sie wollte wissen, aus welcher Gegend er kam, denn sie hatte schon einmal eine Busfahrt nach Polen gemacht. »Allerdings waren wir da in den Masuren. Das ist wohl ganz woanders?«, fragte sie unbefangen.

Gegen fünf Uhr löste sich die Gesellschaft endgültig auf. Alex zog sich erleichtert zurück, auch Barbara war froh, dass sie nun wieder ihre Ruhe hatte.

Gregor ging auf sein Zimmer. Zuvor verabschiedete er sich herzlich von Christian, zu dem er doch noch einen Draht gefunden hatte.

Es war nun wieder still im Haus.

Gregor legte sich auf sein Bett, über dem das etwas kitschige Heiligenbild »Maria mit dem Kind« hing. Er dachte an Andrea, daran, wie oft sie hier in diesem Bett neben ihm gelegen hatte. Das letzte Mal vor drei Tagen. Was hatte sie nur? Er verstand sie nicht. War ihr erst jetzt bewusst geworden, worauf sie sich mit ihm eingelassen hatte? War es seine verkrachte Existenz? Waren es die bitterbösen Blicke ihrer Tante und die hasserfüllten des Kramer-Hans, die sie plötzlich unsicher machten und an ihrer Liebe zu ihm zweifeln ließen?

Er schlief kurz ein, erwachte aber gleich wieder. Er erhob sich, ging zum Fenster, blickte hinaus. Die vom Wind auseinandergetriebenen Wolken ballten sich wieder zusammen, trieben wieder auseinander und das Spiel begann von vorne. Aber der Starkregen war vorbei. Es nieselte nur noch ein bisschen. Er wartete darauf, dass Andrea an seine Tür klopfte, doch es war nichts im Haus zu hören. Es war totenstill.

Er hielt dieses schweigende Haus, in dem vor einer Stunde noch so ein Tumult geherrscht hatte, nicht mehr aus. Er schlüpfte in seinen warmen Anorak und ging hinaus, an der Pferdekoppel und dem Stall vorbei, Richtung Straße. Ziellos bog er in die Nebenstraße ein, die von Seebruck nach Seeon führte und sehr wenig befahren war.

Langsam und grübelnd schlenderte er dahin. Er sah Andrea auf der Bank sitzen. Hatte er darauf insgeheim gehofft? Ganz still saß sie da, ihren Blick starr in die Ferne zum grauen See und den wolkenverhangenen Bergen gerichtet.

Als er vor ihr stand, zuckte sie zusammen. Ihr lockiges, kurzes Haar war vom Wind zerzaust, unter ihrem braunen Teint lag wieder diese traurige Blässe.

»Was ist los mit dir?«, fragte er sie mit rauer Stimme. »Du gehst mir schon den ganzen Tag aus dem Weg.«

Andrea kämpfte mit ihrer Enttäuschung und ihrem Stolz. Sollte sie ihm überhaupt etwas von dem Gespräch zwischen dem Kramer und Leo erzählen, welches sie zufällig belauscht und das ihr die Augen über Gregor geöffnet hatte? Oder sollte sie ihm gleich kommentarlos den Laufpass geben?

Sie presste die blassen Lippen zusammen und schwieg.

»Was ist los?«, wiederholte er seine Frage und setzte sich neben sie. »Ich muss das jetzt wissen.«

Sie spürte wieder seinen warmen und zugleich frischen Atem auf ihrem Gesicht, den sie so liebte. Doch sie sah ihn nicht an.

»Ist es aus zwischen uns?«, fragte er sie unverblümt, »warum auch immer«, setzte er seufzend hinzu. »Zumindest sieht es so aus. Du hast mich nicht als deinen Verlobten vorgestellt, nicht einmal als deinen Freund, und deine Mutter hat es anscheinend auch vergessen.«

Andrea biss sich nun so fest auf die Lippen, dass sie leicht bluteten. Sie blickte immer noch geradeaus zum See.

»Gut, wenn du schweigst ... « Er zuckte mit den Achseln. »Dann gehe ich halt wieder.«

Vielleicht ist ja alles bloß ein Missverständnis, dachte Andrea. Ich muss ihn wenigstens zur Rede stellen. Jetzt gar nichts zu sagen, ist lächerlich.

Sie spürte, dass sie ihn noch liebte. Aber sie konnte ihm nicht vertrauen. Sie hatte es noch nie richtig gekonnt.

»Vielleicht ist es besser, wenn du wieder gehst«, murmelte sie.

»Und warum, wenn ich fragen darf?« Seine Stimme klang nun ärgerlich, nicht mehr enttäuscht. Es musste etwas vorgefallen sein! Er erinnerte sich, dass sie nach dem Essen kurz den Nebenraum verlassen hatte und dann völlig verändert zurückgekommen war.

»Gut, dann will ich es dir sagen.« Sie hob nun den Blick und sah ihm fest in die Augen. »Hast du dich letzte Woche in einem Café mit einer jungen, sehr hübschen Frau getroffen oder nicht? Sie sieht aus wie diese tschechische Biathletin, Gabriela Koukalova oder so ähnlich«, fügte sie noch sarkastisch hinzu.

Gregor starrte sie eine Sekunde lang sprachlos an, dann ging ihm zuerst durch den Kopf, dass Anastasia tatsächlich eine Ähnlichkeit mit dieser Biathletin hatte, dann sagte er sich, dass ihn jemand gesehen haben musste, als er mit ihr im Café gesessen hatte.

Er spürte, wie sich feine Schweißperlen auf seiner Stirn bildeten, das Blut in seinen Schläfen zu pochen begann und gleichzeitig aus seinem Gesicht wich.

»Es stimmt also«, murmelte Andrea, die ihn genau beobachtet hatte.

»Ja, es stimmt. Doch was schließt du daraus? Dass ich neben dir noch eine Freundin habe?« Er hatte sich schnell wieder gefangen. Er ärgerte sich nun, dass er seinen Körper nicht besser unter Kontrolle gehabt hatte.

»Genau das. Wer sollte es denn sonst gewesen sein?« Sie betrachtete ihn nun kühl und herablassend, versuchte ruhig zu bleiben.

»Ich habe mich mit meiner Cousine getroffen«, erklärte er ihr nun, doch in seiner dunklen Stimme schwang ein unsicherer Unterton. »Sie arbeitet seit ein paar Monaten in Traunstein in einem Altenheim als Pflegerin.« Diese Lüge war ihm schnell eingefallen, allerdings hatte er dabei einen Fehler begangen, der ihm nicht gleich klar wurde.

Andrea betrachtete ihn skeptisch von der Seite. Irgendwie spürte sie, dass er ihr nicht die Wahrheit sagte. »Aha, die Cousine. Und warum erzählst du mir das nicht?«

»Ich hielt es für nicht so wichtig«, erklärte er leise. Warum sage ich ihr nicht die Wahrheit?, dachte er bekümmert. Warum fällt mir das so schwer? Aber der Karren war doch von vornherein verfahren, sagte er sich dann. Ich habe mich so lange gegen diese unselige Liebe gewehrt. Ich hätte mich weiter dagegen wehren müssen. Aber sie wollte mich und ich konnte ihr nicht mehr länger widerstehen.

Andrea glaubte ihm kein Wort. Sie hatte seine Unsicherheit bemerkt, Hoffnungslosigkeit lag nun in ihren dunklen Augen. »Heute war kein guter Tag«, sagte sie mit belegter Stimme. »Ich möchte jetzt gerne allein sein. Außerdem glaube ich die Geschichte mit der Cousine nicht.«

»Aber es ist so«, erwiderte er schwach.

»Geh jetzt bitte.«

Gregor erhob sich langsam und müde und schlenderte zum Hof zurück. Er war nicht der Mann, der sich vor einer Frau erniedrigte, der bettelte. Er war stolz. Und sein Stolz verbot ihm so manches. Es war so viel Unangenehmes geschehen heute. Er hatte sich so fremd unter all diesen Leuten gefühlt. Auch fragte er sich, wer Andrea von seinem Treffen mit Anastasia erzählt haben könnte. Wer hatte ihn mit ihr gesehen? Er konnte sich das nicht erklären. Er hatte niemanden bemerkt. Aber dieser Jemand hatte nicht gelogen, denn Anastasia hatte tatsächlich eine verblüffende Ähnlichkeit mit dieser Biathletin. Sie war nicht seine Cousine. Er hatte Andrea belogen. Warum sagte er nicht einfach die Wahrheit? Aber was sollte diese Wahrheit auch besser machen? Letztlich ist es ja egal, wer es ihr erzählt hat, überlegte Gregor voll Resignation weiter. Sie hat sich doch schon heute Vormittag seltsam mir gegenüber benommen. Sie hatte mich ihren Verwandten nicht vorgestellt, fast als ob sie sich schämen würde. Was hatte das alles noch für einen Sinn? Und als diese schreckliche Betty nur mir nicht die Hand gegeben hat, hatte sie auch nichts gesagt. Warum sollte sie also die Wahrheit wissen? Er konnte sich das ersparen.

Es begann zu dämmern. Aus den Wolken sprühte leichter, schräger Regen. Wald, See und Berge verschmolzen zu einer Einheit.

»Mein Gott, wir haben den Gregor der ganzen Sippe heute gar nicht richtig vorgestellt«, hörte er die Bäuerin von der Küche her, deren Tür weit offenstand, zu ihrem Mann sagen, als er leise den Flur betrat.

»Aber es war ja auch so ein Trubel im Haus.«

Der Alex brummte etwas, dann war es wieder still. Über Gregors Lippen huschte ein leichtes Lächeln, als er dies hörte. Doch es konnte ihn von seinem Entschluss, den er gerade gefasst hatte, nicht abhalten.

Es war bereits stockdunkel, als Andrea zurückkam. Auch sie ging sofort die Treppe hinauf. Gregor hörte ihre Schritte. Ohne zu zögern, ging sie an seinem Zimmer vorbei.

Wie kann ich auch darauf hoffen, dass sie anklopft, dachte er traurig. Sie hat mit mir abgeschlossen. Ich habe auch nicht besonders glaubwürdig gewirkt, als wir auf der Bank saßen. Aber darum geht es letztlich gar nicht mehr. Wenn das Schicksal zwei Menschen nicht zusammenführt, dann sollte man dies akzeptieren. Wir beide waren anscheinend nie füreinander bestimmt.

Es ist seltsam, dachte Andrea, es kommt mir nicht wirklich so vor, als ob er mich betrügt. Vielleicht ist sie wirklich seine Cousine. Aber warum hat er solche Geheimnisse vor mir? Sie lag angezogen auf ihrem Bett und starrte an die Decke. Es war dunkel im Zimmer, doch sie machte kein Licht an.

Es war kein schöner Tag heute, dachte sie weiter. Betty hat sich unmöglich benommen. Mit Christian habe ich wenig geredet. Meine Cousinen sind mir fremd. Am besten verstehe ich mich noch mit Annette. Aber wann sehe ich sie schon? Die Mama war froh, als sie alle wieder fort waren. Und der Papa erst recht. Christian hätte noch ein wenig bleiben können, aber er steckt momentan mitten in seinen Abschlussprüfungen.

Durch ihr Fenster schimmerte plötzlich Licht und spiegelte sich an der Wand. Sie stand auf und sah hinaus. Herr Weber stieg aus dem Wagen und ging zum Pferdestall. Der kommt aber heute spät, dachte sie, beobachtete ihn eine Weile und legte sich wieder hin.

Das Essen lag ihr schwer im Magen. Sie war es nicht gewohnt so viel zu essen. Mittags der Grillteller und dann noch ein Stück Torte am Nachmittag und zwei von den kleinen Windbeuteln, die ihre Mutter so wunderbar backte. Dazu viel zu viel Kaffee und Wein. Zum Glück hatten sie vorhin noch einstimmig beschlossen, dass das Abendbrot heute ausfallen würde.

Ob Gregor jetzt auch so auf dem Bett liegt, wie ich?, überlegte sie. Sie wusste, dass er im Haus war. Er hatte seine Schuhe nicht ordentlich abgeputzt und kleine Pfützen hinterlassen.

Sie sehnte sich nach ihm. Wer ist diese Frau, mit der er sich getroffen hat?, sinnierte sie weiter. Und warum? War sie vielleicht doch seine Freundin? Betrügt er mich? Sie konnte es einfach nicht glauben. Aber warum benahm er sich dann so seltsam? Ich muss die Wahrheit herausfinden, sagte sie sich. Gregor steckt voller Geheimnisse. Was weiß ich über ihn? Sie machte sich klar, dass sein Cousin Frederik ganz anders war. Heute hatte er am Stammtisch gesessen, als ob er schon immer in Seebruck leben würde. Der Huber-Ludwig scheint ihm ein guter Freund zu sein. Die Leute mögen ihn. Gut, überlegte sie weiter, er war schon letztes Jahr hier und er ist ein einfacher, unkomplizierter Bursche. Gregor hingegen ist stolz. Verkehrt mit den »besseren Leuten«. Das kommt nicht so gut an.

Nachdem Trubel des Tages wirkte die Stille im Haus nun beinahe gespenstisch, zumindest bedrückend. Ich müsste noch einmal zu den Eltern hinuntergehen und ihnen »Gute Nacht«, sagen, überlegte sie. Sie erhob sich, ging leise durch den Flur, blieb vor Gregors Kammertür ganz kurz stehen. Es war still in seinem Zimmer. Vielleicht hatte sie sich getäuscht und er war doch nicht da. Sie ging die Treppe hinunter. Im Wohnzimmer lief der Fernseher. Sie spähte durch die Tür und sah, dass die Eltern vor dem laufenden Bildschirm eingeschlafen waren. Sie musste lächeln. Sie begab sich wieder auf ihr Zimmer, legte sich aufs Bett, dachte daran, dass Gregor nebenan vielleicht genauso wie sie auf dem Bett lag und an die Wand starrte. Aber keiner konnte zum anderen. Eine hohe, unüberwindliche Mauer hatte sich zwischen ihnen aufgebaut.

Wieder drang ein Lichtschein vom Hof herüber, der sich an der Wand spiegelte. Eduard Weber fuhr vom Hof, nachdem er die Pferde versorgt hatte.

Andrea lag noch lange wach. Sie dachte an Gregor. Sie liebte ihn. Und wusste doch, dass er für sie bereits verloren war.

14

Betty und Theo schliefen noch nicht an diesem Abend. Auch bei ihnen lief der Fernseher, doch sie schenkten dem Krimi keine Aufmerksamkeit. Zumindest Betty nicht.

»So weit musste es kommen«, begann Betty wieder zu schimpfen, »dass jetzt auf dem Hof, auf dem ich geboren und aufgewachsen bin, ein Pole das Regiment führt.«

»Noch sind sie nicht verheiratet«, erwiderte Theo und griff sich an den Magen. »Ich hätte den Entenbraten nicht essen sollen«, jammerte er.

»Ich habe dir gleich geraten, den nicht zu bestellen«, erwiderte Betty und fuhr dann fort: »Der ist doch nur auf Geld aus. Der liebt doch die Andrea gar nicht. Er soll ja nebenbei noch eine andere haben«, fügte sie in verschwörerischem Tonfall hinzu.

Theo horchte auf. »Woher hast du denn das schon wieder?«

»Ich habe noch eine Weile beim Kramer gesessen, während du dich mit dem Bürgermeister unterhalten hast.«

»Und woher weiß der Kramer das?«

»Er hat ihn ja selbst gesehen, den Polen. In einem Café in Traunstein«, entgegnete Betty triumphierend.

»Ein wenig seltsam haben sich die zwei heute schon verhalten«, musste Theo zugeben. »Als ob sie zerstritten wären.«

»Vielleicht hat die Andrea es auch schon erfahren und hat sich deshalb so früh aus dem Staub gemacht und ihn gar nicht mehr beachtet«, meinte Betty.

»Dann hat sich die Sache ja erledigt. Warum regst du dich noch auf?«

»Gar nichts hat sich erledigt. Die Andrea ist ganz bedrückt. Sie will den Kerl unbedingt und er lässt sich doch so eine gute Partie sicher nicht entgehen.«

»Du solltest nicht so viel auf das Gerede der Leute geben. Dem Kramer-Hans würde ich gleich gar nicht glauben. Der ist doch nur sauer, weil die Andrea den Stadel vom Gregor und nicht von ihm hat bauen lassen. Der Hans will dich nur gegen den Gregor aufhetzen. Was weiß denn der schon? Gar nichts weiß er. Und ich verstehe überhaupt nicht, was du immer mit dem Kramer hast. Mir ist der Mann unsympathisch.« Theo wurde allmählich sauer. Er wollte sich den Film ansehen und sich nicht länger die Intrigen und das Gezeter und Geschimpfe seiner Frau anhören.

»Seine Schwägerin ist schließlich mit ihrer Familie ein treuer Urlaubsgast von uns. Hast du das schon vergessen?«

»Ich kümmere mich nicht um deine Gäste. Mir sind sie eher lästig, das weißt du. Ich will meine Ruhe. Von mir aus bräuchten wir gar nicht zu vermieten«, erwiderte Theo übellaunig. Er gab es auf, sich in den Film hineinzudenken, und schaltete den Fernseher aus.

»Aber das Geld willst du schon«, antwortete Betty erbost.

»Wir kommen auch so aus. Ich verdiene als Bilanzbuchhalter nicht schlecht, wie du weißt«, stellte Theo richtig.

»Aber man kann sich doch mehr leisten. Und überhaupt macht mir das Vermieten Spaß.«

Ja, vielleicht ist es ganz gut, wenn sie wenigstens eine Aufgabe hat, überlegte Theo, ansonsten hätte sie noch mehr Zeit, über andere Leute herzuziehen.

»Ich bin sehr gespannt, wie die Sache ausgeht«, murmelte Betty nun und blickte hinterhältig zu Theo.

»Was ausgeht?«, fragte Theo.

»Na, ob sie nun zusammenkommen oder nicht, dieser Pole und Andrea.«

»Und wenn dem so ist und sie heiraten, auch dann kannst du nichts dagegen tun«, erwiderte Theo unwillig. »Wenn schon, dann wären ihre Eltern am Zug. Aber die Barbara und der Alex scheinen den Gregor sehr gern zu haben.«

»Unbegreiflich!«, rief Betty aus und schüttelte den Kopf. »Wo er sich doch mit einer anderen trifft. Ich verstehe meinen Bruder und meine Schwägerin kein bisschen. Aber der Alex ist krank und behindert und die Barbara war schon immer naiv.«

»Und selbst wenn der Kramer den Gregor mit einer Frau gesehen hat«, wandte Theo ein, »dann heißt das doch lange nicht, dass es eine Geliebte ist. Vielleicht ist sie nur eine Bekannte, eine Landsmännin. Da trifft man sich halt einmal.«

»Aussehen soll sie wie Gabriela Koukalova«, redete Betty unbeirrt weiter. Dann kannst du dir ja denken, was das für eine Frau ist. Da kann die zierliche Andrea natürlich nicht mithalten.«

»Kenne keine Sukolova«, brummte Theo.

»Weil du dir nie Biathlon anschaust. Wenn sich dieser Pole den Grund und Boden meiner Ahnen anzueignen versucht«, begann Betty aufs Neue, »dann werde ich dies verhindern.« Sie biss sich auf die schmale Unterlippe und starrte dabei weiter ins Leere. »Du weißt doch wohl noch, wie es der Huber-Margot ergangen ist. Die hat sich damals so einen dahergelaufenen Münchner angelacht, gegen den Willen der Eltern dann auch geheiratet und ihm die Hälfte vom Hof überschrieben. Dann hat es nicht lange gedauert und er hatte eine andere, wollte die Scheidung und hat die Huber-Margot von ihrem eigenen Grund und Boden gejagt.«

Theo musste zugeben, dass dies wirklich vor ein paar Jahren im Nachbardorf passiert war. »Aber die Huber-Margot war schon eine wirklich dumme Gans. Mit der konnte man doch alles machen. Die kannst du nicht mit der Andrea vergleichen.«

»Liebe macht blind. Und überschätz mal die Andrea nicht. Aber ich werde das nicht zulassen, sollte es so weit kommen, darauf kannst du dich verlassen.«

»Wie willst du das denn machen?«, sagte er. »Du kannst nur im ganzen Dorf über den Mann herziehen, damit tust du dir selber aber keinen Gefallen. Letztlich wirst du gar nichts dagegen unternehmen können, wenn es zu einer Heirat kommt.«

»Das lass nur meine Sorge sein«, erwiderte sie, doch sie wusste selbst am besten, dass ihr Mann recht hatte. Mehr, als diesen Polen überall schlechtzumachen, blieb ihr nicht.

Theo spürte, wie sich seine Frau immer stärker in diese Angelegenheit, die sie eigentlich nichts anging, hineinsteigerte. Er erschrak, als er zu ihr hinsah. Ihr einstmals so hübsches Gesicht sah hart und verknöchert aus. Die früher so strahlenden, dunklen Augen waren ohne Glanz. Und die schon immer etwas zu große Nase sprang noch viel stärker hervor. Fast hässlich sah sie nun aus mit ihren 55 Jahren, daran änderte auch der modische Haarschnitt nichts, den sie sich alle sechs Wochen verpassen ließ. Ich kann sie nicht mehr lieben, gestand er sich traurig ein und fragte sich, welchen Sinn das Leben mit Betty noch für ihn hatte. Er wandte sich von seiner Frau ab und griff nach der Zeitung, aber er konnte sich auch darauf nicht konzentrieren.

15

Am folgenden Montag erledigte Andrea vormittags endlich ihre Büroarbeit. Am Nachmittag hatte sie in Traunreut einen Zahnarzttermin. Aus irgendeinem Grund fuhr sie nicht gleich auf die Hauptstraße, sondern benutzte die Nebenstraße, die am Steiner-Hof und auch am Huber-Hof vorbeiführte.

Das Wetter hatte sich etwas gebessert, direkt schön war es jedoch nicht. Aber es war nicht mehr so kalt und die Sonne schaute ab und zu hinter den Wolken hervor.

Als sie auf dem Rückweg wieder beim Huber-Hof vorbeikam, sah sie gerade Frederik über den Hof gehen. Er blieb kurz stehen und streichelte eine graue, kleine Katze, die sich wohlig auf dem Pflaster räkelte.

Ohne groß zu überlegen, verlangsamte sie die Geschwindigkeit und hielt bei der Einfahrt zum Hof an. Frederik blickte ihr neugierig entgegen.

»Du wollen zum Huber?«, fragte er Andrea, als sie aus dem Auto stieg.

Andrea schüttelte den Kopf. »Eigentlich zu dir«, antwortete sie langsam und warf dem jungen Polen dabei einen vorsichtigen Blick zu.

»Geht es um Gregor?«

Andrea nickte. »Hast du kurz Zeit?«

»Um was geht es?«

»Ich will es kurz machen und gleich auf den Punkt kommen«, erklärte Andrea ohne Umschweife. »Hat Gregor eine Cousine?«

»Ich gerade auf Weg in … Holzschuppen, um zu schnitzen«, erwiderte er ausweichend.

»Du schnitzt?«, rief Andrea überrascht aus.

Frederik nickte. »Ja, macht Spaß«, erwiderte er nicht ohne Stolz. »Gregor kann das nicht.«

Andrea musste wider Willen schmunzeln. Er vergleicht sich sicher oft mit Gregor und leidet darunter, dass er ihm in den meisten Dingen überlegen ist, dachte sie bei sich.

»Gut, dann gehen wir in den Holzschuppen. Ich störe dich nicht. Dann kannst du ruhig arbeiten und mir dort meine Frage beantworten.«

In der alten, kaum mehr benutzten Holzhütte, herrschte ein dämmriges Licht. Ab und zu fiel ein Sonnenstrahl durch das einzige Fenster, bei dem sich Frederik niedergelassen hatte.

»Das soll werden … Heiliger Joseph«, erklärte Frederik und zeigte Andrea die halbfertige Figur.

Andrea nahm sie in die Hände. »Du hast wirklich Talent«, musste sie zugeben. »Das hätte ich gar nicht von dir gedacht.«

»Ich oft … werden unterschätzt.« Er nahm die Figur wieder in Empfang, hielt sie ans Fenster und betrachtete sie aufmerksam.

Andrea setzte sich auf den alten Holzstock, der sicher schon viele Jahre nicht mehr benutzt worden war. Ein kleiner Stapel Buchenholz befand sich noch im Schuppen, daneben einiges an

Gerümpel. In den dunklen Ecken hingen dichte Spinnweben. »Du kannst ruhig weiterarbeiten. Ich störe dich nicht«, sagte sie noch einmal.

Frederik nahm das Messer in die Hand und begann zu schnitzen.

»Ich glaube, du kennst deinen Cousin besser als ich«, begann sie mit zögernder Stimme.

Er warf ihr einen erstaunten Blick zu. »Du bist seine … Frau, oder nicht?«

Andrea schüttelte den Kopf. »Nein, ich bin nicht seine Frau. Es steht so viel zwischen uns.«

»Deine Eltern?« Er sah noch einmal kurz zu ihr und vertiefte sich dann in seine Schnitzerei.

Andrea schüttelte den Kopf. »Sie sind nicht das Problem. Sie mögen ihn. Er ist fleißig und gescheit. Sie können verstehen, dass ich mich in ihn verliebt habe.«

Frederik nickte. »Und sprechen gut deutsch … viel besser als ich.«

»Du kannst auch viel«, erwiderte Andrea aufmunternd. Doch eigentlich war sie nicht hier, um Frederiks schwaches Selbstbewusstsein zu stärken, von dem Gregor anscheinend zu viel hatte.

Frederik warf ihr einen kurzen dankbaren Blick zu und vertiefte sich dann gleich wieder in seinen »Heiligen Joseph«.

»Aber was ich wissen wollte: Hat Gregor eine Cousine, die sich gerade hier in der Gegend aufhält? Vielleicht deine Schwester?«

Frederik zögerte etwas, meinte dann aber: »Keine Cousine, keine Schwester … alles Buben … keine Frau.« Er grinste schief.

Andrea spürte eine tiefe Enttäuschung in sich emporsteigen. Er hat mich also tatsächlich angelogen, dachte sie. Ihr gerade noch einigermaßen entspanntes Gesicht wurde starr und bleich.

»Gregor hat mir gesagt, dass er sich mit seiner Cousine in Traunstein getroffen hätte. Man hat ihn nämlich mit einer Frau in einem Café gesehen.« Ihre Stimme hörte sich ganz schwach an.

Frederik hob den Kopf und bemerkte die tiefe Verzweiflung und Enttäuschung in Andreas Stimme. Aber er konnte nicht glauben, dass Gregor dieses Mädchen betrog. Er wusste, dass er sie liebte. Er war kein großer Menschenkenner, aber das hatte er gleich gemerkt, dass sein Cousin diese junge Frau wirklich liebte. Und zwar von Anfang an, wenn es diese Liebe auf den ersten Blick wirklich gab.

»Sie soll eine starke Ähnlichkeit mit Gabriela Koukalova, der Biathletin, haben«, fuhr Andrea fort, obwohl sie sich so verlassen und gedemütigt wie noch nie zuvor in ihrem Leben vorkam.

Frederik, eher ein kleiner, stämmiger Typ mit einem runden, roten Gesicht, hob den Kopf und ließ seine Holzfigur in den Schoß sinken. In seinem Gehirn begann es zu arbeiten.

»Kennst du diese Biathletin?«, fragte Andrea.

Frederik nickte. »Ja … ich kennen.«

»Der Kramer-Hans hat Frederik in Traunstein gesehen und erzählt jetzt überall herum, dass sich Gregor in einem Café mit einer Frau getroffen hat, die so aussieht, wie diese tschechische Biathletin«, erklärte Andrea. »Ich habe Gregor deswegen zur Rede gestellt. Er hat es zugegeben und gesagt, dass diese Frau seine Cousine war.«

»Keine Cousine«, murmelte Frederik, »das ... können nur sein Anastasia.«

»Anastasia?«

»Seine alte Freundin.« Frederik runzelte die Stirn, nahm sein Schnitzmesser in die Hand, legte es dann aber wieder zerstreut auf die Hobelbank. »Es ... gut möglich, dass sie in Deutschland ist für Alte und Kranke ... wie sagt man in Deutsch?«

»Altenpflegerin?«

»Ja«, erwiderte Frederik. Er war nun ziemlich durcheinander und verlegen.

»Kann es sein, dass sie in Traunstein in einem Altenheim arbeitet?«, wollte Andrea wissen.

Frederik nickte. »Ja, kann sein.«

»Glaubst du, dass sie wieder zusammen sind?«

Frederik zuckte mit den breiten, fleischigen Schultern. »Ich mir nicht können ... vorstellen das.«

»Aber es wird wohl so sein«, erwiderte Andrea müde, »sonst hätte er mich ja nicht belügen müssen. Wenn er sich mit seiner früheren Freundin trifft, weil diese in der Nähe arbeitet, so ist das doch kein Problem. Er hätte es mir sagen können. Warum hintergeht er mich?«

»Ich mir nicht können ... erklären das«, stammelte Frederik, ehrlich betroffen.

Zumindest wusste Frederik von nichts, dachte Andrea und erhob sich von dem unbequemen Hackstock.

»Ich weiß jetzt zumindest Bescheid. Ich danke dir, Frederik. Ohne dich hätte ich vermutlich einen großen Fehler begangen.« Enttäuschung und Bitterkeit spiegelten sich in ihren dunklen Augen.

Frederik war nicht wohl in seiner Haut. »Ich glauben trotzdem nicht, dass so ist, wie du meinen.«

»Wie sollte es sonst sein?«, erwiderte Andrea müde, beinahe angewidert. Sie winkte Frederik kurz zu und verließ die Hütte.

Er sah ihr durchs Fenster nach und wusste dabei nicht, was er von allem halten sollte. Doch er hatte das untrügliche Gefühl, dass Andrea gerade einen großen Fehler begehen würde. Aber etwas Genaues wusste er nicht. Gregor sprach ja so wenig mit ihm. Wenn man seinem Cousin etwas anlasten konnte, dann war es seine Geheimniskrämerei. Er konnte sich niemandem anvertrauen, auch wenn er in größter Not war. Scheinbar nicht einmal der Frau, die er liebte.

16

Wieder ging Andrea an diesem Abend an Gregors Zimmer so leise vorbei, damit er sie ja nicht hörte.

Am nächsten Tag hatte sie vormittags einen Termin beim Steuerberater und um 16 Uhr einen Besprechungstermin beim Notar in Rosenheim. Die Eltern sollten auch mitkommen, doch der Vater fühlte sich gar nicht wohl und die Mutter hatte ihren »Schwindel«. So fuhr Andrea alleine zu Dr. Hausmann, um mit ihm ein Vorgespräch bezüglich der Hofübergabe zu führen. Sie wollte sich schon einmal über ihre Rechte und Pflichten erkundigen. Sie sagte sich, dass sie sich immer noch umentscheiden und zurück an die Modeschule gehen konnte.

Denn es sieht ja jetzt alles ganz anders aus, dachte sie. Die Situation hat sich völlig verändert. Ich will keinen anderen Mann als Gregor. Aber wir hatten keine Chance. Soll ich jetzt als »einschichtige« Landwirtin den Rest meines Lebens auf dem Hof verbringen? Mit Gregor an meiner Seite hätte ich es mir vorstellen können. Aber allein? Sie dachte an ihre Freundin Germana, die ihr gerade wieder einmal eine E-Mail mit Fotos von einer Modenschau in Mailand geschickt hatte, die sie selber organisiert hatte. Die Freundin bat, sie doch bald einmal zu besuchen. »Wir werden uns tolle Tage machen«, hatte sie geschrieben. Andreas Begeisterung für Trachten-Mode und auch die Arbeit als Schneiderin begeisterte sie immer noch. Warum musste ausgerechnet sie dafür sorgen, dass der Hof in der Familie blieb? Sie hatte es den Eltern versprochen, aber Markus hatte ja auch versprochen, dass er in die Heimat zurückkommen würde und er dachte nun gar nicht mehr daran. Diese widersprüchlichen, trotzigen Gedanken gingen ihr unaufhörlich durch den Kopf und zermürbten sie.

Als sie von Rosenheim auf der Autobahn zurückfuhr, schwirrte ihr der Kopf so sehr, dass sie sich kaum auf den Verkehr konzentrieren konnte. Der Notar hatte ihr so viel von Pflichtteilsverzicht, Erbvertrag, Nießbrauchsrecht, Wohnrecht, Untervermächtnis und vielem mehr erzählt, dass sie am Ende gar nichts mehr verstanden hatte. Sie hatte keine kaufmännische Begabung, auch kein Zahlengedächtnis, und Paragraphen und Gesetze waren ihr ein Gräuel. Sie war praktisch veranlagt, handwerklich machte ihr keiner was vor, sie war kreativ, geschickt und voller Ideen. Nicht umsonst hatte sie den ersten Preis für ihr Hochzeitsdirndl bei ihrer Abschlussprüfung auf der Modeschule bekommen. Sie kannte ihre Schwächen und ihre Fähigkeiten nur allzu gut.

Sie dachte wieder an Gregor. Eigentlich hatte sie auch beim Notar nur immer wieder an ihn gedacht. Vielleicht hatte sie deshalb nicht behalten können, was Dr. Hausmann ihr sagte, und dumme Fragen gestellt. Der Notar hielt sie sicher für nicht besonders schlau. Aber das machte ihr nichts aus. Ihr war egal, was man von ihr hielt. Sie war selbstbewusst genug, dies wegzustecken.

Als Andrea in den elterlichen Hof einfuhr, entdeckte sie Gregor, wie er gerade mit ein paar Brettern in den Händen hinters Haus in Richtung Hühnerfreilauf ging.

Sie blieb einen Augenblick unentschlossen stehen. Seit Samstag hatten sie kein Wort mehr miteinander gesprochen, waren sich erfolgreich aus dem Weg gegangen.

Ich muss Klarheit schaffen, sagte sich Andrea. Ich muss ihm ins Gesicht sagen, dass er mich belogen hat und ich es weiß. Ihm nur aus dem Weg zu gehen, bringt mich nicht weiter. Im Grund hatte sie schon mit ihm abgeschlossen, doch ein paar Fasern ihres Herzens schienen noch mit ihm verbunden zu sein. Und die ließen sich nicht mehr zerreißen.

Er besserte den Hühnerstall aus. »Dein Vater hat mich darum gebeten«, bemerkte er kühl, als er sie kommen sah. »Ich konnte ihm diesen letzten Wunsch nicht abschlagen. Ich werde heute noch damit fertig werden. Morgen fahre ich dann.«

»Du fährst heim?« Sie lächelte bitter und kläglich. »Ja, vielleicht ist es besser so«, fuhr sie fort, ohne eine Antwort von ihm abzuwarten. »Du hast mich übrigens belogen. Du hast gar keine Cousine. Und die Frau, mit der du dich in Traunstein getroffen hast, ist deine frühere Freundin und vermutlich auch wieder die gegenwärtige.«

Gregor starrte sie an. »Woher weißt du das?«, fragte er heiser, doch er blieb relativ ruhig und wurde kein bisschen verlegen. Andrea wunderte sich darüber.

»Man hat so seine Quellen«, erwiderte sie mit gepresster Stimme.

»Frederik? Hast du mit ihm gesprochen?«

Andrea nickte. »Ja. Und er hat mir gesagt, dass du gar keine Cousine hast. Du hättest dir eine bessere Lüge ausdenken können. Deine Ex arbeitet als Altenpflegerin in einem Heim in Traunstein. Deshalb deine häufigen Fahrten dorthin.«

Gregor legte das Brett zur Seite, das er immer noch in der Hand hielt. »Gut, ich habe gelogen, nur um dich nicht zu beunruhigen. Zwischen mir und Anastasia ist nichts mehr.«

»Warum hast du dich dann mit ihr getroffen?«

»Das kann ich dir nicht sagen«, antwortete er schroff und nahm das Brett wieder in die Hand.

»Nicht einmal verlegen bist du geworden«, stieß Andrea bitter hervor. Ein Erinnerungsschwarm zog an ihr vorüber. Szenen, die sich unauslöschlich in ihr Gedächtnis gegraben hatten: Wie er die schweren Heuballen auf den Anhänger geladen hatte und sie dabei auf dem Traktor gesessen hatte. Die Arbeit in der Hitze hatte ihm nichts ausgemacht. Sein schweißnasser, nackter Oberkörper hatte in der Sonne geglänzt. Dann die Abende auf der Hausbank, müde und zufrieden zugleich hatten sie zusammen noch ein Bier getrunken. Manchmal hatte Barbara dabeigesessen. Erinnerungsfetzen, wie er die Tenne gebaut hatte. Wie sie ihm dabei geholfen hatte. Sie waren schnell ein eingespieltes Team gewesen. Wie oft hatte er ihre rasche Auffassungsgabe und ihr handwerkliches Geschick gelobt und sie war stolz darüber gewesen.

Alles vorbei, dachte Andrea, es war nur ein Sommertraum gewesen. Die Wirklichkeit heißt Anastasia und sieht toll aus. Da kann ich nicht mithalten.

»Ich muss mich jetzt beeilen, damit der Stall noch fertig wird«, sagte er, ohne auf ihre Worte einzugehen.

»Wenigstens bist du nicht auf unser Geld aus gewesen«, meinte sie sarkastisch, »so wie viele Leute es behauptet haben.«

»So, haben sie das?« Er warf ihr nun einen sehr langen, traurigen Blick zu. »Siehst du, das ist auch ein Grund, warum ich unserer Liebe nie eine Chance gegeben habe.«

»Warum bist du nicht so wie Frederik?«, bemerkte sie plötzlich. »Er kommt mit den Leuten hier gut zurecht.«

»Weil ich nicht so bin wie er. Wenn du einen Mann willst wie Frederik, dann musst du dir so einen suchen.«

Keine Reue, keine Entschuldigung, keine Rechtfertigung, dachte Andrea. Was ist er nur für ein Mensch? »Du fährst also morgen?«

Er nickte, ohne sie anzusehen.

»Dann werden wir uns nicht wiedersehen?«

Er fuhr fort zu hämmern, ohne ihr eine Antwort zu geben.

»So gehen wir also auseinander«, murmelte sie mit bitterer Stimme.

»Du willst es ja so«, erwiderte er gepresst, hielt aber nun in seiner Arbeit inne und sah sie lange schweigend an.

Die Sonne tauchte Andrea in ihr letztes, rötliches Licht. Sie sah besonders schön aus in diesem Augenblick. Gregor kam es vor, als ob er sie noch nie so schön gesehen hätte. Er konnte sich nur schwer von ihrem Anblick losreißen.

»Dass es so endet zwischen uns«, sagte sie leise und traurig.

»Ich hab' mir nichts zuschulden kommen lassen. Du willst es so, nicht ich. Du hast mich am Samstag behandelt, als wäre ich Luft«, stieß er böse hervor.

»Hatte ich nicht allen Grund dazu?«, erwiderte sie mutlos und traurig.

»Nein, du hattest keinen Grund.«

»Warum sagst du mir dann nicht, was du mit deiner Ex-Freundin noch immer zu schaffen hast. Und warum hast du mich angelogen?« Als er darauf immer noch keine Antwort gab, fügte sie verbittert hinzu: »So wird man abserviert.«

Er wandte sich ihr nun voll zu und sah ihr fest in die Augen. »Nein, Andrea. Du wirst nicht abserviert. Muss ich dir immer alles haarklein erklären? Zwischen Anastasia und mir ist nichts mehr. Ich liebe sie schon lange nicht mehr. Aber ich musste mit ihr reden. Es war wichtig. Es hängt mit meiner Vergangenheit zusammen, die nicht rosig war. Es liegt an ihrem Bruder, meinem damaligen Teilhaber. Aber du hast kein Vertrauen zu mir. Und ich zweifle auch an deiner Loyalität. Ich hatte nicht das Gefühl, dass du beim Geburtstag deiner Mutter, als ich von den Leuten so geschnitten wurde, hinter mir gestanden hast. Ganz fremd bist du mir plötzlich gewesen. Ich war doch für alle, selbst für dich nur der Ausländer, der Erntehelfer.«

Andrea senkte den Kopf. Ja, ich hätte Betty vor allen Leuten zurechtweisen müssen, dachte sie, aber ich war feige.

Gregor wandte sich wieder von ihr ab und fuhr fort, am Hühnerstall zu hämmern. Als ob er sich damit abreagieren müsste. Er würdigte sie keines Blickes mehr und drehte ihr den Rücken zu.

Sie drehte sich ebenfalls um und ging zum Haus zurück. Ihr schwirrte durch den Kopf, was er zu ihr gesagt hatte: »Es hängt mit meiner Vergangenheit zusammen, mit Anastasias Bruder. Aber du hast kein Vertrauen zu mir …« Er hatte ihr an den Kopf geworfen, dass sie ihn vor dem Getratsche der Leute nicht in Schutz genommen hatte. Sie hatte gewusst, was die Leute über ihn redeten. Dass viele behaupteten, er wäre nur auf den Buchberger-Besitz aus. Betty und der Kramer-Hans hatten es gründlich in der Gerüchte-Küche brodeln lassen. Und selbst ihr war oft durch den Kopf gegangen, ob dem nicht tatsächlich so war. Sie hatte doch immer wieder in ihm den Fremden gesehen, von dem sie kaum etwas wusste, auch den Bankrotteur. Und dann die Geschichte mit Anastasia. Diese konnte sie ihm allerdings nicht nachsehen, denn er hatte sie belogen. Doch Andrea glaubte in der Zwischenzeit selbst nicht mehr, dass Gregor sie mit dieser Frau betrog. Die Treffen hingen wohl tatsächlich mit ihrem Bruder zusammen. Vielleicht wollte er etwas herausfinden? Das alles hätte er ihr aber sagen können. Doch nun war es zu spät. Gregors am stärksten ausgeprägte Eigenschaft war sein Stolz. Das war ihr inzwischen klar geworden.

Es herrschte eine dumpfe Atmosphäre im Haus, als sie es betrat. Sie lauschte auf irgendwelche Geräusche, doch es war totenstill, als ob keiner da wäre. Aus der Küche drang kein Essensgeruch, im Wohnzimmer lief kein Fernseher. Der Kachelofen war nicht eingeheizt. Es war kühl und ungemütlich. Die Mutter lag auf dem Sofa, in Decken gehüllt.

»Mir geht es nicht gut, Andrea«, sagte sie, als sie die Tochter erblickte. »Ich liege heute schon den ganzen Tag nutzlos rum. Konnte auch nicht einheizen.«

»Ich mache gleich das Feuer an«, erwiderte Andrea müde und bedrückt. »Ist der Vater schon im Bett?«

»Ja, der geht doch mit seinen Hühnern.« Barbara versuchte zu lächeln, griff sich dann aber gleich wieder an die Stirn, die kalt und feucht war.

»Soll ich den Doktor anrufen? Du siehst nicht gut aus!«

»Nein, das geht auch ohne Doktor vorbei. Morgen ist es wieder gut. Ich habe diese Anfälle lange genug, dass ich es weiß.«

»Dann ruh dich jetzt aus.« Andrea machte sich am Kachelofen zu schaffen. Innerhalb weniger Minuten knisterte und knackte es hinter dem schmiedeeisernen Ofentürchen. Nach einer halben Stunde war es warm im Raum.

»Wie war es denn beim Notar?«, wollte die Mutter mit schwacher Stimme wissen. Sie wollte Andrea noch etwas Wichtiges sagen. Doch dies war ihr in ihrem derzeitigen Zustand nicht möglich. So schwieg sie. Morgen, dachte sie, morgen werde ich es ihr sagen. Es ist ja noch gar nichts passiert.

»Sehr verwirrend. Aber ich erzähl dir alles morgen. Ich habe einen Termin für nächsten Donnerstag vereinbart. Schon um neun Uhr. Ihr müsst beide mitkommen, wenn es amtlich werden soll«, erwiderte Andrea lustlos.

Mit halb geschlossenen Augen lag Barbara regungslos auf der Couch. Wenn sie sich auch nur ein kleines bisschen zur Seite drehte, stand das Zimmer auf dem Kopf. Ihr war auch sehr schlecht. Seit einer Stunde erbrach sie nur noch Galle. Ihr Magen war leer. Wie wird Andrea es aufnehmen?, dachte sie noch. Ein neuer Schwall von Übelkeit ergriff sie. Andrea reichte ihr den Eimer, der neben dem Sofa stand. Aber es kam nur noch Wasser aus ihrem Magen.

»Reden wir morgen über alles«, stöhnte sie auf. »Ich schaff' es heute nicht mehr.« Als die Übelkeit nachließ, wurde Barbara schläfrig. Die Wärme im Raum tat ihr gut. Nach einer Weile schlief sie ein und begann leise zu schnarchen.

Andrea schürte gerade das Feuer, dass es wieder hell zu lodern begann, als die Haustür zuschlug. Gregor war also auf seinem Zimmer gewesen und ging jetzt fort. Sie hörte, wie er mit seinem Volvo vom Hof fuhr.

Würde er noch hier sein, wenn sie morgen erwachte? Würde er sich gar nicht von den Eltern verabschieden, sondern einfach so verschwinden, auf Nimmerwiedersehen?

Als Fremder war er vor ein paar Monaten auf den Hof gekommen, und als Fremder würde er ihn wieder verlassen, dachte Andrea, während sie am Fenster stand und in die kalte, dunkle Nacht schaute. Sie gestand sich dabei ein, dass auch sie Schuld daran trug, dass es so weit gekommen war.

Nach einer Stunde kam Gregor zurück und ging gleich die Treppen hinauf. Sie war zu verletzt und stolz, als dass sie zu ihm in den Flur hinausgegangen wäre. Regungslos blieb sie in der Bauernstube sitzen, bis seine Schritte verstummten. Er war nicht hereingekommen, obwohl er sicherlich wusste, dass sie sich in der Stube aufhielt.

17

Am nächsten Morgen erwachte sie erst gegen halb acht. Sie hatte sehr schlecht geschlafen. Sie hatte mehr als einmal in dieser Nacht mit dem Gedanken gespielt, einfach zu ihm hinüberzugehen. Nur eine Wand, ein paar Schritte trennten sie von ihm. Vielleicht wartet er darauf, dachte sie. Schließlich war immer sie zu ihm ins Zimmer gekommen, nie umgekehrt. Aber dazu konnte sie sich nicht überwinden. Ihr Stolz verbot ihr das. Erst gegen Morgen schlief sie ein.

Als sie etwa um acht Uhr an Gregors Kammer vorbeiging, wusste sie instinktiv, dass er nicht mehr da war. Sie öffnete die Tür und blickte sich um. Das Zimmer war aufgeräumt, kahl und leer. Er hatte alle seine persönlichen Gegenstände mitgenommen. Ihr Blick fiel auf die Wand an der sein Bett stand. Das Heiligenbild war weg. Ein hässlicher Nagel ragte nun aus der Mauer. Dieser grobe Nagel war alles, was von Gregor übriggeblieben war, was sie an ihn erinnerte. Vielleicht hatte er ihn deshalb stecken lassen. Und der Stadel natürlich, der erinnerte sie auch an ihn. Jedes Mal, wenn sie ihn ansah.

Verzweiflung stieg in ihr auf, doch sie sagte sich, dass das Leben weitergehen musste. Irgendwie hatte sie das Gefühl, dass nicht er sie, sondern sie ihn verraten hatte. Beim Geburtstag ihrer Mutter war dies zum ersten Mal passiert. Und zwar, noch bevor sie das Gespräch zwischen Leo und dem Kramer-Hans belauscht hatte. Keinem ihrer Verwandten hatte sie Gregor als ihren Freund oder gar Verlobten vorgestellt, als ob sie sich geschämt hätte. Die Mutter war an diesem Tag zu aufgeregt und konfus gewesen, als dass sie daran gedacht hätte. Und der Vater konnte sich in so einer großen Gesellschaft gleich gar nicht mehr artikulieren.

Sie überlegte weiter, dass sie auch bei ihren Stammtischtreffen kaum über Gregor gesprochen hatte. Sogar Birgit war dies aufgefallen. »Was ist denn nun eigentlich mit dir und Gregor?«, hatte sie Birgit einmal gefragt. »Seid ihr nun zusammen oder nicht?

»Es ist schwierig«, hatte Andrea darauf geantwortet und ihn dabei zum ersten Mal verleugnet. Birgit hatte ihr einen sonderbaren Blick zugeworfen, die Sache aber dann auf sich beruhen lassen.

Als Andrea die Küche betrat, war es dort schon wohlig warm, die Mutter saß am Frühstückstisch, als ob sie gestern gar nicht krank gewesen wäre.

»Geht es dir wieder gut?«, fragte Andrea. Sie ging zur Kaffeemaschine und schenkte sich die Tasse voll.

»Du weißt doch, wie schnell ich mich immer erhole«, erwiderte Barbara und nippte etwas angespannt an ihrem Kaffee.

»Ich habe schon gemeint, ich müsste in den Stall gehen«, erwiderte Andrea gähnend.

»Ist alles schon lange erledigt. Ich bin um fünf Uhr aufgestanden. Bin ja schließlich gestern schon um sieben eingeschlafen und habe auf der Couch auch gleich bis heute früh geschlafen«, erwiderte sie lächelnd.

»Du gehst ja nicht so gern in den Stall, das weiß ich doch«, bemerkte die Mutter. Andrea spürte, dass sie ihr irgendetwas sagen wollte oder sagen musste, aber noch nicht so recht damit herausrücken konnte.

»Der Gregor schläft heute aber auch lange«, sagte sie, um noch etwas Zeit zu gewinnen.

»Du hast für ihn gedeckt?« Andreas Blick fiel auf das vierte Gedeck am Tisch.

»Warum nicht?« Barbara warf ihrer Tochter einen verwunderten Blick zu.

»Weil er nicht mehr da ist«, erwiderte sie mit leerem Gesichtsausdruck.

Sie hatte keinen Hunger, aber der Kaffee, den sie in kleinen Schlückchen trank, tat ihr gut.

»Wo ist er denn hin?«

»Fort. Und er wird auch nicht mehr wiederkommen.«

Barbara sah sie erstaunt und betroffen an. So eine leichte Ahnung hatte sie bereits seit ein paar Tagen gehabt, dass es zwischen den beiden nicht mehr stimmte. Das wird wohl doch nichts mit den Zweien, hatte sie sich gesagt und dabei nicht recht gewusst, ob sie darüber erleichtert sein sollte. Sie dachte daran, dass ihr Gregor einmal anvertraut hatte, dass er wieder Holzhäuser bauen wollte, dass ein anderer Beruf für ihn nicht infrage käme. Also kein Bauer, der mit Andrea den Betrieb weiterführt, so wie ich mir das vorgestellt habe, hatte sie gedacht.

»Dann ist es also aus zwischen euch?« Sie warf Andrea einen betroffenen Blick zu.

Andrea nickte. »Es sieht ganz danach aus. Wir haben einfach nicht zusammengepasst.« Sie biss sich auf die Lippen, um die Tränen, die ihr nun unaufhaltsam in die Augen schossen, zurückzuhalten. Doch es half nichts: Sie mussten raus.

Barbara strich über Andreas Hand, die krampfhaft die Tasse umklammerte.

»Du wirst es überwinden«, versuchte sie, ihr gut zuzureden. »Du bist ja noch so jung.«

»Hast du nicht gehört, wie er fortgefahren ist?«, fragte Andrea mit bebenden Lippen.

Die Bäuerin schüttelte den Kopf. »Da muss ich im Stall gewesen sein. Bei dem Muhen und Brüllen der Viecher höre ich nichts.« Sie sah betreten vor sich hin. »Aber verabschieden hätte er sich können. Da bin ich schon etwas enttäuscht.«

»Er hat sich auch von mir nicht verabschiedet«, erwiderte nun Andrea und trocknete sich die Tränen, die sich in ihren langen, dunklen Wimpern fingen.

In diesem Moment kam der Bauer langsam in die Küche geschlurft. Auch er sah betroffen und traurig aus.

Er weiß es, schoss es Andrea durch den Kopf. Vom Vater hat er sich anscheinend verabschiedet.

Der Bauer setzte sich nun schwerfällig an den Tisch, stellte dann den Stock zur Seite. Sein Gesicht sah fahl und eingefallen aus, vielleicht bewirkte dies aber auch nur das graue Tageslicht, das trübe durch die Scheiben fiel.

Die Bäuerin schenkte ihrem Mann Kaffee ein, rückte ihm Brot und Butter zurecht.

Andrea blickte wie gebannt auf die Poren seiner groben Hände, während er sich das Brot bestrich. Er will uns was sagen, dachte sie, und sucht nun nach den richtigen Worten.

Es herrschte ein unangenehmes Schweigen am Tisch. Barbara spürte, dass jetzt nicht der richtige Augenblick war, Andrea von dem Anruf zu erzählen. Sie war mit Gregor beschäftigt.

»D…a.« Alex deutete plötzlich zum Küchenschrank hin. »B r…i e…f.« Er schaute erst seine Frau an, die seinen Blick nur verdutzt erwiderte, ohne zu reagieren, und dann Andrea.

Andrea hob die Brauen. »Was denn für ein Brief, Papa?«

»D o r…t h i n…t e r…d e m…B r…o t«, stammelte er.

»Hinter dem Brotkorb?« Andrea stand auf und ging zum Küchenschrank. Sie sah den Brief und wusste sofort, dass er von Gregor war. Ein Abschiedsbrief. Nicht für sie allein, sondern für die Familie, fuhr es ihr durch den Kopf.

»La…a.…u t…l e s e n«, befahl Alex.

»Ist er vom Gregor?«, fragte die Mutter.

Andrea wurde erst rot, dann blass. Schließlich las sie ihn vor:

Liebe Familie Buchberger,

es tut mir leid, dass ich mich auf diese Weise verabschieden muss.
Aber es ging nicht anders. Ich will mich für alles Gute bedanken, das mir von euch zuteil wurde: Dir, Barbara, danke ich besonders dafür, dass du mir mehr als einmal mein geliebtes »Schlesisches Himmelreich« gekocht hast. Du hast es nach meiner Anweisung perfekt hingekriegt, mit dem Backobst, dem Zimt und den Zitronen. Es hat einfach super geschmeckt!
Dir, Alex, danke ich für deine Herzlichkeit und dein Vertrauen.
Und dir, Andrea, für deine Liebe, die du mir eine Weile schenktest. Doch dein Vertrauen habe ich nie gewinnen können, deshalb muss ich jetzt wieder fort. Unsere Liebe stand unter keinem guten Stern. Das habe ich von Anfang an gewusst. Viele Leute im Dorf haben mich verleumdet. Das konnte ich nicht ertragen. Du, Andrea, hast nicht zu mir gehalten, sonst hätte es mir vielleicht nicht so viel ausgemacht. Ich fahre nun zurück nach Rudnik, das Dorf bei Ratibor, aus dem ich stamme. Dort ist meine Heimat. Sie ist nicht so schön wie Seebruck, aber eben mein Zuhause. Nächstes Jahr werde ich einen beruflichen Neustart versuchen. Ich will wieder meine Holzhäuser bauen.

Ich danke euch nochmals für alles, euer Gregor.
P.S. Viele Grüße auch an Christian.

Andrea hatte mit schwankender Stimme vorgelesen, jedoch ohne zu stocken und innezuhalten. Der Brief war an die ganze Familie Buchberger adressiert. Er hatte ihn auch nicht ihr, sondern ihrem Vater gegeben.

»Wann hat er dir den Brief gegeben?«, fragte sie den Bauern.

»G…es…t e r…n N a…ch m i…t t a…g.«

Barbara wischte sich eine Träne aus dem Augenwinkel. »Ich hatte mich schon an ihn gewöhnt. Schade, dass er fort ist. Und dass er mir gedankt hat, dass ich ihm sein Lieblingsgericht gekocht habe, das ist schon rührend. Aber über ihn hergezogen ist doch eigentlich nur die Betty«, meinte sie arglos.

Alex schüttelte den Kopf und Andrea versuchte sich vor sich selbst zu rechtfertigen.

Sie legte den Brief auf den Tisch. Ihre Hände zitterten leicht. »Unsere Liebe stand von Anfang an unter keinem guten Stern, hatte er geschrieben. Und so war es auch«, gestand sie sich ein.

Sie starrte aus dem Fenster. Das Wetter passte zu ihrer traurigen Stimmung. Kalter Regen fiel vom wolkenverhangenen Himmel.

Der Bauer, der sich mit angespanntem Oberkörper nach vorne gebeugt hatte, während Andrea vorgelesen hatte, ließ sich nun schwerfällig zurück auf die Eckbank sinken. Er sah traurig und müde aus.

Der Vater hat Gregor gern gehabt, fuhr es Andrea durch den Kopf. Hat er denn nicht seine Eigenwilligkeit und seinen Stolz gesehen?, versuchte sie sich einzureden. Sie wurde bereits von tiefer Reue über ihr eigenes Verhalten eingeholt. Wäre er so bescheiden und einfach, wie sein Cousin Frederik, dann wäre alles anders gekommen, überlegte sie. Aber hätte ich ihn dann gewollt?

»Ich muss dir auch noch etwas sagen«, begann nun Barbara und nestelte dabei an ihrem Taschentuch. »Ich glaube, Markus kommt zurück. Er hat mich doch am Samstagabend noch zum Geburtstag angerufen. Es klang so, als ob er Heimweh hätte. Außerdem hat er eine Freundin, auch das hat er mir gestanden. Sie ist vielleicht der Grund, warum er wieder heim will.«

Sie sah zu ihrem Mann hin: »Du weißt es ja, Alex. Dir habe ich es ja gleich gesagt.«

Alex nickte und runzelte die Stirn, so als ob er dem Frieden nicht ganz traue.

»Aber das hat er doch schon oft gesagt, dass er wieder heimkommen will«, wandte Andrea ein.

Es war ihr gerade völlig gleichgültig, ob der Bruder auftauchen würde oder nicht. Sie fühlte sich so oder so unglücklich. Sie vermisste Gregor jetzt schon. Jedes kühle Wort, das sie ihm an den Kopf geworfen hatte, tat ihr leid. Es war ihr nun auch völlig klar, dass er sie nie betrogen hatte. Die Treffen mit Anastasia hatten einen ganz anderen Grund gehabt. Freilich hätte er ihr den nennen können und sie nicht zu belügen brauchen. Aber das spielte jetzt eigentlich keine Rolle mehr.

»Stellt euch vor, Markus' Freundin stammt vom Samerberg und er hat sie in Neuseeland kennen gelernt. Das ist doch verrückt.« Barbara lächelte etwas verschämt, aber weder Alex noch Andrea reagierten darauf. Ihre Gesichter blieben ernst, das von Andrea wirkte versteinert.

»Er hat schon einige Freundinnen gehabt«, erinnerte Andrea ihre Mutter ungerührt.

»Ja, aber dieses Mal ist es ernst. Ich habe so ein Gefühl«, sprach Barbara eifrig weiter.

Andrea erhob sich. »Deine Gefühle sind nicht viel wert«, erwiderte sie eine Spur zu hart. »Sie wechseln ständig.«

Gregor ist fort, dachte sie immer wieder, und er wird nicht mehr zurückkommen.

Sie ging zum Fenster und blickte hinaus. Der Regen prasselte noch immer monoton an die Fensterscheiben. Es wollte heute gar nicht richtig hell werden.

»Hast du schon einen neuen Termin beim Notar vereinbart?«, hörte sie Barbara vorsichtig hinter ihrem Rücken fragen.

Andrea wusste sofort, worauf ihre Mutter hinauswollte. Sie drehte sich um und sah Barbara an. »Nein, wir können problemlos alles rückgängig machen mit der Hofübergabe, wenn du das meinst.«

»Vielleicht sollten wir noch ein wenig abwarten«, sagte Barbara und wurde verlegen.

»Du musst dir nichts denken, Mama«, erwiderte Andrea mit einem nachsichtigen Zug um den Mund. »Sollte Markus wirklich zurückkommen, dann überschreibt ihm den Hof, wenn er es will. Ich werde den Besprechungstermin beim Notar vorerst absagen.«

Barbara atmete erleichtert auf. »Vielleicht solltest du doch auf die Meisterschule gehen, wie du es immer wolltest«, meinte sie leise. »Jetzt sieht ja alles ganz anders aus.«

»Ja, alles sieht plötzlich anders aus. So schnell ändert sich das Leben«, antwortete Andrea bedrückt.

»Du wirst ihn vergessen«, redete Barbara ihrer Tochter zu. »Mir tut es ja auch leid, dass er fort ist. Aber er wollte es so. Man kann die Männer nicht halten, wenn sie gehen wollen.«

»Du gibst mir also keine Schuld daran?«

»Ich weiß nicht«, seufzte die Mutter, »vielleicht seid ihr beide zwei große Dickschädel!«

»Zumindest ist ihm die Trennung leicht gefallen«, entgegnete Andrea mit bitterer Stimme.

Barbara gab darauf keine Antwort, weil sie keine wusste. Sie seufzte nur wieder.

Alex war fertig mit dem Frühstück, erhob sich und griff nach seinem Stock, der ihm aus der Hand glitt und auf den Boden fiel.

Andrea hob ihn auf und blickte dabei in die trüben Augen ihres Vaters. Er war noch keine sechzig und schon ein menschliches Wrack.

»Gehst' zu deinen Hühnern?«, fragte Barbara gutmütig.

Alex nickte und ging mit hängendem Kopf hinaus. Er hatte ein bisschen Lebensfreude zurückgewonnen, als Gregor da gewesen war. Er wusste selbst nicht, warum das so war. Sie hatten ja kaum miteinander sprechen können. Sie hatten sich eben auch ohne Worte gut verstanden.

Gestern hatte ihm der Pole noch den Zaun beim Freilauf repariert, ohne dass er ihn darum gebeten hätte. Er war ein fleißiger und intelligenter Bursche, das hatte Alex schnell erkannt. Leonhard war schwerfällig und einfältig gegen ihn. Er hätte Gregor gern zum Schwiegersohn gehabt. Was die Leute darüber redeten, war ihm gleichgültig. Er hatte sich noch nie um den Dorftratsch gekümmert und war immer seinen eigenen, geraden Weg gegangen. Und die Sache mit Markus: Er hätte sich eigentlich freuen können, jetzt, da es nun wirklich so aussah, dass der Sohn heimkehren würde. Aber er traute dem Frieden immer noch nicht. Markus war nie zuverlässig gewesen. Und wenn er nun auch so eine Frau hatte wie Christian, dann würde es wohl nie was mit der Hofübergabe werden.

Andrea bemerkte, wie das Auto der Familie Weber auf den Hof fuhr. Ob er sich von den Webers verabschiedet hat, fuhr es ihr durch den Kopf. Sie dachte beiläufig daran, dass die Stallmiete fällig war. Die Webers zahlten immer bar. Sicher wollten sie die Miete begleichen.

»Wie schade, dass Herr Slezak weg ist«, begann Frau Weber sogleich, kaum, dass Andrea bei ihrem Wagen angekommen war. »Ich will meine Schulden begleichen«, fuhr sie dann fort und kramte in ihrer Handtasche.

»Das hätte doch nicht so geeilt«, erwiderte Andrea. Das sagte sie immer.

»Nein, Ordnung muss sein.« Sie blätterte der Bauerntochter die Geldscheine in die Hand.

»Gestern war Gregor noch bei uns und hat sich kurz verabschiedet«, meinte sie, nachdem Andrea das Geld in ihrer Jackentasche verstaut hatte.

»So«, bemerkte Andrea verhalten.

»Wir waren ganz überrascht«, sprach Frau Weber eifrig weiter. »Aber so ein Mann kann natürlich nicht immer auf einem Bauernhof arbeiten. Er ist ja Ingenieur und will beruflich wieder vorankommen. Das ist ja verständlich.«

Andrea sagte nichts dazu. Sie fragte sich, ob die Frau überhaupt etwas von ihrem Liebesverhältnis zu Gregor wusste. Sie zweifelte daran und fühlte ihre Vermutung, dass sie nichts wusste, bestätigt, als die Lehrerin eifrig fortfuhr: »Unsere Tochter war ein wenig verliebt in ihn. Jugendschwärmerei! Sie ist ja noch ein halbes Kind und Gregor hat sie auch nicht ernst genommen. Wie die jungen Dinger halt so sind«, setzte sie lachend hinzu. »Aber wir werden ihn besuchen, bei unserer Polenreise nächstes Jahr. Das haben wir ihm fest versprochen. Ist ja auch eine wunderschöne Gegend, dieses Oberschlesien.«

»Kann ich mir vorstellen«, erwiderte Andrea zurückhaltend. »Ich war leider noch nie da.«

»Ich muss jetzt nach den Pferden sehen«, entschuldigte sich Frau Weber.

»Ich habe schon frisches Heu in den Stall gebracht«, sagte Andrea.

»Das ist aber nett.« Frau Weber warf Andrea noch einen freundlichen Blick zu und begab sich dann zu den Pferdeboxen.

18

Am Nachmittag dieses deprimierenden Tages kam nach vielen Monaten demonstrativer Abwesenheit Betty wieder einmal auf den Hof gefahren.

»Ich habe gehört, dieser Pole ist weg«, sagte sie, noch im Türrahmen zur Küche stehend.

»Betty!« rief Barbara aus. Sie wusste nicht, ob sie sich über diesen Besuch ärgern oder freuen sollte. Doch ihre Gutmütigkeit und Harmlosigkeit siegte wieder einmal über die Vernunft und den Stolz, von dem Barbara zu wenig, und Alex und Andrea zu viel hatten.

»Dass du dich wieder einmal bei uns sehen lässt!«, rief die Bäuerin aus. Dann erst kam ihr in den Sinn, was Betty gleich bei ihrem Eintreten gesagt hatte.

»Kommst du jetzt wieder, weil der Gregor weg ist?«, fragte sie ihre Schwägerin nun doch mit einem ziemlich ärgerlichen Tonfall in der Stimme.

»Kann sein«, gab Betty mit spitzer Zunge unumwunden zu.

Na, dann kannst du gleich wieder gehen, wollte Barbara sagen, verkniff sich dann aber doch diese Bemerkung. So leicht kam ihr die Schwägerin aber dann doch nicht davon. »Er ist sicher nicht für immer fort. Es kriselt halt ein wenig zwischen den beiden. Aber es wird sich schon wieder einrenken«, sagte die Bäuerin und dachte dabei nur daran, dass sie ihre Schwägerin mit dieser Äußerung, ob sie nun stimmte oder nicht, ärgern wollte. »Das kann ja mal zwischen so jungen Leuten vorkommen.« Und als sie in das perplexe Habicht-Gesicht ihrer Schwägerin blickte, setzte sie scharf nach: »Woher weißt du denn eigentlich, dass der Gregor weg ist? Er ist ja erst heute Morgen gefahren.«

»Ich habe es beim Bäcker erfahren.« Betty hatte sich nun wieder einigermaßen gefangen. »Der Kramer-Hans war auch gerade im Geschäft, der hat es mir gesagt.«

»Und woher weiß der das?« Barbara wandte den Blick nicht von ihrer Schwägerin. Sie bot ihr auch keinen Platz an. Die große, herrische Frau stand immer noch im Türrahmen.

»Gestern hat er erfahren, dass der Pole wieder in seine Heimat zurückwill. Ist ja auch richtig so. Der Huber-Ludwig hat es erzählt, weil der Pole gestern noch auf seinem Hof war, um sich von seinem Cousin zu verabschieden.«

Barbara blickte nachdenklich vor sich hin. Sie dachte nicht daran, ihrer Schwägerin einen Stuhl anzubieten. Außerdem hatte sie keine Zeit. Es ging auf Mittag zu und sie musste das Essen vorbereiten. Alex wollte immer pünktlich um zwölf Uhr essen.

»So, so«, murmelte Barbara und begann die Kartoffeln zu schälen.

»Es ist also nicht aus zwischen der Andrea und dem Polen?«, fragte Betty nochmals argwöhnisch.

»Das ist nicht sicher«, meinte die Bäuerin mit gedehnter Stimme. »Vielleicht brauchen sie nur eine Beziehungspause, wie man heutzutage so schön sagt. Ich misch mich da nicht ein und der Alex auch nicht.«

»Das hat der Hans, der es wiederum vom Ludwig hat, und dieser vom Frederik, aber ganz anders dargestellt«, erwiderte Betty aufgeregt.

Barbara fuhr seelenruhig fort, ihre Kartoffeln zu schälen. »Ja, wenn etwas über drei Ecken gesponnen wird, kann schon mal was Verworrenes dabei raus kommen«, antwortete sie mit betont argloser Stimme.

»Das glaube ich nicht«, erwiderte Betty. »Du machst mir doch etwas vor. Ich verstehe überhaupt nicht, wie ihr diese Liebschaft so akzeptieren konntet. Das geht mir einfach nicht in den Kopf. Weißt du eigentlich, was dabei auf dem Spiel gestanden wäre? Unser Hof wäre in polnische Hände geraten. Das kann doch nicht euer Ernst gewesen sein, dass euch das gar nichts ausgemacht hätte.«

»*Unser* Hof?«, wiederholte Barbara nun und sah Betty scharf an. »Der Hof gehört dir nicht. Du wurdest bei deiner Heirat ausgezahlt.«

»Das muss ich mir von dir nicht sagen lassen!«, zischte Betty.

»Doch, musst du«, erwiderte Barbara ruhig.

In diesem Augenblick kam Alex den Flur entlang. Die beiden Frauen hörten, wie sein Stock auf den Fliesenboden klopfte. Als er seine Schwester erblickte, warf er ihr einen zuerst überraschten, dann ärgerlichen Blick zu. Was willst du denn schon wieder?, sollte dieser ausdrücken. Dann nickte er der Schwester flüchtig zu und ging an ihr vorbei in die Küche. Noch immer forderte sie keiner auf, einzutreten.

»Das ist ja hier eine Begrüßung, wenn man so lange nicht da gewesen ist. Dabei wohnt man nur ein paar Häuser weiter«, bemerkte Betty beleidigt.

»Wir haben uns ja auf meinem Geburtstag gesehen«, antwortete die Bäuerin gelassen. »Ich hab' dich auch noch zum Kaffee daheim eingeladen. Dass du nicht mitgekommen bist, obwohl die ganze Familie da war, dein Problem, dafür kann ich nichts.«

Betty ging nicht darauf ein. »Kommt der Pole wirklich wieder?«, fragte sie und sah dabei ihren Bruder an. »Ist es nicht aus zwischen den beiden?«

Alex, der sich auf seinem gewohnten Platz beim Fenster auf der Eckbank niedergelassen hatte, zuckte mit den Achseln und wandte sich gleich wieder von ihr ab. Er nahm die Zeitung zur Hand.

Betty starrte ihn an. »Was seid ihr nur für Leute?«, zischte sie und verließ grußlos das Haus.

»Die, denke ich, kommt nicht so schnell wieder«, meinte Barbara zu ihrem Mann.

»Ho...f f e...n t l...i c h«, presste Alex hervor. Damit war die Sache für ihn erledigt, auch Barbara kümmerte sich nicht weiter darum. Ihr spukten momentan ganz andere Gedanken im Kopf herum. Es war eingetreten, woran keiner mehr geglaubt hatte: Markus wollte nach bald zwei Jahren in der Fremde wieder in die Heimat zurück. Und er wollte den Hof übernehmen. Dieses Mal schien es ihm ganz ernst zu sein. Und es sah danach aus, dass seine neue Freundin dabei ihre Hände im Spiel hatte.

Betty konnte nicht gleich zu ihrem schweigsamen Mann heimfahren, um ihm alles zu erzählen, was sich gerade ereignet hatte. Er würde wieder einmal nur sagen, dass sie sich nicht immer in anderer Leute Angelegenheiten einmischen sollte. Außerdem machte er zurzeit wieder seine »Rollkur« gegen seine Magenbeschwerden. Da war sowieso nicht mit ihm zu reden.

Aber schließlich ging es doch um den Buchberger-Hof. Den Hof ihrer Eltern, auf dem sie geboren und aufgewachsen war. Da konnte man doch nicht einfach alles so hinnehmen.

Sie überlegte kurz und fuhr dann zum Kramer-Hans. Es war Mittwochnachmittag. Er würde sicher daheim sein. In letzter Zeit stand ihr Wagen oft auf dem Betriebsgelände dieses großen Wohn- und Geschäftshauses am Rande von Seebruck, Richtung Truchtlaching. Einige Nachbarn machten sich schon so ihre Gedanken. Schließlich war dem Hans seine Frau vor einem guten Jahr davongelaufen. Und die Betty schien mit ihrem Buchhalter-Theo, der zum Lachen sprichwörtlich in den Keller ging, auch nicht so zufrieden zu sein.

Doch Betty machte sich darüber keine Gedanken. Sie war mit dem Hans in die Schule gegangen. Sie waren gleich alt, aber sie hatten nie Interesse füreinander gezeigt. Der Kramer-Hans war jahrelang ein »Schürzenjäger« gewesen. Keine Frau war vor dem großen, blonden Mann, der sein Haar auch jetzt noch in einem Pferdeschwanz trug, sicher gewesen. Erst diese bildhübsche, brünette Hamburgerin, die als Urlaubsgast bei der Betty logierte, hatte ihn zähmen können. Hals über Kopf hatte er sich in die junge Frau verliebt und sie gleich nach vier Wochen geheiratet. Doch das ging nicht gut. Nur fünf Jahre hatte die Ehe gehalten, dann lief sie ihm davon. Sie hatte es auf dem Land nicht ausgehalten. Sie war einfach eine Städterin.

Der Kramer-Hans hatte das lange nicht verkraften können, er konnte es immer noch nicht. Manche Menschen wurden still und demütig in solch einer Situation, und zogen sich zurück. Aber nicht der Kramer-Hans! Er hatte sich nach diesem Schicksalsschlag nicht zum Guten verändert. Er war hinterhältig, neidisch, argwöhnisch und rabiat geworden.

Dieser Stadel, den Gregor Slezak gebaut hatte, war ihm nach wie vor ein Dorn im Auge, weil er zugeben musste, dass dieser anständig und fachmännisch errichtet worden war. Besser hätte er es auch nicht machen können. Zweimal war er nach der Wirtschaft – schon leicht angetrunken – zum Buchberger-Hof gefahren. Hatte sein Auto im Schatten der Buchen stehen lassen, das

Licht ausgeschaltet und beobachtet, wie der Stadel mit dem dekorativen Fachwerk am Giebel im Mondlicht stabil, massiv und größer als bei Tage wirkend dastand. Er wusste selbst, dass er sich da in eine Sache hineinsteigerte, die es nicht wert war, eigentlich auch nur einen Gedanken daran zu verschwenden. Er war ziemlich konkurrenzlos in Seebruck und Umgebung, hatte Aufträge genug. Aber dass dieser dahergelaufene Pole genauso gut arbeiten konnte wie er, das wollte ihm einfach nicht in den Kopf.

Betty klingelte. Der elektrische Türöffner erklang und sie betrat das Haus. Es war unordentlich in der Wohnung. Die Putzfrau, die der Zimmerermeister beschäftigte, kam immer montags, doch schon mittwochs herrschte in der Wohnung wieder Chaos.

Hans saß alleine in seiner hochmodernen, ungemütlichen Küche. Sie war nicht mit normalen Stühlen ausgestattet, sondern mit Barhockern an einer Theke. Hans bot ihr gleich einen Hocker an, den Betty mühsam erklomm.

»Hast du noch was Neues erfahren?«, fragte er sie, zwischen zwei Schlucken Kaffee, denn er saß gerade bei einem verspäteten Frühstück.

»Ich war gerade auf *unserem* Hof«, begann Betty zu erzählen. »Ein Empfang war das! Das kannst du dir nicht vorstellen.« Sie presste ein paar Krokodilstränen hervor und griff nach ihrem Taschentuch. »Dass ich das erleben muss, dass ich auf dem Hof meiner Ahnen nicht mehr erwünscht bin.«

Hans wartete geduldig, bis Bettys gekünstelter Gefühlsausbruch vorüber war. Er biss in seine Butter-Brezel. Sie war sicher nicht gekommen, um ihm wieder einmal vorzujammern, was für ein schlechtes Verhältnis sie zu ihrer Schwägerin und ihrem Bruder hatte.

»Du hast mir doch gesagt, dass der Pole weg ist und dass er sich von der Andrea getrennt hat«, begann Betty nun, all der Schmerz über die Ungerechtigkeit ihrer Verwandten war dabei aus ihrem hageren Gesicht verschwunden.

»So hat es mir der Huber-Ludwig gestern Abend erzählt«, bestätigte Hans, »und der weiß es vom Frederik. Dann muss es wohl stimmen.«

»Meine Schwägerin tut aber so, als ob das alles nicht stimmen würde. Es kriselt halt ein wenig zwischen dem Gregor und der Andrea, hat sie gesagt, aber das wird sich schon wieder einrenken.«

Hans blickte überrascht auf. »Das muss ich dem Leo sagen. Der hat sich nämlich schon wieder Hoffnung auf die Andrea gemacht. Ganz selig hat er gestern Abend beim Bier dreingeschaut, als der Ludwig mitteilte, dass der Nebenbuhler weg wäre.«

»Ja, da hat er sich wohl umsonst gefreut. Aber davon abgesehen, wann sieht er denn endlich ein, dass Andrea nichts mehr von ihm will? Das pfeifen doch inzwischen die Spatzen von allen Dächern. Der soll sich nicht zum Affen machen.«

Der Kramer zuckte mit den breiten Schultern. Sein Oberkörper wurde von einem engen, karierten Hemd umspannt. »Das sieht er wohl nie ein.«

»Dann sag es ihm lieber, bevor er sich erneut Hoffnung macht«, murmelte Betty. »Also ich weiß nicht, ich habe mich so gefreut, dass der Pole endlich weg ist, und jetzt das wieder.« Sie rutschte von dem hohen Hocker. »Ich muss jetzt heim, der Theo wartet auf sein Vollkornbrot.«

»Vielleicht hat dich die Barbara bloß ärgern wollen«, meinte Hans grübelnd, »sie weiß ja, wie du zu dem Mann stehst.«

»Du magst ihn doch auch nicht.«

»Der dahergelaufene Bursche ist mir völlig gleichgültig«, log Hans, »aber der Leo tut mir leid, weil er sich gestern so gefreut hat, dass der Kerl weg ist. Na, ein paar Halbe hatte er auch schon wieder getrunken.«

»Der Leo ist in letzter Zeit viel zu oft in der Wirtschaft«, meinte Betty, einmal ehrlich besorgt, weil sie den jungen Steiner-Bauern mochte. »Der bräuchte eine Frau, eine Familie. Das wollte er doch immer. Aber nicht mit der Andrea. Das muss er sich endlich aus dem Kopf schlagen.«

»Ja, aber das kann er nicht. Sie hat es ihm eben angetan. Sie ist auch der Grund, warum es mit der Birgit nichts geworden ist.«

»Dem kann man aber auch nicht helfen«, seufzte Betty.

Der Kramer wurde ernst. Er dachte nun an seine Frau, von der er noch immer nicht geschieden war. Von der kam er auch nicht los. Aber er war nicht Leo, er war ein ganz anderer Mensch. Er nahm nichts einfach so hin, er dachte an Rache. Aber nicht an seiner Frau wollte er sich rächen.

Er projizierte seine Rache auf andere Personen. Im Grunde ging ihn die ganze Sache nichts an. Aber er gönnte niemandem das Glück, das ihm selbst verweigert wurde. Und diesem Polen, den er eigentlich beneidete, dem gönnte er es gleich drei Mal nicht.

Er hatte Andrea im Sommer beim Feuerwehrfest beobachtet. Er hatte gesehen, wie verliebt sie in diesen Mann war. Warum sollte das plötzlich alles vorbei sein? Und warum sollte sich andererseits dieser Pole eine solche Partie entgehen lassen? Frederik war ein einfacher, gutmütiger Bursche und durchschaute seinen Cousin nicht. Wer weiß, aus welchem wirklichen Grund sich Gregor plötzlich so rar machte. Bestimmt bezweckte er etwas damit. Willst du gelten, mach dich selten, dachte Hans. Arrogant ist dieser Kerl, überlegte er weiter, mit Studienräten, Apothekern und Rechtsanwälten wollte er verkehren. Aber natürlich: Eine reiche Bauerntochter tut es auch.

»Ich bin dann weg«, meinte Betty, die Hans eine Weile beobachtet hatte, wie er so vor sich hin grübelte. Warum hasst der Hans den Polen eigentlich so?, überlegte sie. Nur, weil er ihm einen Auftrag weggeschnappt hat? Das wollte ihr auch nicht recht in den Kopf. Aber was wusste sie schon davon, was in anderer Leute Köpfe vor sich ging.

»Mach's gut«, fügte sie hinzu, bekam aber keine Antwort. Der Zimmerermeister starrte immer noch sinnierend vor sich hin und bemerkte gar nicht, wie Betty hinausging.

19

Am darauffolgenden Sonntag hatte der Kramer-Hans seine Stammtischbrüder samt Frauen zum Essen eingeladen. Er wollte im Kreis seiner engsten Freunde seinen Geburtstag feiern. Alle waren pünktlich um sechs Uhr abends gekommen, nur die junge Huber-Christine und Frederik ließen sich entschuldigen.

»Ich mag den Kerl nicht. Da lass' ich mich nicht von ihm zum Geburtstag einladen«, hatte Christine zu ihrem Mann gesagt. »Du kannst ja gehen. Dann brauch' ich mal nicht zu kochen.«

»Ich auch nicht … gehen«, hatte Frederik entschieden. »Er in letzter Zeit oft über Gregor … schimpfen. Das nicht gut.«

Die anderen waren alle pünktlich gekommen. Nachdem die Stimmung anfangs etwas gedämpft schien, lockerte sie sich, zumindest bei den Männern, nach der zweiten Runde Bier auf. Der Schweinsbraten, den Hans spendierte, war gut, die Damen ließen sich zum Nachtisch eine »Bayerische Creme« schmecken. Für die Männer gab es Schnaps und Bier, bis sich die ersten verabschiedeten. Der Huber-Ludwig war der erste, der die Runde verließ. Und weil die Frauen der anderen Männer gegen zehn Uhr auch heim drängten, blieben nur noch der Leonhard und Hans sitzen.

»Das ist das Gute, wenn man keine Frau hat«, meinte Hans, als die anderen fort waren, »da kann man so lange sitzen bleiben, wie man will.«

»Ich hätte gern eine Frau. Und auch Kinder«, erwiderte Leonhard und starrte in sein Bierglas. Seine Augen waren schon ein wenig trüb.

»Es wäre ja fast zur Hochzeit gekommen bei dir«, erwiderte Hans hinterhältig. »Warum hat es denn am Ende mit der Birgit nicht hingehauen?«

»Sie wollte ja nicht mehr«, antwortete Leo knapp und trank sein Glas leer.

»Es war doch eher wegen der Buchberger-Andrea, oder?« Hans warf Leonhard einen lauernden Blick zu.

»Vielleicht«, brummte dieser.

»Willst du noch ein Bier?«

»Lieber nicht.«

»Komm, eins geht noch«, redete Hans ihm zu. »Heute ist mein Geburtstag. Nachdem die anderen schon so bald gegangen sind, müssen wenigstens wir die Stellung halten. Meinen letzten Geburtstag habe ich gar nicht gefeiert.«

»Warum eigentlich nicht?« Leo warf ihm einen fragenden Blick zu.

»Na, du stellst Fragen! Du weißt doch, dass mir in der Woche vor meinem Geburtstag meine Frau davongelaufen ist. Die paar Tage hätte sie auch noch warten können. Ausgehalten hat sie es nicht mehr auf dem Land. Wollte in die Stadt zurück.« Er grinste kläglich, auch irgendwie verlegen. Fast als schäme er sich, dass ihm, dem großen Frauenhelden, so etwas passiert war.

Aber Leonhard sah das gar nicht. Er dachte immer noch an Andrea. Der Kramer-Hans hatte es wieder einmal geschafft, dass sich seine Gedanken um sie drehten.

»Noch zwei Bier und zwei Schnaps.« Hans hob den Kopf und winkte der Bedienung. Für ein paar Minuten hatte er seinen perfiden Plan, der ihm seit einiger Zeit im Kopf herumspukte, vergessen. Doch jetzt nahm er wieder Gestalt an. Ob der Leo dabei mitmacht?, fragte er sich jetzt und bekam plötzlich Herzklopfen.

»Prost Leo!« Er hob sein Glas, sah seinen ungleichen und viel jüngeren Freund dabei mit einem sonderbaren Blick an. »Die Weiber sind es nicht wert, dass man sich wegen ihnen den Kopf zerbricht.«

Leonhard stieß mit einer lahmen Handbewegung mit ihm an. »Das sagst du! Hast ja nie was anbrennen lassen. So war ich nie.« Er schaute den seltsamen Freund an. Die Haare trug er immer noch wie ein *Rocker*. Aber das schöne Blond war schon lange grau und stumpf geworden.

»Ja gut, du hast schon recht«, erwiderte Hans mit gedämpfter Stimme, »ich bin kein junger Hüpfer mehr. Mit den Weibern habe ich abgeschlossen. Du bist dagegen über 20 Jahre jünger. Willst Frau und Kinder haben. Ja, ja«, fügte er sinnierend hinzu, »das verstehe ich schon.«

Hans nahm seinen Schnaps und kippte ihn hinunter.

Die beiden Männer blickten wieder dumpf vor sich hin.

»Die Andrea spukt dir wohl immer noch im Kopf rum?«, tastete sich der Zimmerer nun langsam wieder vor. »Der Pole ist ja jetzt weg«, setzte er lauernd hinzu.

Leonhard blickte auf. »Ich denke, der kommt wieder. Es geht doch das Gerücht herum, dass es mit den beiden noch nicht vorbei ist.«

»Hab' ich auch gehört«, erwiderte Hans scheinheilig seufzend. »Der Bursche gibt so eine gute Partie nicht so schnell auf. Der kommt wieder. Hat sich doch nur wegen des Geldes an die Andrea herangemacht. Und das dumme Dirndl merkt das nicht. Unglücklich wird er sie machen.« Er sah Leonhard nun wieder fest, geradezu herausfordernd an. »Du könntest das verhindern. Du bist ein ehrlicher, fleißiger und stattlicher Bursche. Und du liebst sie wirklich. Mit dir würde sie glücklich werden. Aber in ihrer Verblendung und ihrer Vernarrtheit begreift sie das nicht.«

»Aber es war doch schon vorher aus, lange bevor der Pole auftauchte«, murmelte Leo, obwohl er sich geschmeichelt fühlte.

»Das war doch nur, weil sie diesen Spleen mit ihrer Modeschule hatte. Mittlerweile ist aus ihr eine gestandene Bäuerin geworden. Die hat doch diese Mode-Flausen schon längst an den Nagel gehängt.«

»Meinst du?«, fragte Leonhard skeptisch.

»Du kannst diese Frau haben«, redete Hans jetzt mit voller Kraft auf ihn ein, »aber du musst etwas dafür tun. Wenn du die Dinge nur so laufen lässt, wird das nie etwas.«

»Du hast leicht reden«, brummte Leonhard in sein Bierglas hinein. »Sie will den Polen und nicht mich. Und wenn er zurückkommt, dann wird sie sich gleich wieder in seine Arme werfen.«

»Wir müssen bloß verhindern, dass er zurückkommt«, sprach der Kramer nun in verschwörerischem Tonfall weiter. »Ich könnte dir dabei helfen. Ich hätte einen Plan. Nicht ganz legal, aber du würdest dein Ziel erreichen. Da bin ich mir ganz sicher.«

Leonhard fühlte sich plötzlich ein wenig nüchterner. Er warf dem Hans einen überraschten und neugierigen, doch zugleich skeptischen Blick zu.

»Wir könnten zu Ehren meines Geburtstages ein kleines Feuerwerk veranstalten«, sprach er leise weiter und grinste dabei hinterhältig.

»Wie meinst du denn das?« Leo starrte ihn an.

»So, wie ich es sage: ein kleines Feuerwerk auf dem Buchberger-Hof.«

»Bist du wahnsinnig! Willst du den Hof anzünden?« Leonhard hatte etwas zu laut gesprochen und blickte in den Raum, aber niemand achtete auf sie beide. Es waren auch bloß noch zwei Tische besetzt. Seine von der harten Bauernarbeit großen und rissigen Hände, die gerade noch so lahm das Bierglas umklammert hatten, begannen nun auf dem Tisch zu zucken.

»Doch nicht den ganzen Hof, nur den Stadel. Heute, zur Feier des Tages.« In seinen hellblauen Augen glommen nun kleine, übermütige Fünkchen auf. »Der Stadel ist weit vom Haus weg. Keiner kommt dabei zu Schaden.«

Leonhard starrte den Kramer-Hans mit offenem Mund an. Er fühlte sich nun wieder betrunken, der Alkohol verwirrte seine Sinne. Er spürte, dass er nicht mit klarem Verstand entscheiden konnte. Seine Gefühle spielten ihm einen Streich. So wie sein Verstand ihm den Dienst versagte, ergriff auch eine unsinnige Hoffnung und Sehnsucht von ihm Besitz. Seine Vernunft, seine Anständigkeit und Rechtschaffenheit blieben dabei auf der Strecke.

»Du willst den Stadel anzünden?« Der Gedanke schien ihm in seinem Rausch plötzlich gar nicht mehr so abwegig. »Aber wenn Funken auf den Hof überspringen?« So betrunken war er nun doch wieder nicht, dass er dies nicht in Erwägung zog.

»Es ist völlig windstill draußen. Da springt nichts über. Außerdem ist der Stadel 20 Meter vom Stall entfernt«, flüsterte Hans ihm zu, er sah sich dabei vorsichtig um. Doch die paar Gäste im Raum schenkten ihnen keinerlei Beachtung. »Ich will doch nicht Leib und Leben der Familie und der Tiere riskieren.«

»Nur den Stadel also?« Leonhard starrte ihn an. »Und der Pole soll es dann gewesen sein. Willst du darauf hinaus?«

Hans grinste schief. »So besoffen bist du also doch nicht. Kannst noch eins und eins zusammenzählen.«

»Der Stadel steht weit genug vom Stall und Wohnhaus entfernt. Die Flammen werden nicht übergreifen, nicht bei diesem ruhigen Wetter«, bestätigte Leo mit schleppender Stimme. Alles kam ihm so unwirklich vor, als wäre er ein Darsteller in einem Film. Aber es war ein aufregender Film und er spielte darin die Hauptrolle.

»Ich habe einen Benzinkanister im Auto. Der Sprit dürfte genügen«, meinte Hans und grinste verschwörerisch, als ob alles nur eine riesige Gaudi wäre.

»Und warum machst du das? Weil es dir Spaß macht? Weil du den Stadel brennen sehen willst, den du selbst gern gebaut hättest?«

»Ich will dir nur helfen, dass du deine Traumfrau zurückgewinnst. Ich will nicht, dass die Andrea an diesen Heiratsschwindler gerät, der es hinter ihrem Rücken mit einer anderen treibt. Ich hab' ihn doch gesehen, wie er in einem Café in Traunstein mit der Frau zusammensaß. Ein ganz steiler Zahn war das! Er wird die Familie um Haus und Hof bringen. Ist alles schon passiert. Ich kenne die Buchberger-Familie nicht besonders gut, aber du. Als Nachbarskind bist du schon auf dem Hof verkehrt und hast mit dem Christian und dem Markus gespielt. Es kann dir doch nicht egal sein, dass die Bauersleute von diesem dahergelaufenen Polen betrogen werden.«

»Aber er ist weg. Wie sollte er da den Stadel anzünden? Den Stadel, den er selbst gebaut hat. Das ergibt doch keinen Sinn. Ich bin zwar nicht mehr ganz nüchtern, so viel begreife ich aber noch: Das ist völliger Unsinn.«

»Er ist noch da. Ich habe seinen Volvo heute Nachmittag in der Hirschauer-Bucht gesehen«, erwiderte der Kramer mit einem abschätzenden und hinterhältigen Blick.

»Das stimmt doch gar nicht!«

»Richtig, das stimmt nicht. Aber ich werde das bei der Polizei so aussagen. Auch, dass ich …« Er sah nun auf seine Uhr, »… dass ich, sagen wir gegen elf Uhr, den Volvo in der Nähe des Hofes, bei der Kapelle stehen sah, als ich dich von der Wirtschaft heimgefahren habe.«

»Du hast ja alles schon bis ins Detail geplant.« Leonhard war sprachlos. Irgendwie bewunderte er diesen Mann, der so ganz anders war als er. Ein Mann der Tat. So viele Frauen hatte er in seinem Leben gehabt, weil er sie sich einfach nahm. Und er? Er sah tatenlos zu, wie ihm die einzige Frau, die er wirklich wollte, von einem polnischen Erntehelfer weggenommen wurde.

Ja, das ist es, dachte Leonhard, es ist mein Fehler, dass ich immer gleich nachgebe, immer gleich alles akzeptiere, mich nicht wehre, nicht kämpfe. Dabei muss man auch mal über Leichen gehen, wie es so schön hieß. Warum soll ich immer der Duckmäuser sein? Kein Wunder, dass Andrea dann einen anderen will. So dachte er in seinem Rausch und fasste dabei den Entschluss, nicht länger der Verlierer zu sein, der sich alles gefallen ließ, alles hinnahm. Er überlegte, wie er Andrea noch im Frühjahr auf dem Hof geholfen hatte, weil sie mit den technisch hochwertigen Maschinen nicht gleich zurechtkam. Dabei hatte er gehofft, Andrea würde endlich einsehen, dass er der Richtige für sie war. Als sie sich dann wieder rarmachte und sich in den Polen verliebte, hatte er es einfach hinuntergeschluckt und seine Enttäuschung und Sehnsucht bei der Arbeit und im Alkohol erstickt.

»Machst du mit?«, fragte der Hans und sah ihn beschwörend an. »Es kann nichts passieren. Aber wir müssen jetzt los. Niemand wird uns im Sinn haben. Du kannst dich auf mich verlassen.«

»Hast du das alles schon länger geplant?«, fragte ihn Leonhard mit schwerer Zunge.

»Seit einer Stunde«, log er grinsend. »Ich bin ein Mann der schnellen Entschlüsse und dabei immer recht gut gefahren.«

»Du bist vielleicht ein Hund!« Leo grinste nun auch. »Aber nur den Stadel«, sagte er noch einmal und warf seinem Freund dabei einen durchdringenden Blick zu.

»Freilich nur den Stadel. Meinst du, ich gefährde den Hof? Du willst doch schließlich noch etwas von deiner Andrea haben.« Sein Mund verzog sich wieder zu einem schiefen Grinsen.

»Das ist doch kein Spaß«, murmelte Leonhard und begann erneut zu zögern.

»Ein bisschen Spaß ist es schon. Aber auch sinnvoll. Wir bewahren die Familie vor einer großen Dummheit. Das musst du dir vor Augen halten.«

»Und wenn sie den Gregor nun verhaften?«, lallte Leonhard.

»Das wäre doch gar nicht schlecht.«

Hans winkte der Kellnerin, die gähnend zwischen Küche und Gastraum stand. »Hier, das ist für dich.« Er reichte ihr einen Fünfzig-Euro-Schein. »Die Rechnung bringst du mir dann morgen im Geschäft vorbei, kann ich nämlich alles von der Steuer absetzen.«

»Ich dank' dir.« Die Bedienung nahm schmunzelnd das großzügige Trinkgeld entgegen. »Klar bringe ich dir die Rechnung.«

Die Männer verließen das Gasthaus. Leonhard ließ seinen Wagen stehen und fuhr mit Hans mit.

»Du hast aber auch so einiges getrunken«, bemerkte Leo, als er neben Hans im Wagen saß.

»Nicht so viel wie du. Außerdem vertrage ich mehr.«

»Das wird dir bei der Polizei nicht helfen.«

»Es kommt keine Polizei.« Der Kramer war jetzt angespannt. Er hatte sich noch nie einer Straftat schuldig gemacht. Im Grunde war er ein angesehener Geschäftsmann. Es war das erste Mal in seinem Leben, dass er kriminell wurde.

»Sollen wir das Ganze nicht doch vielleicht lieber bleiben lassen?« Leonhard fühlte sich nun immer schlechter. Die Euphorie war plötzlich verschwunden. »Ich bin bei der Feuerwehr und nun soll ich zum Brandstifter werden«, murmelte er.

»Da wärst du nicht der erste Feuerwehrler, der selber zündelt.« Hans umklammerte krampfhaft das Lenkrad, konzentrierte sich nun ganz auf die Straße. Aber es kam ihnen niemand entgegen. An diesem dunklen Tag im November war der Ort menschenleer.

Eine Viertelstunde später war bereits alles vorbei. Der Stadel brannte lichterloh. Doch da waren die beiden schon wieder weg. Der Hans lud Leo schnell bei ihm daheim ab und fuhr dann über einen Schleichweg zu seinem Haus, das sich in der entgegengesetzten Richtung befand. Daheim angekommen, hörte er schon die Sirenen, dann die Feuerwehren.

Das ging schnell, dachte er. Irgendwie erschien es ihm, als wäre er an allem gar nicht beteiligt.

Als er am nächsten Morgen erwachte, sah das jedoch anders aus. Es war nicht so, dass ihn das schlechte Gewissen zu Boden drückte, doch er wurde von einer seltsamen Unruhe erfasst. Seine Hände zitterten leicht, als er sich seinen starken Kaffee zubereitete. Sie zitterten noch stärker, als er sich die erste Zigarette dieses Tages anzündete.

»Bei den Buchbergers hat es heute Nacht gebrannt«, sagte sein Geselle, als er wenig später die Werkstatt betrat. »Der Heustadel ist bis auf den Grund niedergebrannt. Die Flammen haben aber, Gott sei Dank, nicht auf den Stall und das Wohnhaus übergegriffen. Niemand ist zu Schaden gekommen. Das ist die Hauptsache.«

»So, beim Buchberger hat's gebrannt. Wie konnte denn das passieren?«, fragte Hans, er versuchte, seine Stimme so ruhig wie möglich klingen zu lassen.

»Man weiß noch gar nichts. Aber dass du das nicht gehört hast? Drei Wehren waren im Einsatz: die Seebrucker, die Chieminger und die Truchtlachinger.«

»Hab' doch gestern meinen Geburtstag gefeiert. Hatte ich wohl ein Glas zu viel. Als ich daheim war, bin ich sofort eingeschlafen. Weiß gar nicht mehr, wie ich in mein Bett gekommen bin. Wann ist es denn passiert?«

»Weiß nicht genau. So nach elf, glaub ich. Sollen ganz teure Maschinen im Stadel gewesen sein. Den Mähdrescher leihen sie ja auch immer an andere Bauern aus.«

»Ist bestimmt alles gut versichert«, murmelte Hans. Dann fuhr er fort: »Du musst jetzt gleich nach Roitham zu der Familie Meier fahren. Die möchten neue Dachfenster. Ich kann die Leute nicht länger vertrösten.«

»Hatte ich sowieso vor. Hatten wir am Freitag ja so besprochen.« Der Geselle wunderte sich, dass seinen Chef der Brand so kalt ließ. Schließlich hatten heute am frühen Morgen die Leute beim Bäcker und beim Metzger von nichts anderem gesprochen. Aber den Kramer-Hans brachte eben nichts so schnell aus der Ruhe.

20

Einen Tag später stand fest, dass Brandstiftung die Ursache für das Unglück war. Brandermittler gingen auf dem Buchberger-Hof ein und aus.

Der Zimmerermeister Hans Kramer erschien am Mittwoch bei der Polizei und machte eine Aussage. »Ich habe lange mit mir gerungen«, sagte er zu den Beamten, »aber nun bin ich doch gekommen. Ich hab' nämlich am Sonntag einen grauen Volvo mit polnischem Kennzeichen in der Nähe des Buchberger-Hofes gesehen. Bei der kleinen Kapelle hat er gestanden. Nicht weit vom Hof entfernt.«

»Haben Sie den Wagen erkannt?«, fragte der Beamte.

»Ich bin mir nicht ganz sicher«, erwiderte Hans, »aber ich glaube, dass es der Wagen von dem Slezak-Gregor war. Das Kennzeichen habe ich mir aber nicht gemerkt. Er hat als Erntehelfer bei der Familie Buchberger gearbeitet, soll aber angeblich schon am letzten Mittwoch zurück nach Polen gefahren sein. Wenn ich mich nicht täusche, habe ich aber am Sonntagnachmittag auch einen grauen Volvo in der Hirschauer-Bucht gesehen. Er hat dort geparkt. Das kann aber auch ein anderer Wagen mit polnischem Kennzeichen gewesen sein.«

Der ermittelnde Beamte notierte sich diese Zeugenaussage und bat den seriösen Geschäftsmann, für eventuelle weitere Fragen zur Verfügung zu stehen.

»Ich will nichts gesagt haben«, teilte der Kramer den Beamten noch mit, »aber dieser Pole hätte mit Sicherheit allen Grund, den Hof anzuzünden.«

»Nun, es hat ja nur der Stadel gebrannt, in dem sich neben dem Heu auch noch teure Ernte-Maschinen befanden«, stellte der Beamte richtig.

»Um Gottes willen!«, erwiderte Hans schnell. »Ich will die Sache nicht schlimmer darstellen, als sie ist. Aber ich denke, dass es für Ihre Ermittlungen vielleicht wichtig ist, zu wissen, dass der Mann ein Motiv hätte: Eifersucht oder verletzte Eitelkeit, was weiß ich.«

»Wie kommen Sie denn darauf?« Der Polizist hob erstaunt die Brauen.

»Es wird Ihnen von vielen Leuten im Dorf vermutlich bestätigt werden, dass Andrea Buchberger, die Tochter des Hofes, ein Verhältnis mit dem Polen hatte. Sie muss es sich aber dann anders überlegt haben, vielleicht auf Druck der Familie hin. Zumindest hat sie mit ihm Schluss gemacht.«

Der Beamte runzelte die Stirn und notierte sich die Aussage. »Das wäre wirklich ein Motiv. Andrea Buchberger hat aber davon nichts erzählt, auch die Mutter nicht. Der Vater tut sich, bedingt durch seinen Schlaganfall, damit sowieso eher schwer.«

»Sie wollten sicher nicht den Verdacht auf den Slezak lenken. Einerseits verständlich. Ist ja im Grunde ein armer Kerl. Einen Haufen Schulden soll er haben.«

Der Polizist notierte sich auch dies. »Sie waren uns eine große Hilfe«, sagte er dann. »Jetzt bekommt der Fall ein Gesicht.«

Der Kramer verließ die Dienststelle und fuhr nach Seebruck. Es klappt ja alles wie am Schnürchen, dachte er. Doch er war nicht glücklich dabei. Vielleicht hat der Pole ein Alibi, überlegte er. Es war doch eine riesige Dummheit, die er und Leonhard da im Rausch vollbracht hatten. Doch jetzt war es zu spät. Nun mussten sie da durch.

Am gleichen Tag wurde gegen Gregor Slezak ermittelt. Die polnischen Kollegen wurden gebeten, den Mann, der unter dringendem Tatverdacht der Brandstiftung stand, zu verhören. Die Adresse war bekannt. Obwohl Gregor die Tat bestritt, wurde ein Haftbefehl erwirkt, da er für Sonntagabend kein Alibi vorweisen konnte. Es wurde ein Auslieferungsantrag gestellt.

»Das hat Gregor nicht gemacht!«, schrieb Alex auf ein Blatt Papier und schob es Andrea über den Tisch hinweg zu.

»Ich glaube das auch nicht«, erwiderte sie schwach. Sie wusste jedoch zugleich, dass sie wieder einmal an Gregor zweifelte.

»Er war doch gar nicht mehr hier, als es geschah«, meinte die Mutter. »Der Kramer muss sich getäuscht haben, wenn er sagt, er hätte sein Auto gesehen.«

»Vielleicht lügt er ja aber auch«, bemerkte Andrea leise, »und er war es selber. Dem traue ich tatsächlich alles zu.«

Barbara warf ihrer Tochter einen entsetzten Blick zu. »Warum sollte er das tun? So weit wird er doch nicht gehen.«

»Der Stadel war ihm immer ein Dorn im Auge.« Andrea blickt ihre Mutter mit einem verschleierten Blick an.

»Das ist nicht dein Ernst, Andrea! Er ist ein angesehener Mann bei uns im Dorf.« Barbara blickte ihren Mann an, der wieder seinen Zettel forderte. *Ich traue es ihm zu!*, schrieb er drauf.

Barbara wollte das nicht wahrhaben. »Sie werden den Brandstifter finden. Aber Gregor war das nicht, davon bin ich überzeugt.«

»Gregor soll kein Alibi haben«, bemerkte Andrea leise. Aber er ist doch am Samstagmorgen bei uns weggefahren. Warum war er dann am Sonntag noch nicht daheim? Sie fand, dass er wieder einmal ein undurchsichtiges Verhalten zeigte.

»Vielleicht war er in Zakopane«, bedachte die Mutter. »Da hatte er doch bis zu seinem Konkurs gearbeitet.«

»Und warum sollte er da wieder hin?« Andrea nagte an ihrer Unterlippe. Immer hat er Geheimnisse vor mir gehabt, dachte sie bitter. Sie spürte, wie sehr sie ihn noch liebte. Nein, sie glaubte auch nicht, dass er der Brandstifter war. Vielleicht war er bei seinem Vater. Die Eltern waren ja geschieden. Andrea wusste nicht, wo der Vater lebte. Auch das hatte er ihr nicht gesagt.

»Gott sei Dank sind wir gut versichert«, wandte sich Barbara nun an Alex. »Ich bin so froh, dass du dafür gesorgt hast. Wir werden keinen finanziellen Schaden haben.«

»Aber einen seelischen«, sagte Andrea und blickte trübe vor sich hin.

»Aber warum denn?«, wandte die Bäuerin ein und ließ nun ihr Strickzeug sinken. »Das war halt ein Irrer. Davon laufen genügend bei uns in der Gegend herum. Sie werden den Täter schon noch finden«, wiederholte sie. »Die Flammen haben ja zum Glück nicht auf den Stall übergegriffen. Es war nur gut, dass es so windstill war am Sonntag. Und Gott sei Dank hast du den Brand gleich bemerkt, Andrea, und die Feuerwehr alarmiert. Die waren vielleicht schnell da. Trotzdem ist der Stadel komplett abgebrannt. Kein Wunder bei dem vielen Heu und den Strohballen.«

Sie saßen in der Stube. Andrea ging zum Kachelofen und legte ein Holzscheit nach, dann begab sie sich wieder zum Fenster und sah hinaus. Noch immer stiegen Rauchschwaden aus den Holztrümmern. Der Bauer musste auch immer wieder hinaussehen. Schwerfällig drehte er sich um. »W…e r…h a t…d a s…g…e t a…n?«, presste er hervor und schüttelte dann den Kopf.

»Nein«, sagte Andrea nun überzeugt. »Gregor war es nicht. Er würde es nicht fertigbringen, den Stadel anzuzünden, den er so mühevoll gebaut hat.«

Draußen begann es zu dämmern. Der Mond stieg langsam hinter dem Berg auf. Es war Anfang November und die Tage wurden nun immer kürzer.

Gregor wird in Polen vernommen, dachte sie, während sie immer noch am Fenster stand und in die spätherbstliche Landschaft blickte. Ein Haftbefehl wurde gegen ihn ausgestellt, ein Auslieferungsantrag. Er hatte kein Alibi. Die ermittelnden Polizisten wussten inzwischen, dass sie ein Verhältnis mit ihm gehabt hatte. Sie wussten, dass sie sich wieder getrennt hatten. Aber es geschah einvernehmlich, hatte sie gesagt. »Wir haben erkannt, dass wir nicht zusammenpassen.« Diese Aussage hatte sie vor der Polizei gemacht und die Eltern hatten dazu betroffen genickt. Was sollten sie auch sagen. »Dann können Sie sich keinen Racheakt vorstellen?«, hatte der Polizist wissen wollen. »Nein, das kann ich mir nicht vorstellen«, war ihre Antwort gewesen.

Doch die Polizisten waren skeptisch geblieben.

21

Drei Tage nach dem Brand hielt es die Steiner-Bäuerin nicht mehr aus. Sie musste mit ihrem Sohn reden. »Mit dem stimmt was nicht«, hatte sie zuvor mehrmals zu ihrem Mann gesagt. »Seit Montag ist der Leo total verstört. Er versucht es zu verbergen. Aber eine Mutter merkt so etwas.«

»Er hat sich im Lagerhaus drei Wochen Urlaub genommen«, wandte der Vater ein, »um den Windbruch vom letzten Föhnsturm zu beseitigen. Den Urlaub hatte er schon vor Wochen beantragt, weil die Arbeit einfach getan werden muss.«

»Aber er fährt schon um sechs Uhr früh los und kommt erst in der Dunkelheit heim«, meinte die Bäuerin nachdenklich.

Der Franz nickte. »Ja, ein wenig seltsam verhält er sich schon. Ich frage mich nur, warum er mich bei der Arbeit nicht mehr dabeihaben will. Er möchte alles allein machen.« Der Bauer stopfte sich seine Pfeife und zündete sie an. »Ich freu' mich ja, dass er so fleißig ist. Das Entasten kann er ja noch allein schaffen, aber für den Transport wird er mich dann doch brauchen.« Manchmal kam sich der Bauer überflüssig vor. Freilich, er war nicht mehr gesund, hatte starke Diabetes. Doch es wäre ihm auch recht gewesen, wenn der

Leonhard ihn in die Landwirtschaft stärker einbezogen hätte.

»Ich habe einfach das Gefühl, dass er allein sein will. Seltsam ist das. Er wird immer eigenbrötlerischer. Aber zurzeit ist es ganz schlimm. Langsam mach' ich mir wirklich Sorgen. Irgendetwas stimmt mit ihm nicht.«

»Die Birgit wäre schon gut für ihn gewesen«, meinte Franz. »Sie kommt ja immer mal wieder her. Am Montag war sie auch nachmittags da und hat von dem Brand erzählt.«

»Sie sagt, sie käme wegen uns und nicht wegen dem Leo«, antwortete Marianne nachdenklich.

»Ich glaub' das nicht«, brummte der Bauer.

»Ich auch nicht«, erwiderte Marianne. Sie nahm wieder ihre Wollsocke zur Hand, in der ein riesiges Loch klaffte.

»In die Wirtschaft wird er am Wochenende wieder gehen«, vermutete Franz.

»Weil du es ansprichst: Ich habe ja nichts dagegen, dass er ab und zu zum Wirt geht. Aber er kommt manchmal schon recht wackelig heim. Das gefällt mir überhaupt nicht. Er war doch früher nicht so. Kannte immer seine Grenzen beim Alkohol.«

»Dass er immer mit dem Kramer-Hans zusammensteckt, gefällt mir nicht«, stimmte der Bauer seiner Frau zu. »Der ist viel zu alt für ihn und außerdem passt der überhaupt nicht zum Leo.«

»Nein, was der immer für Frauengeschichten gehabt hat. Und wie er immer daherkam mit seinen langen Haaren. Den *Rocker* hat man ihn im

Dorf genannt. Und der Leo ist immer so ein anständiger Kerl gewesen, so solide und bodenständig«, bemerkte Marianne.

»Trotzdem ist der Kramer ein angesehener Geschäftsmann und versteht was von seinem Fach.«

»Der Leo sollte heiraten«, fuhr Marianne fort, ohne auf die Worte ihres Mannes einzugehen. »Wirklich schade, dass es mit der Birgit auseinandergegangen ist. So ein patentes Mädel.«

Der Bauer blies sinnierend kleine Wölkchen in die Luft und schwieg dazu.

»Weißt ja den Grund«, murmelte die Bäuerin.

»Wegen der Andrea, meinst du?« Als Marianne nickte, fuhr er langsam fort: »Kann sein, dass ihm die noch nachhängt. Gesagt hat er ja nie was deswegen. Aber die Buchberger-Tochter ist doch ein wenig überspannt. Modeschöpferin wollte sie werden ...«

»Der Markus soll ja jetzt endgültig von Neuseeland zurückkommen.«

»Und dann den Hof tatsächlich übernehmen?« Franz horchte auf.

»Es sieht ganz danach aus. Weihnachten soll er kommen. Das hat mir die Barbara letzte Woche selbst erzählt.«

Marianne wollte sich durch diesen Themawechsel eigentlich nur von etwas ablenken, das ihr seit drei Tagen Sorgen bereitete. Sie blickte vor sich hin, ließ die Socke, die sie stopfen wollte, zum wiederholten Male sinken und meinte plötzlich: »Franz, der Leo wird doch nichts mit dem Brand auf dem Buchberger-Hof zu tun haben?«

Der Bauer starrte seine Frau erschrocken an. »Wie kommst du denn darauf?« Er nahm die Pfeife aus dem Mund und legte sie auf den Tisch. »Weil er sich so seltsam verhält?«

»Nicht nur das«, presste die Bäuerin mühsam hervor. Es kostete sie große Überwindung, mit ihrem Mann darüber zu sprechen, doch nun hatte sie A gesagt und musste auch B sagen. »Am Montagfrüh, der Leo war schon im Wald, hab' ich seine Kammer aufgeräumt«, erzählte sie mit abgewandtem Gesicht.

»Und?« Dem Franz schwante Furchtbares.

»Es kam mir so vor, als ob der Ärmel seiner Schafwolljacke nach Benzin gerochen hätte. Ich hab' mir erst nichts gedacht. Von dem Brand habe ich ja nicht viel mitbekommen. Du weißt ja, wie fest ich schlafe und dann noch die Ohrstöpsel, weil du so schnarchst. Du hast auch nichts gehört. Hattest ja dein Hörgerät nicht drin. Also erfuhr ich erst gegen Mittag, dass es auf dem Buchberger-Hof gebrannt hat. Die Huber-Christine hat mich angerufen.«

»Du wirst doch nicht sagen wollen, dass der Leo etwas mit dem Brand zu tun hat?« Das rote, runde Gesicht des Bauern wurde noch röter.

»Es muss ja nicht so sein. Aber wir müssen mit ihm darüber reden. Dann werden wir sehen, was er dazu sagt.«

»Aber das ist doch völlig absurd!« Der Bauer war wie vor den Kopf geschlagen. »Er ist doch selbst bei der Feuerwehr.«

»Das hat nichts zu sagen.«

Während sich Franz und Marianne den Kopf weiter über ihren Sohn zerbrachen, arbeitete Leonhard im Wald wie ein Besessener. Er versuchte sich den Sonntagabend immer wieder in Erinnerung zu rufen. Er wusste nicht mehr, ob er das Streichholz ins Benzin geworfen hatte oder der Hans. Sie waren beide ziemlich betrunken gewesen, aber er noch viel schlimmer als sein Freund. Mein Freund ist er doch gar nicht, sinnierte Leo, während er die Motorsäge startete. Früher hab' ich ihn doch kein bisschen gemocht. Warum habe ich mich nur zu solch einer Tat verleiten lassen? Sie verdächtigen jetzt den Gregor. Ein Haftbefehl soll schon gegen ihn erlassen worden sein. Ich kenne den Mann ja kaum, aber seinen Cousin, den Frederik. Der ist ein netter Kerl und bestreitet vehement, dass der Gregor ein Brandstifter sein soll.

Leo hielt plötzlich in seiner Arbeit inne und starrte vor sich hin. Der Motor lief noch. Wer hat nur das verdammte Streichholz angezündet und geworfen? War ich es? Das Benzin haben wir beide unter irrem Gelächter verschüttet. Einmal der Hans, dann wieder ich. An das konnte er sich noch vage erinnern. Dann begann der Filmriss.

Verzweifelt entastete er den Baum. Laut kreischte die Motorsäge durch den Wald. Er war allein. Schon seit vier Tagen. Das Handy hatte er ausgeschaltet und im Schrank versteckt. Er wusste nicht, ob Hans versucht hatte, sich mit ihm in Verbindung zu setzen, er wollte es auch nicht wissen. Er wollte gar nichts mehr von ihm wissen. Er würde auch nicht mehr zum Stammtisch gehen. Er würde sich gar nicht mehr im Dorf blicken lassen. Im Lagerhaus würde er auch kündigen.

Und ich will auch nichts mehr von Andrea. Sie hat mich verleitet. Sie trägt auch Schuld, zuckte es ihm durch den Kopf. Allmählich glaubte Leonhard, seinen Verstand verlieren.

Die Säge heulte wieder auf. So ein Wahnsinn!, dachte er. Die Birgit ist gleich am Montag zu uns auf den Hof gekommen. Ahnt sie etwas?

Er hielt in seiner Arbeit wieder inne. Die Stille, die für Minuten geherrscht hatte, wurde plötzlich durch ein Motoren-Geräusch zerrissen. Ein Auto fuhr die Forststraße entlang. Er fragte sich, wer das war. Der Wagen parkte anscheinend irgendwo an der Straße. Er konnte ihn nicht sehen, doch es war jetzt wieder still. Dann hörte er ein Knacken im Gehölz. Kräftige Schritte kamen näher. Reisig wurde zu Boden getreten. Es bestand kein Zweifel, dass jemand zu ihm wollte.

»Hans!«, rief Leonhard aus, als der große Mann mit dem verlebten Gesicht vor ihm stand und ihm grußlos einen prüfenden Blick zuwarf. Momentan war Leo verwirrt, er fasste sich aber schnell. In seinen gerade noch überraschten Blick trat nun unverhohlener Hass. »Da hast du mich ja sauber in einen großen Schlamassel hineingezogen«, stieß er böse aus.

»Ich will dich schon seit Montag anrufen, aber du gehst nicht ans Handy«, raunzte der Kramer ihn an.

»Warum sollte ich?«, stieß Leonhard wütend aus und ließ die Motorsäge wieder an.

»Hör auf damit!«, brüllte Hans seinen Komplizen an. »Wir müssen reden.«

»Was gibt es da noch zu reden?«, schrie Leonhard in den Lärm der Säge hinein, schaltete sie dann aber doch ab.

»Sie werden den Polen verknacken. Er hat nicht einmal ein Alibi. Keine Ahnung, wo er sich von Samstag bis Dienstag herumgetrieben hat. Zumindest ist er erst Dienstagabend daheim in Ratibor angekommen. Wir haben gar nichts zu befürchten.« Der Kramer setzte sich auf einen der Baumstämme und nestelte in seiner Hosentasche nach Zigaretten. »Willst du auch eine?«, fragte er Leo nun versöhnlich.

Leo schüttelte den Kopf. »Meine Ruhe will ich, sonst nichts.«

Hans zündete sich unbeeindruckt eine Zigarette an. Er sog scheinbar genießerisch den Rauch ein und stieß ihn wieder aus. Doch Leo, der ihn genauer beobachtete, sah, dass alles nur gespielt war. Hans war nervös, unruhig, seine Gelassenheit nur vorgetäuscht.

»Du scheinst ja mit der Polizei auf gutem Fuß zu stehen, dass sie dir Dienstgeheimnisse ausplaudern«, bemerkte Leonhard bitter.

»Ich habe ihnen gesagt, dass ich am Sonntagabend gegen elf Uhr einen grauen Volvo in der Nähe des Buchberger-Hofes gesehen habe. Und am Nachmittag das gleiche Auto mit polnischem Kennzeichen in der Hirschauer-Bucht. Ich habe nicht gesagt, dass es sich dabei um den Wagen vom Slezak handelt. Ich habe erst recht nicht gesagt, dass ich den Slezak gesehen hätte. Polnische Fahrzeuge fahren viele bei uns herum.« Der Hans zog wieder an seiner Zigarette, seine Hand wurde etwas ruhiger.

»Mach mir doch nichts vor«, stieß Leo nun bitter aus. »Du bereust diesen Wahnsinn, den wir da im Suff angerichtet haben, genauso wie ich.«

»Vielleicht hast du recht«, erwiderte der Kramer und ließ seine Maske fallen. »Aber es ist zu spät und wir müssen da jetzt durch.«

»Gar nichts müssen wir«, entgegnete Leo und legte die schwere Säge zur Seite, die er krampfhaft in den Händen gehalten hatte.

»Was willst du denn machen?« Er sah den jungen Bauern spöttisch an. »Willst du dich etwa stellen? Aber ich lass mich da nicht mit hineinziehen. Das lass dir gemerkt sein! Ich setze meinen guten Ruf als Geschäftsmann nicht aufs Spiel.«

Als Leo schwieg, versuchte er es im Guten: »Wir schweigen beide. Wir lassen alles so laufen, wie es eben kommt. Keiner kann uns etwas anhaben, wenn wir zusammenhalten. Wir haben mit der Sache nichts zu tun. Der Gregor hat kein Alibi. Besser kann es nicht laufen.«

»Mit der Sache nichts zu tun ...«, äffte Leo Hans nach. Dann lachte er hart und bitter auf. »Ins Gefängnis müssen wir, wenn die Sache herauskommt.«

»Kein Mensch verdächtigt uns. Die ganzen Ermittlungen konzentrieren sich auf den Slezak.«

»Ich werde mich stellen«, sagte Leonhard ganz ruhig. »Ich halte das nicht länger aus.«

»Bist du verrückt?« Der Kramer starrte ihn zuerst ungläubig, dann erschrocken, schließlich voller Wut an.

»Ich werde dich aus dem Spiel lassen«, fuhr Leonhard fort. »Du hast nichts damit zu tun.«

»Bist du jetzt von allen guten Geistern verlassen?«, rief der andere aus. »Und wie soll es passiert sein?«

»Du hast mich heimgefahren, hast mich vor unserem Hof aussteigen lassen und bist weiter zu deinem Haus gefahren. Ich bin auf den Buchberger-Hof zurück und habe den Stadel angezündet. So einfach ist das. Ich halte dich aus der Sache heraus. Aber lass mich in Zukunft in Ruhe.«

Als Hans ihn immer noch ungläubig anstarrte und dabei kein Wort herausbrachte, fuhr Leonhard mit der Ruhe des Verzweifelten fort: »Ich wollte mich an der Andrea rächen, weil sie sich mit diesem Polen eingelassen hat. Ich war betrunken. Ich wusste nicht mehr, was ich tat. So werde ich es bei der Polizei aussagen.«

»Du bist doch von allen guten Geistern verlassen«, wiederholte der Kramer, aber nicht mehr so laut, vielmehr nachdenklich. In seinem Kopf überstürzten sich dabei die Gedanken. Vielleicht ist es wirklich das Beste, wenn Leo die Schuld auf sich nimmt. Es kann gut sein, dass die Wahrheit doch noch ans Licht kommt, wenn Gregor sich entlasten kann, sinnierte Hans. Leo versprach, ihn herauszuhalten. Er glaubte ihm sogar. Er kannte seine Ehrlichkeit, seine Rechtschaffenheit, die schon bald an Dummheit grenzte. Aber vielleicht überlegt er es sich doch wieder anders. Auch das konnte sein. Wenn er zum Beispiel zu einer Gefängnisstrafe verurteilt wird. Warum soll er diese alleine verbüßen, wenn ich doch der Drahtzieher war?, ging es ihm durch den Kopf. »Du bist ein Esel!«, stieß Hans benommen hervor.

»Vielleicht, aber danach ist mir wohler«, antwortete er ruhig. Leonhard war so froh, dass er sich endlich zu diesem Entschluss, von dem er auch nicht mehr abweichen würde, durchgerungen hatte. Er wusste, dass er ansonsten keinen Frieden mehr finden würde.

»Sie werden dich bei der Feuerwehr rausschmeißen. Im Dorf wirst du nur noch der Brandstifter sein. Du musst mit einer Gefängnisstrafe rechnen«, versuchte Hans ihm klarzumachen.

»Das nehme ich in Kauf.« Leonhard nahm wieder seine Motorsäge zur Hand, dann schien ihm doch noch etwas einzufallen. »Wer hat eigentlich das Streichholz geworfen? Du oder ich? Ich weiß es nicht mehr.«

»Du«, sagte der Kramer und wusste doch, dass das nicht stimmte. Er war bei weitem nicht so betrunken wie Leonhard gewesen. Dieser hatte in seinem Rausch gezögert. Das Benzin hatten sie zusammen vergossen, aber dann hatte sich Leonhard plötzlich abgewandt und war zum Auto getorkelt. Das wusste er anscheinend nicht mehr. Der Kramer rief sich in Erinnerung, dass Leo in der Wirtschaft viel nüchterner gewirkt hatte, als er draußen dann tatsächlich gewesen war. Die frische Luft schien ihm nicht bekommen zu sein und hatte seinen Rausch anscheinend verstärkt.

»Vielleicht bist es aber auch du gewesen.« Leonhard warf Hans einen forschenden Blick zu, den dieser regungslos und mit zusammengekniffenen Augen erwiderte. »Ich hatte plötzlich einen Filmriss. Was bei der Scheune geschah, weiß ich nicht mehr genau. Ich weiß auch nicht mehr, wie ich ins Bett gekommen bin.«

Hans zuckte ungerührt mit den Schultern. »Vielleicht die frische Luft. In der Wirtschaft bist du mir gar nicht so besoffen vorgekommen.«

Leo sah ihn argwöhnisch an, aber dann wandte er sich schnell von ihm ab. »Wird wohl so sein«, murmelte er. Er ließ nun endgültig wieder die Motorsäge an. Selbst wenn ich es nicht getan habe, sagte er sich, ich wollte es tun und muss dafür bestraft werden. Und dann hielt er sich noch etwas vor Augen: Dieses Geschehen hatte ihn – aus welchen Gründen auch immer – von seiner Liebe zu Andrea geheilt. Vielleicht hatte alles so kommen müssen. Vielleicht hatte er diesen Befreiungsschlag gebraucht.

Der Kramer-Hans entfernte sich so grußlos, wie er gekommen war. Leonhard hörte, wie er ein paar Minuten später mit seinem Auto davonfuhr. Leonhard setzte seine Arbeit fort, bis es dunkel wurde.

Als er abends daheim ankam, saßen seine Eltern in der Bauernstube und blickten ihm bedrückt entgegen.

Sie ahnen was, dachte er und senkte den Kopf. Ich werde es ihnen zuerst sagen.

»Spät kommst du heim«, murmelte die Mutter und sah ihren Sohn dabei durchdringend an.

Leonhard setzte sich auf die Bank beim Kachelofen und zog seine schweren Stiefel aus. Er gab keine Antwort.

»Hast du uns etwas zu sagen?«, fragte der Vater ruhig. Auf seiner Stirn hatte sich eine tiefe Falte gebildet.

Leo kämpfte mit sich. Er konnte noch nicht reden. Die Kehle war ihm wie zugeschnürt.

»Ich habe dein Zimmer aufgeräumt. Deine Schafwolljacke roch nach Benzin«, sagte Marianne, ohne ihren Sohn aus den Augen zu lassen.

»Das ist kein Verhör«, sagte der Vater, »wir wollen bloß die Wahrheit wissen. Du kannst uns nicht mehr länger etwas vormachen. Seit Montag bist du wie ausgewechselt. Hast du etwas mit dem Brand auf dem Buchberger-Hof zu tun?«, fügte er mit ruhiger Stimme hinzu.

Leonhard nickte. »Ja. Und ich werde mich morgen früh stellen.«

»Stell dir vor, Theo, der Steiner-Leo war der Brandstifter«, erzählte Betty ihrem Mann, als dieser von der Arbeit heimkam.

»Das kann doch nicht sein!« Theo stellte seine Aktentasche ins Regal.

»Doch, wirklich. Ich habe es heute im Dorf erfahren. Er hat sich gestellt. Er soll betrunken gewesen sein, als er es gemacht hat. Hat wohl nicht mehr gewusst, was er tat.«

»So betrunken kann er dann aber auch nicht gewesen sein, sonst hätte er es nicht geschafft.«

»Erst hat man ja den Gregor verdächtigt«, erzählte Betty weiter, »aber wenn ich ihn auch nicht mochte, so etwas hätte ich ihm dann doch nicht zugetraut.«

Theo warf seiner Frau einen erstaunten Blick zu. Auf einmal ist er der Gregor, dachte er überrascht. Sie hatte bis jetzt nur von dem *Polen* gesprochen.

»Der Kramer-Hans hat geglaubt, dass er einen grauen Volvo am Sonntag in Seebruck gesehen hätte. Aber da hat er sich anscheinend getäuscht. Er ist es nicht gewesen. War ja auch schon lange fort.«

»Dass sich der Leo zu solch einer Tat hinreißen lässt, kaum zu glauben«, murmelte Theo. »Ich habe eigentlich immer ziemlich große Stücke auf den Burschen gehalten.«

»Vielleicht kommt er mit einer Bewährungsstrafe davon«, meinte Betty und sah ihrem Mann durch die geöffnete Badezimmertür zu, wie er sich im Waschbecken peinlich genau die Hände wusch.

»Das glaube ich nicht. Auf Brandstiftung gibt es sicher keine Bewährung.«

»Das wäre ja furchtbar, wenn er ins Gefängnis muss«, jammerte Betty.

Theo ging ins Wohnzimmer und setzte sich in seinen Sessel. »Hast du das Essen schon fertig?«

»Ja, gleich, aber erzähl doch einmal, Theo! Du warst doch nach der Arbeit beim Arzt. Ist der Befund schon da?« Betty warf ihrem Mann einen besorgten Blick zu.

Theos Augen hellten sich auf. »Das Geschwür ist gutartig. Es kann sein, dass ich nicht einmal operiert werden muss, dass man es eventuell mit Tabletten in den Griff bekommt.«

»Es ist gutartig. Gott sei Dank!« Betty setzte sich neben ihren Mann und ergriff seine Hand. »Und ich erzähl dir vom Dorfklatsch, anstatt dich gleich zu fragen.« Ihre dunklen Augen wurden feucht. Dieses Mal waren es echte Tränen.

Sie hat sich in den letzten Wochen verändert, dachte Theo. Ich weiß nicht, warum. Hatte sie sich wirklich Sorgen gemacht, dass ich Krebs habe? Und nun ist sie froh, dass dem nicht so ist?

»Du konntest ja nicht wissen, dass ich heute die abschließende Diagnose bekommen habe«, sagte er sanft.

»Du hättest es mir aber wirklich gleich sagen können. Da reden wir über den Steiner-Leo, als ob der so wichtig wäre.«

Theo rückte sich seine Brille zurecht. »Ich bin nach dem Arztbesuch noch in die Kirche gegangen und habe ein Vaterunser gebetet«, gestand er.

»Du gehst doch sonst nie in die Kirche«, erwiderte sie mit feuchten Augen.

»Aber heute. Du weißt ja, mein Vater starb an Magenkrebs und auch mein Onkel.«

»Jetzt ist ja alles gut, das Geschwür ist gutartig«, wiederholte Betty glücklich. »Weißt du«, sprach sie mit ruhiger Stimme weiter, »es muss immer erst etwas passieren, dass man zur Einsicht kommt. Ich habe mich nicht immer richtig verhalten in meinem Leben, viel falsch gemacht. Habe mich immer in Sachen eingemischt, die mich eigentlich gar nichts angingen. Wie bin ich über diesen Gregor hergezogen! Das war nicht richtig. Es tut mir jetzt auch von Herzen leid.«

»Du wirst ihn wohl nicht mehr um Entschuldigung bitten können«, meinte Theo.

»Vielleicht kommen Andrea und er ja doch noch zusammen«, erwiderte Betty vorsichtig.

»Das glaube ich nicht. Er ist ein stolzer Mann. Das habe ich gleich erkannt. Er wollte auch nie Bauer werden. Wie konntest du glauben, dass er nur hinter Andreas Geld her gewesen wäre und sich den Hof aneignen wollte? Da hast du dich wirklich in etwas hineingesteigert. Und dann wurde er auch noch der Brandstiftung verdächtigt. Dass der noch mal nach Seebruck kommt, das kann ich mir nicht vorstellen. Eine Schande, wie ihn viele Leute im Dorf behandelt haben.«

»Ich habe ihn falsch eingeschätzt«, erwiderte Betty reuevoll und zerknirscht.

»Ja, das hast du.«

»Ich gehe morgen zu Barbara und Alex und entschuldige mich«, versprach Betty. »Auch wegen dem Brand. Sie müssen fix und fertig sein.«

»Das kann ich mir vorstellen«, brummte Theo.

»Sie sind keine nachtragenden Leute.«

»Das sind sie nicht«, bestätigte Theo knapp und griff nach seiner Zeitung.

»Weißt du, ich bin so froh, dass du keinen Krebs hast«, fuhr Betty mit sanfter Stimme fort. »Wen habe ich denn, außer dir?« Sie warf ihrem Mann nun einen liebevollen Blick zu.

»Hast du wirklich so Angst um mich gehabt?«, fragte Theo.

Betty nickte. »Ich weiß, ich bin manchmal unausstehlich. Aber ich habe mir die ganzen Tage vor Augen gehalten, wie schlimm es für mich wäre, wenn du unheilbar krank wärst. Wenn ich eines Tages allein dastehen würde.«

»Du müsstest dich halt besser mit deinem Bruder und deiner Schwägerin verstehen«, erwiderte Theo trocken.

»Red nicht so daher!« Betty griff nach der trockenen, zerknitterten Hand ihres Mannes. »Aber du hast schon recht. Ich habe mich manchmal unmöglich der Barbara gegenüber benommen. Vielleicht war es Neid, weil sie drei Kinder zur Welt gebracht hat und wir keine bekommen konnten.«

»Das hast du aber nie gesagt«, murmelte Theo und warf seiner Frau einen überraschten Blick zu.

»Ich wollte es mir selbst nicht eingestehen.«

»So, jetzt hab' ich aber Hunger«, bemerkte Theo, dem die Wesensveränderung seiner Frau, auch wenn sie zu ihrem Vorteil gereichte, langsam unheimlich wurde.

»Ja, dann werde ich mich mal beeilen.« Betty erhob sich und eilte in die Küche. Theo sah ihr nach. Es war ihm gerade so vorgekommen, als sähe sie beinahe wieder so hübsch aus, wie sie einst gewesen war.

22

»Willst du wegfahren?«, rief Barbara aus, als sie eines Morgens in die Küche kam, den Tisch schon gedeckt vorfand, und Andreas Reisetasche in der Ecke stehen sah.

»Ja. Ich werde eine Woche weg sein«, erklärte die Tochter mit fester Stimme.

»Und wo fährst du denn hin?«, fragte Barbara perplex.

»Zuerst zu Gregor nach Ratibor«, erklärte Andrea, dem völlig überraschten Blick ihrer Mutter standhaltend.

»Und das sagst du mir um sechs Uhr morgens zwischen Frühstück und Stallarbeit!« Die Bäuerin schüttelte den Kopf. Was habe ich nur für Kinder auf die Welt gebracht?, dachte sie konfus.

»Wir haben ja auch erst vor ein paar Tagen erfahren, dass Gregor unschuldig ist und der Leo den Brand gelegt hat«, erwiderte Andrea. Sie saß noch am Tisch, doch sie hatte bereits gefrühstückt, wie Barbara feststellte.

Die Mutter setzte sich ihrer Tochter gegenüber, ohne von dem Essen etwas anzurühren. Nur eine Tasse Kaffee schenkte sie sich ein.

»Ich kann es immer noch nicht fassen, dass der Leonhard zu solch einer Tat imstande war«, murmelte sie.

»Vielleicht ist er angestiftet worden«, bemerkte Andrea leise und sah trübe vor sich hin.

»Er hat bei der Polizei nichts davon gesagt.« Die Mutter sah ihrer Tochter nun voll ins Gesicht. »Du kannst Gregor doch anrufen«, sagte sie, »warum musst du denn gleich hinfahren?«

»Manche Dinge kann man nicht per Telefon oder E-Mail erledigen«, erwiderte Andrea. »Er wurde der vorsätzlichen Brandstiftung verdächtigt, gegen ihn wurde ermittelt, sogar schon ein Auslieferungsersuchen gestellt. Und er war unschuldig! Er muss sich doch schrecklich gedemütigt vorkommen. Er fühlte sich ohnehin ungerecht behandelt bei uns. Und dann noch das! Weiß er denn, wie wir zu dieser Sache standen? Vielleicht meint er ja, von uns kam der Verdacht.« Andrea erhob sich. »Nein, ich muss zu ihm. Ich muss ihm in die Augen sehen, wenn ich ihm sage, dass weder du noch ich und schon gar nicht der Vater jemals an seiner Unschuld gezweifelt haben. Das kann ich nicht am Telefon erledigen«, wiederholte sie.

»Wo liegt denn dieses Ratibor überhaupt?«, fragte die Bäuerin seufzend. Einerseits bewunderte sie ihre Tochter wegen ihrer Selbständigkeit und Entschlossenheit. Aber so ein überstürzter Aufbruch!

»Mama, Ratibor liegt in Polen.«

»Das weiß ich«, erwiderte Barbara beleidigt.

»Und es gibt ein Navi!«

»Aber es ist weit, oder? Hast du denn die genaue Adresse von ihm?«

»Die habe ich nicht. Aber seine Handynummer. Ich weiß, dass er nicht direkt in der Stadt wohnt, sondern in einem kleinen Dorf in der Nähe. Rudnik oder so ähnlich heißt der Ort.«

»Mein Gott, Andrea! Wenn das nur gut geht«, jammerte Barbara. »Da fährst du einfach in ein fremdes Land, in dem du noch nie warst, dich gar nicht auskennst und nicht einmal die Sprache sprichst.«

»Was soll denn dabei um Himmels willen nicht gut gehen?«, antwortete Andrea. »Gregor kann mir höchstens die Tür vor der Nase zuschlagen. Aber ich muss ihn noch einmal sehen.«

»Das wird er sicher nicht tun«, glaubte die Bäuerin und bestrich sich nun ein Brot. »Aber dafür planst du eine ganze Woche ein?«

»Nein, ich fahre noch nach Wien. In Ratibor will ich nur eine Nacht bleiben. Dann fahre ich nach Wien und verbringe noch ein paar Tage bei Germana. Ihr gehört ein kleines Appartement in Wien, das sie nur nutzt, wenn sie in der Stadt beruflich zu tun hat. Sie freut sich wahnsinnig, dass ich sie besuche.« Andreas Gesicht hatte sich bei dieser Erklärung aufgehellt und sie fuhr nun eifrig fort: »Und ich habe auch beschlossen, da der Markus ja nun endgültig wieder heimkommt, dass ich meine Ausbildung fortsetzen will. Du weißt doch, dass ich in Wien meine Meisterprüfung machen wollte. Vor zwei Jahren habe ich die Anmeldung zurückgezogen, jetzt melde ich mich wieder an. Das will ich auch noch erledigen.«

Barbaras rundes Gesicht wurde plötzlich noch weicher. »Ich bin so froh, dass der Markus heimkommt«, sagte sie, »ich habe nicht mehr daran geglaubt.«

Andrea ging zu ihrer Mutter hin und berührte ihre Schulter. »Ich bin auch froh, Mama, glaub es mir. Ich hätte nur für euch den Hof übernommen. Jetzt aber, da Markus wieder heimkommt, kann ich an nichts anderes mehr denken, als mit der Schneiderei weiterzumachen und Trachtenmode zu entwerfen.« Sie bekam glänzende Augen.

»Du wärst auch eine gute Bäuerin geworden«, meinte die Mutter lächelnd.

»Das habe ich schon oft gehört: von dir, von Gregor, von Christian und Leonhard. Aber so ist es mir lieber.« Sie griff nach ihrer Reisetasche. »Aber jetzt muss ich los und du gleich zu deinen Kühen.«

»Aber was soll ich denn dem Vater sagen?«, fragte Barbara plötzlich. »Er wird sich aufregen, dass du so eine weite Reise antrittst und vorher gar nichts gesagt hast.«

»Er weiß es doch«, erwiderte Andrea lächelnd. »Ich habe es ihm schon gestern Abend gesagt. Da warst du schon im Bett.«

»Aha«, meinte die Bäuerin leicht eingeschnappt. »Ihm hast du es natürlich schon gestern gesagt.«

Andrea gab ihrer Mutter einen versöhnlichen Kuss und ging dann mit ihrer Reisetasche hinaus.

»Pass auf dich auf! Und ruf heute Abend noch an, damit ich weiß, dass du auch gut angekommen bist«, rief ihr die Mutter nach.

Drei Stunden später war Andrea in Wien. Sie fuhr an der Großstadt vorbei, Richtung Brünn, leistete sich in Olmütz ein gutes Mittagessen und fuhr dann über Troppau weiter nach Ratibor. Bis dahin lief die Fahrt wie geschmiert. Doch dann verfuhr sie sich trotz Navigationsgerät. Ich hätte mir schon längst ein neues Navi zulegen oder zumindest ein Kartenupdate machen sollen, dachte Andrea zerknirscht. Ihr altes Gerät kannte einfach keinen Ort namens Rudnik. Vielleicht schrieb man den Ort auch anders. Auch auf den Wegweisern war er nicht zu finden. Sie versuchte sich durchzufragen, aber sie verstand kein Polnisch. Und leider die Leute, die sie fragte, wiederum kein Deutsch. Sie versuchte es auf Englisch, was ebenfalls zu nichts führte. Völlig verzweifelt suchte sie sich einen Parkplatz und überlegte, ob sie Gregor anrufen sollte, damit er ihr den Weg beschrieb. Aber gerade das wollte sie eigentlich nicht. Sie wollte ihn überraschen, plötzlich vor ihm stehen.

Eine Dame mittleren Alters bemerkte das deutsche Kennzeichen und kam zum Wagen. Sie hielt im Schritt inne und sah zu Andrea hin. »Haben Sie Probleme?«, fragte sie dann in perfektem Deutsch, als Andrea ihr durch das geöffnete Wagenfenster einen verzweifelten Blick zuwarf.

»Sie sprechen Deutsch? Bin ich froh! Ich muss nach Rudnik.«

»Fahren Sie geradeaus, dann links und danach gleich rechts, dann sind Sie auf der richtigen Straße«, gab die Frau Auskunft.

»Sie hat der Himmel geschickt!«, rief Andrea erleichtert und dankbar aus. »Ich habe schon geglaubt, ich komme heute nicht mehr bei Tageslicht an mein Ziel.«

»Ja, wenn es erst dunkel wird und man kennt sich nicht aus, dann wird es schwierig«, antwortete die Dame lächelnd und ging weiter.

Eine Viertelstunde später war sie in Rudnik. Der Ort lag schon im Dämmerlicht.

»PARK KRAJOBRAZOWY« las Andrea von einer großen Hinweistafel laut vor. Gibt es hier einen Nationalpark in der Nähe?, fuhr es ihr durch den Kopf. Wieder war sie am Ende mit ihrem Latein. Wo wohnte Gregor nur? Es gab viele Häuser in dem Ort, mehr als sie geglaubt hatte. Jetzt habe ich es bis hierher geschafft, sagte sie sich, jetzt werde ich es auch noch bis zu seinem Haus schaffen. Ihn anzurufen, wäre ihre letzte Option.

Ein junges Pärchen kam die Straße entlang geschlendert. »Slezak?«, fragte Andrea.

»Gregor Slezak?«, fragte der junge Mann und sprudelte auf Polnisch los, den Weg zu erklären.

»Ich verstehe kein Wort.« Andrea folgte der Richtungsbeschreibung, die mit einem Wortschwall und vielen Gesten vollzogen wurde.

»Do you speak english?«

Die junge Frau nickte verlegen. »… stream«, erklärte sie, »at the end of the road.«

»Am Bach?«

Das Pärchen nickte und ging lachend weiter.

Andrea folgte dem kleinen Bach. Bis zum Ende der Straße, hatte das Mädchen gesagt.

Es wurde nun schlagartig dunkel. Mattes Licht schimmerte aus den Fenstern der Häuser, die sich entlang des Baches und der Nebenstraße reihten. Dann kam das letzte Haus. Es handelte sich um ein kleines, aber gepflegtes Einfamilienhaus mit einem hübschen Garten. So viel konnte Andrea in der Dunkelheit noch erkennen.

Sie parkte ihr Auto auf der Wiese neben dem Haus. Jetzt klopfte ihr doch das Herz bis zum Hals. Sie hatte es sich daheim leichter vorgestellt, als sie den Entschluss gefasst hatte, zu Gregor zu fahren. In Gedanken war es ganz leicht gewesen, einfach zu klingeln, vor Gregor zu treten, um ihm zu sagen: Hier bin ich. Ich muss mit dir reden. Ich wollte das nicht am Telefon tun. Ich wollte dich sehen.

Ein paar Minuten stand sie unschlüssig vor dem Haus. Es war von einer niedrigen, weißen Mauer umgeben. Auf dem Namenschild stand: Hanna Slezak. Darunter: Gregor Slezak.

Daneben befand sich noch ein Schild, polnische Wörter, die Andrea nicht verstand.

Sie spielte mit dem Gedanken, einfach wieder umzukehren. Zumindest zurück nach Ratibor, um in dem bereits reservierten Zimmer zunächst einmal zu übernachten. Es war ja auch schon spät. Morgen konnte sie dann zu Germana nach Wien zurückfahren. Doch sie wusste auch: Würde sie das jetzt tun, sähe sie Gregor nie mehr wieder.

Wie von einer fremden Macht getrieben drückte sie auf die Klingel. Erst zaghaft, dann noch einmal fester. Sie sah zum erleuchteten Fenster hin, hinter dem sich der Vorhang bewegte. Dann ging der elektrische Türöffner und sie betrat den Garten.

Eine zierliche, ältere Frau stand vor der Haustür, zu der drei Stufen hinaufführten. Um ihren Hals hing ein Maßband. Und als Andrea nähertrat, sah sie, dass in ihrer Strickjacke Stecknadeln steckten.

Eine Schneiderin!, dachte Andrea. »Andrea Buchberger aus Deutschland«, stellte sie sich vor.

Frau Slezak hob erstaunt die dunklen Brauen. »Ach, *die* Andrea!«, rief sie aus. Ein feines Lächeln huschte dabei um ihre schmalen Lippen. »Das ist eine Überraschung. Gregor hat viel von Ihnen erzählt.«

»Wirklich?« Andrea atmete auf. Ihr wurde nicht die Tür vor der Nase zugeschlagen, sondern sie wurde von Gregors Mutter freundlich ins Haus hineingebeten.

Frau Slezak bat Andrea ins Wohnzimmer. Als sie an der Küche vorbeigingen, deren Tür offenstand, entdeckte sie die bereits vermutete Nähmaschine. Auch lagen Stoffe, Reißverschlüsse und Scheren auf dem Tisch herum.

»Kommen Sie direkt von Deutschland, vom Chiemsee?«, fragte Hanna erstaunt.

»Ja«, nickte Andrea. Sie blieb eine Minute lang unschlüssig in dem gemütlichen Wohnzimmer stehen, das nur von einer altmodischen Stehlampe mit verblassten Kordeln erleuchtet wurde.

Hanna Slezak musterte Andrea unverblümt hinter ihrer grün umrandeten Brille.

»Sie sind heute wirklich diesen weiten Weg gefahren?«, fragte sie ungläubig.

»Ja, ich muss mit Gregor reden«, erklärte Andrea und setzte sich in den angebotenen Sessel neben der Stehlampe.

»Er ist nicht daheim. Aber er wird bald kommen. Er musste zur Polizei und zum Notar nach Ratibor.« Hanna musterte Andrea immer noch erstaunt. »Ich kann es gar nicht glauben ...«, murmelte die Frau.

»Was können Sie nicht glauben?«, fragte Andrea irritiert.

»Dass Sie gekommen sind«, war ihre einfache Antwort.

»Gregor wurde verdächtigt, unseren Stadel angezündet zu haben«, sagte Andrea mit aufgeregter Stimme. »Die Polizei hat gegen ihn ermittelt wie gegen einen Verbrecher. Das werden Sie doch alles mitbekommen haben? Das kann ich doch nicht einfach so stehen lassen. Ich wollte nur sagen, dass wir, meine Eltern und ich, Gregor niemals der Brandstiftung verdächtigt haben. Ich weiß gar nicht, warum gegen ihn ermittelt wurde. Es ist doch völlig absurd, dass er den Stadel, den er selber gebaut hat, anzündet.«

»Es ist ja vorbei«, antwortete Frau Slezak ruhig. »Das Verfahren wurde schnell eingestellt. Heute war Gregor bei der Polizei in Ratibor. Er musste etwas unterschreiben. Die Polizisten haben sich sogar entschuldigt.«

»Weil sich der wahre Brandstifter bei uns der Polizei gestellt hat. Aber wie wäre es ausgegangen, wenn das nicht passiert wäre?« Andrea sah die Frau mit großen Augen an. Hanna Slezak schien eine sanfte, friedfertige Frau zu sein. Zumindest schätzte Andrea Gregors Mutter so ein, nach den paar Minuten, die sie sie nun kannte.

»Ich weiß es nicht«, erwiderte Hanna Slezak und zuckte dabei mit den schmalen Schultern.

»Er hatte kein Alibi für den Tatzeitpunkt. Er war ja noch in Zakopane. Dort hat er sich mit niemandem getroffen, der ihn entlasten konnte.«

»Er ist erst nach Zakopane gefahren, nachdem er aus Seebruck losgefahren ist?«

»Ja, er wollte dort etwas klären. Er wollte Karel treffen. Aber alles war natürlich wieder einmal ergebnislos. Karel war nicht auffindbar, obwohl Anastasia behauptet hatte, er wäre dort.«

Andrea senkte den Kopf. »Es ist also wirklich nichts mehr zwischen Anastasia und Gregor?«, fragte sie unsicher.

»Um Gottes willen, nein!«, erwiderte Hanna heftig. »Und ich bin froh darüber. Sie war nicht die Richtige. Er hatte damals nur auf ihr tolles Aussehen geschaut.«

»Er hat kaum von ihr gesprochen«, erwiderte Andrea erleichtert.

»Das kann ich mir denken«, antwortete Hanna kurz, fuhr aber dann mit etwas zögerlicher Stimme fort: »Ich habe sie nie gemocht. Sie ist sehr hübsch, das hat sie ausgenutzt. Sie versuchte, immer alle Menschen um den Finger zu wickeln. Eine Zeit lang ist ihr das bei Gregor gelungen.«

»Und Karel, ihr Bruder, wie war der?«

»Schlimmer als die Schwester. Unzuverlässig bei der Arbeit. Wenn er Geld in der Tasche hatte, hat er es sofort wieder ausgegeben. Er trank und rauchte auch viel zu viel.«

»Von seiner Firmenpleite hat Gregor mir erzählt«, bemerkte Andrea, »gleich, als er zum ersten Mal auf unseren Hof kam.«

»Das wundert mich«, murmelte Hanna, »aber es ist ihm wohl gar nichts anderes übriggeblieben. Wie sollte er sonst erklären, dass er den Job als Erntehelfer brauchte?«

»Mein Gott!«, rief Hanna plötzlich aus und erhob sich von ihrem Stuhl. »Ich habe Ihnen ja noch gar nichts angeboten. Sie werden bestimmt durstig und hungrig sein.«

Andrea schüttelte den lockigen Kopf. Die Müdigkeit der vergangenen Stunden war vorbei. »Nein, ich habe keinen Hunger, danke. Doch vielleicht könnte ich ein Glas Wasser haben?«

»Bringe ich Ihnen gleich. Aber wie wäre es mit einer guten Tasse Tee dazu?«

»Da sage ich nicht nein.« Andrea lehnte sich wohlig in den weichen Sessel zurück. Sie bereute nicht, dass sie hergekommen war, auch wenn ihr noch einiges bevorstand. Sie wusste nicht, wie Gregor auf ihr Kommen reagieren würde. Wird er mich auch so herzlich aufnehmen wie seine Mutter? Oder immer noch so abweisend und stolz sein?, fragte sie sich. Dann sah sie sich in dem kleinen Wohnzimmer um. Alles war sauber im Haus, die Möbel waren alt. Andrea schätzte aus den 1970er-Jahren. Gregor stammte aus keinem reichen Elternhaus, das war ihr aber klar gewesen. Seine Mutter verdiente sich anscheinend mit Näharbeiten ihren Lebensunterhalt. Aber das Häuschen war nicht heruntergekommen, weder von außen noch von innen.

Hanna kam zuerst mit einem Glas Wasser und ging dann wieder in die Küche.

»Ich halte Sie sicher von der Arbeit ab«, meinte Andrea, als die Hausfrau zwei zerbrechlich wirkende Tassen auf den niederen Tisch stellte.

Die Porzellantassen waren wertvoll, das sah Andrea auf den ersten Blick. Meißener Porzellan, dachte sie, und bewunderte die blaue chinesische Bemalung.

Hanna sah, dass Andrea nicht nur ein Faible für schöne, kunstvolle Stoffe, sondern auch für wertvolles Porzellan hatte.

»Die Tasse ist ja hauchdünn«, bemerkte Andrea bewundernd. »Da kann man ja fast eine Zeitung durch lesen.«

Hanna stellte die dazugehörige Kanne mit dem dampfenden Tee auf den Tisch. »Ein altes Familienservice«, erklärte Hanna lächelnd. »Es ist noch von meinem Großvater.«

»Der Apotheker? Der Deutsche?«

Hanna nickte versonnen und nachdenklich. »Lang ist es her. Mein Großvater blieb nach dem Krieg, als so viele seiner Landsleute in den Westen flohen, in Schlesien.«

»Das hat mir Gregor erzählt«, antwortete Andrea und nippte an dem heißen, aromatischen Tee. Er tat ihr gut. Sie entspannte sich etwas.

»Sie haben wirklich keinen Hunger?«, fragte Hanna Slezak noch einmal.

Andrea schüttelte den Kopf. »Nein, danke. Ich habe wirklich reichlich und deftig zu Mittag gegessen. Es war fast zu viel.«

Die Frauen schwiegen. »Sie sprechen genauso gut deutsch wie Gregor«, meinte Andrea nach einer Weile anerkennend.

»Wir hießen ja auch immer Müller«, erklärte Hanna. »Meine Großeltern, meine Eltern. Unsere Apotheke hieß ›Müller-Apotheke‹. Erst durch meinen geschiedenen Mann heißen wir Slezak.«

»Und Sie wollten die Apotheke nicht weiterführen?«

»Sie ging nicht mehr so gut die letzten Jahre. Außerdem wollte ich immer Schneiderin werden. Ich heiratete auch sehr früh. Gregor war unterwegs«, beichtete sie mit einem verschmitzten Blick. »Aber meine Ehe ging nicht gut. Ich bin schon lange geschieden.«

In diesem Moment leuchteten auf der Straße Scheinwerfer auf. Andrea wusste nicht, ob ein Auto vorbeigefahren war oder parkte. Die Slezaks besaßen keine richtige Garage. Andrea hatte vorhin im dämmrigen Licht nur erkennen können, dass ein offener Schuppen, eine Art Carport, ans Haus angebaut war.

»Das dürfte Gregor sein«, vermutete Hanna. »Der wird Augen machen, wenn er Sie jetzt hier sitzen sieht.«

Ich habe meinen Wagen auf der Wiese geparkt, fuhr es Andrea durch den Kopf. Ihr Wohlgefühl und Behagen waren dahin. Dafür klopfte ihr Herz jetzt bis zum Zerspringen.

Als Gregor dann Momente später vor ihr stand und sie sein freudiges, aber nicht allzu großes Erstaunen in seinen hellgrauen Augen sah, brachte sie keinen Ton heraus.

»Ich habe dein Auto auf der Wiese stehen sehen«, erklärte er und sah sie immer noch an. Dankbarkeit und Liebe mischten sich in seinen Blick. »Es ist schön, dass du gekommen bist.«

»Ich konnte das doch alles so nicht stehen lassen«, presste sie schließlich hervor.

»Du meinst wegen der Brandstiftung, die ich begangen haben soll?« Sein markantes Gesicht verfinsterte sich.

»Ja, du musst wissen, dass meine Eltern und ich nichts damit zu tun hatten. Wir haben dich niemals verdächtigt«, stieß sie aufgeregt hervor.

Er stand immer noch wie angewurzelt an der Wohnzimmertür. Er wandte den Blick nicht von Andrea. »Das habe ich auch niemals angenommen«, erklärte er ruhig. Jetzt erst ging er zu ihr.

Andrea war aufgestanden, stand nun regungslos neben dem Tisch.

Er fuhr ihr durch das dunkle Haar, wie er es früher immer so gern getan hatte. »Wuschelkopf!«, flüsterte er ihr zu. »Schön, dass du da bist. Dass du dir diese Mühe gemacht hast, damit hätte ich nie gerechnet. Du hättest auch anrufen können.«

»Ich lasse euch jetzt mal allein«, sagte Hanna und verließ diskret das Wohnzimmer.

»So etwas lässt sich nicht telefonisch erledigen«, erwiderte Andrea und warf ihm dabei einen um Verzeihung bittenden Blick zu. »Ich schäme mich dafür, dass dich Leute im Dorf verdächtigt haben. Und um dir das zu sagen, wollte ich dir in die Augen sehen.«

»Danke, dass du das getan hast«, sagte er leise, trat dann aber einen Schritt von ihr zurück: »Nun, so ein dahergelaufener, mittelloser Ausländer ist auch ein gefundenes Fressen für manche Leute.«

»Die Familie Weber war ganz entsetzt, als sie von deiner Verhaftung hörte. Sie sprachen von Verleumdung, nie und nimmer wärest du ein Brandstifter.«

»Jetzt hat sich ja alles aufgeklärt«, erwiderte Gregor und wandte sich nun von ihr ab. Er setzte sich in einen der abgewohnten Sessel und blickte nachdenklich vor sich hin.

»Hat dich meine Mutter gut aufgenommen?«, fragte er Andrea beiläufig.

»Sie war gleich sehr nett zu mir.« Andrea setzte sich wieder in den Sessel. Sie wusste nicht, ob Gregor sie noch liebte. Sie wusste nicht, wie es zwischen ihnen weiterging. Alles hing in der Schwebe. Würde in Zukunft jeder von ihnen seinen Weg gehen oder würden sie doch noch zusammenfinden?

Sie wusste nur, dass *sie* ihren Weg gehen würde, und dass sie Gregor, den sie noch immer über alles liebte, nicht nachlaufen würde. Auch sie hatte ihren Stolz, nicht nur er.

»Hast du gleich hierher gefunden?«, fragte er sie nach einem Moment des Schweigens. Sie saßen sich gegenüber. Ein kleiner, niedriger Couchtisch trennte sie voneinander.

»Bis Ratibor war es ganz leicht. Aber dann hatte ich Schwierigkeiten. Ich wusste ja nur, dass du in Rudnik wohnst, doch nicht wo. Ich musste mich durchfragen. Aber es hat schließlich geklappt.«

»Du wirst nach der langen Fahrt müde sein«, vermutete er.

Andrea nickte. Sie fühlte sich plötzlich sehr erschöpft. Auch ein wenig ratlos. Sie hatte sich mehr versprochen oder weniger. Zumindest war sie von einer gewissen Klarheit ausgegangen. Mit dieser ungewissen, fraglichen Situation hier kam sie jedoch nicht zurecht.

Ihre Augen trafen sich, wandten sich dann wieder voneinander ab, um sich nach Sekunden wieder zu treffen. Keiner von ihnen vermochte auszusprechen, was er dachte.

»Wer war denn der Brandstifter?«, wollte Gregor nach einer Weile wissen.

»Der Leonhard. Er war betrunken. Ich weiß nicht, wie er dazu gekommen ist. Er ist bisher immer so rechtschaffen und anständig gewesen. Ich hoffe, dass er nicht ins Gefängnis muss. Vielleicht kommt er mit einer Bewährungsstrafe davon. Schließlich hat er sich schon nach ein paar Tagen gestellt.«

»Dein Ex-Freund?« Gregor runzelte die Stirn. Er kannte Leonhard ja nur flüchtig. Er konnte verstehen, dass dieser eifersüchtig auf ihn gewesen war. Doch der junge Bauer hatte es ihn nicht direkt spüren lassen. »Das hätte ich nicht gedacht«, murmelte Gregor überrascht.

»Als ich von Zakopa…« Er stutzte ein wenig und sah Andrea an. »Hat dir meine Mutter gesagt, dass ich von euch aus gleich nach Zakopane gefahren bin?«

»Ja«, bestätigte Andrea. »Sie hat es mir erzählt. Du wolltest Karel treffen, ihn zur Rechenschaft ziehen. Du hast ihn aber nicht angetroffen. Ich weiß Bescheid. Das alles hättest du mir doch gleich sagen können.«

»Ich weiß nicht, warum ich es nicht getan habe«, erwiderte er leise. »Aber ich möchte dieses Kapitel jetzt abschließen.« Er richtete sich in seinem Sessel auf. In seinen grauen Augen lag Entschlossenheit. »Als ich von Zakopane zurückkam«, wiederholte er, »war ich zuerst frustriert. Ich habe Karel nicht angetroffen, so wie es mir Anastasia versprochen hatte. Und ich werde ihn wohl auch in meinem Leben nicht mehr sehen. Ich will es auch nicht mehr. Der Fall ist für mich erledigt. Ich war sehr niedergeschlagen an diesem Tag. Dann kam die freudige Nachricht, die zugleich eine traurige war. Meine Tante, die Schwester meiner Mutter, ist gestorben und hat mir ihr Haus in Ratibor vermacht. Sie hat mir immer versprochen, dass ich es erben werde. Sie hatte Krebs. Wir wussten, dass sie nicht mehr lange zu leben hat. Ich war aber dennoch erschüttert, als ich von ihrem Tod erfuhr. Nun starb sie vor einer Woche im Alter von 65 Jahren. Ich hatte meine Patentante wirklich gern. Es hat mir sehr leid getan. Doch nun kann ich meine Schulden tilgen. Ich war heute beim Notar.«

Andrea warf ihm einen erleichterten Blick zu. »Das freut mich aber für dich«, erwiderte sie leise, »dann kannst du ja wieder neu durchstarten. Ich traue dir zu, dass du noch ein reicher Mann wirst«, fügte sie scherzend hinzu.

»Ich will nicht reich werden. Nur mein Auskommen haben«, erwiderte er, ohne auf ihren Scherz einzugehen.

»Ich wünsche dir alles Gute.« Andrea erhob sich. »Ich muss jetzt wieder fahren. Ich habe mir in Ratibor ein Zimmer für heute Nacht reservieren lassen.«

Gregor sprang auf. Sein Gesichtsausdruck veränderte sich. »Du fährst heute sicher nicht mehr nach Ratibor«, befahl er ihr. »Du bist doch todmüde. Du übernachtest natürlich bei uns. So wie ich meine Mutter kenne, richtet sie schon das Gästezimmer her.«

Andrea freute sich über seine spontane Reaktion. Sie hatte damit gerechnet, dass er nur nicken und sie ziehen lassen würde. »Ich habe das Zimmer gestern reservieren lassen. Ich muss dort übernachten«, meinte sie halbherzig.

»Dann sage ich es ab.« Er ging zum Telefon. »Wie heißt der Gasthof?«, fragte er mit resoluter Stimme.

»Gregor«, erwiderte Andrea sanft. »Ich kann nicht bei euch übernachten.«

»Und warum nicht?« Den Hörer in der Hand, drehte er sich um.

»Ich weiß nicht«, antwortete sie zögernd. »Es geht einfach nicht. Ich komme so hereingeschneit. Ihr seid doch Fremde für mich«, setzte sie hinzu.

»Ich bin ein Fremder für dich?«, fragte er sie und legte den Hörer wieder in die Gabel. »Meinst du wirklich, was du sagst?«

»Du hast mich doch verlassen, nicht ich dich«, erwiderte sie und warf ihm dabei einen traurigen Blick zu. »Die letzten Tage, bevor du weggingst, bist du mir sehr fremd gewesen.«

»Du hast mich nicht gut behandelt in diesen letzten Tagen, als ich bei euch auf dem Hof war. Ich wusste nicht mehr, was ich tun sollte. Es kam mir so vor, als hättest du es schon bereut, dich mit mir eingelassen zu haben.«

»Das habe ich nie«, erwiderte sie mit ehrlicher Stimme. Sie war nun froh, dass sie endlich aussprachen, was sie schon die ganze Zeit dachten. Sie hatte schon befürchtet, alles würde zwischen ihnen stehen bleiben und so würden sie schließlich wieder auseinandergehen. »Aber du hast es mir nicht einfach gemacht, dir zu vertrauen«, fügte sie leise hinzu.

»Weil du angenommen hast, dass ich dich mit meiner früheren Freundin hintergehe, stimmt's?« Er stand nun dicht bei ihr, sah ihr tief in die Augen.

»Was hätte ich denn sonst glauben sollen?«

»Mir einfach vertrauen«, murmelte er und wandte sich wieder von ihr ab. »Sag mir jetzt, wie der Gasthof heißt, in dem du das Zimmer reserviert hast«, forderte er sie auf, ohne auf ihre Worte näher einzugehen.

»Ich weiß den Namen wirklich nicht mehr. Aber ich habe die Straße und Hausnummer notiert.« Sie zog einen zerknitterten Zettel aus ihrer Handtasche.

»Das Zimmer ist hergerichtet«, ließ sich Hanna vernehmen, die wieder ins Wohnzimmer kam.

»Sie wollte in einem Gasthof in Ratibor übernachten«, sagte Gregor zu seiner Mutter.

»Aber das kommt doch gar nicht infrage! Sie übernachten bei uns.«

Andrea lächelte verlegen. »Ich gebe mich geschlagen«, entgegnete sie schließlich nach einigem Zögern. Plötzlich fühlte sie sich hier sehr geborgen.

Gregor hat nicht zu mir gesagt: Ich liebe dich, dachte sie, als sie eine Stunde später in diesem fremden Bett, in diesem kühlen Zimmer mit der altmodischen, einstmals goldfarbenen, nun verblassten Rautenmuster-Tapete lag. Sie überlegte, wo Gregor schlafen würde. Vielleicht war es sogar sein Zimmer und er musste auf dem Sofa schlafen. Das Haus war nicht groß. Andererseits deutete in dem mit dem Nötigsten ausgestatteten Raum nichts auf Gregor hin. Sie vermutete eher, dass hier schon jahrelang niemand mehr übernachtet hatte. Das waren ihre letzten Gedanken an diesem denkwürdigen Tag. Schnell fiel sie in einen langen traumlosen Schlaf.

23

»Sie wollen wirklich heute schon wieder fahren?«, fragte Hanna Andrea beim Frühstück.

Andrea nickte. »Ja, ich muss.« Sie sah, dass ihr Gregor, der auch mit am Tisch saß, einen prüfenden Blick zuwarf. »Ich möchte noch ein paar Tage meine Freundin in Wien besuchen. Sie erwartet mich gegen Abend.«

»Ah«, meinte Hanna, sah fragend zu Gregor.

»Ich muss heute noch einmal nach Ratibor«, bemerkte Gregor, der versuchte, sich seine Enttäuschung nicht anmerken zu lassen. »Ich würde dich gerne zum Essen einladen. Wenn du erst gegen Abend in Wien sein musst, eilt es ja nicht so.«

»Ja, gerne.« Andreas Augen leuchteten auf.

Ob die zwei wieder zusammenkommen?, überlegte Hanna. Schön wäre es schon. Ich mag das Mädel. Sie ist ganz anders als Anastasia. Natürlich, herzlich und bescheiden. Kaum zu glauben, dass sie eine reiche Bauerntochter ist.

»Ich zeige dir ein wenig von der Stadt. Die Dominikanerkirche mit Rathaus und die Mariensäule sind wirklich sehenswert. Heute ist auch schönes Wetter.« Er blickte zum Fenster hinaus. »Es reicht, wenn du gegen drei oder vier Uhr fährst, dann kommst du heute noch locker nach Wien.«

Andrea nickte. »Ich bin einverstanden.«

Es war drei Uhr am Nachmittag, als Andrea und Gregor das Hotel verließen, in dem sie zu Mittag gegessen hatten.

Selbst für polnische Verhältnisse war die Rechnung happig gewesen. Aber Gregor schien es sich leisten zu können. Es sah so aus, als ob es mit ihm finanziell wieder bergauf ging. Beim Essen hatte er ihr von seinen beruflichen Plänen erzählt. Er wollte seine neue Firma in Deutschland gründen. Dort würde er mehr verdienen. Die Nachfrage nach Holzhäusern war gerade enorm.

»Ich danke dir für die Stadtführung und das Essen«, sagte Andrea, als sie am Auto standen.

»Es ist schade, dass du jetzt schon fährst. Es hätte mich sehr gefreut, wenn du länger geblieben wärst«, erwiderte Gregor. Er warf ihr dabei einen langen, liebevollen Blick zu.

»Ich habe Germana versprochen, dass ich noch heute komme. Sie erwartet mich.«

Sie dachte daran, dass auch sie Gregor beim Essen von ihren eigenen beruflichen Plänen erzählt hatte, dass sie schon im Januar den Kurs für die Meisterprüfung zur Damenschneiderin absolvieren würde und zwar in Wien. »Wie lange dauert denn diese Schule?«, hatte er sie gefragt. »Das kommt auf meine Fähigkeiten an. Aber im Durchschnitt sechs Monate«, hatte sie ihm geantwortet.

»Ich werde dich in Wien besuchen«, fuhr er leise fort und zog sie an sich. Zum ersten Mal küsste er sie wieder, seit vielen Wochen. Passanten drehten sich schmunzelnd nach den Verliebten um.

»Ich würde mich freuen«, flüsterte Andrea ihm leise zu.

»Ich habe hier noch viel zu erledigen«, meinte er dann. »Aber ich werde dich anrufen, wenn du es willst.«

»Freilich will ich das. Du kannst mich jeden Tag anrufen.«

Er sagte nichts dazu. Es entstand eine kleine Verlegenheitspause.

»Du hast mir nicht gesagt, dass du mich noch liebst«, presste Andrea endlich hervor, diese Worte lagen ihr seit gestern Abend auf den Lippen.

»Muss ich es denn immer wieder aussprechen? Spürst du es denn nicht?«

Sie lächelte ihm glücklich zu, meinte aber dann ernst werdend: »Willst du überhaupt wieder nach Seebruck kommen?«

Gregors braunes Gesicht verdüsterte sich etwas, aber dann meinte er mit rauer Stimme: »Warum nicht, das ist deine Heimat. Aber zuerst werde ich dich wohl in Wien besuchen.«

»Ich freue mich darauf. Ich kann es kaum erwarten.«

»Bleib doch noch ein paar Tage da«, bat er sie wieder. »Sag deiner Freundin, dass du erst nächste Woche kommst.«

Sie schüttelte den Kopf. »Du hast doch auch viel zu tun und ich möchte nicht nur Germana besuchen, sondern mich auch zur Meisterprüfung anmelden.« Sie drückte sich an seinen warmen Körper. »Ich bin so froh, dass wir wieder zusammengefunden haben«, flüsterte sie ihm zu.

»Ich auch.« Er küsste sie noch einmal, ungeachtet der grinsenden Passanten.

»Eine sehr schöne Stadt, dein Ratibor«, sagte sie dann, während sie sich schweren Herzens aus seinen Armen löste.

»Schön ja, aber nicht so schön wie Seebruck und der Chiemsee«, erwiderte er mit einem versöhnlichen Schmunzeln.

»Dir hat es also bei uns gefallen?« Wieder sah sie ihm tief in die Augen. Die Trennung fiel ihr schwer. Gerne wäre sie jetzt bei ihm geblieben, am liebsten für den Rest ihres Lebens.

»Das habe ich dir doch oft gesagt. Es gibt keinen schöneren Ort auf der Welt.« Er grinste und versuchte dabei, sich und ihr den Abschied nicht so schwer zu machen. Er spürte, dass sie jetzt in diesen Minuten erst so richtig zueinandergefunden hatten.

»Du kannst immer noch hier bleiben«, bat er sie noch einmal.

Andrea schüttelte den Kopf. »Wenn unsere Liebe diese Trennung nicht aushält, dann ist sie nichts wert.«

»Gregor nickte. »Ich bin so froh, dass du gekommen bist«, murmelte er und küsste sie ein letztes Mal.

Dann stieg Andrea ins Auto. Sie startete ihren kleinen roten Wagen und fuhr langsam los. Sie winkte Gregor zu, der noch immer am Parkplatz stand, so lange, bis ihr Auto im Verkehrsgewühl der kleinen polnischen Stadt verschwunden war.

24

Es war schön gewesen bei Germana in Wien. Aber es hätte noch besser sein können, hätte sie nicht ununterbrochen an Gregor denken müssen. Sie vermisste ihn. Sie sehnte sich nach ihm. »Ihr beide müsst so schnell wie möglich heiraten«, hatte Germana zu ihr gesagt, als sie bei einer Flasche Rotwein in ihrem Appartement bis in die späte Nacht hinein gequatscht hatten. »Du hältst es jetzt ohne ihn nicht mehr aus.«

An diese Worte dachte Andrea, als sie zurück in die Heimat fuhr. Germana hatte recht: Seit sie sich wiedergesehen hatten, hielt sie es ohne Gregor nicht mehr aus. Doch sie mussten warten. »Was wäre das für eine Liebe, wenn sie keine Trennung aushält«, hatte sie zu Gregor gesagt.

Als sie daheim auf dem Buchberger-Hof ankam, stand ein völlig fremdes Auto vor der Einfahrt, mit Münchner Kennzeichen. Christian ist das nicht, dachte sie, der fährt eine alte Rostlaube. Gut, dieses Auto ist auch nicht gerade neu, aber ein bisschen besser sieht es doch aus.

Es war noch ein guter Monat bis Weihnachten.

Kann es sein, dass Markus …, dachte Andrea und parkte vor der Garage. »Aber nein«, überlegte sie laut, »er wollte doch erst ein paar Tage vor Heiligabend kommen.«

»Servus!«, wurde sie von einem jungen Mädchen begrüßt, das gerade aus dem Haus gekommen war. Sie war mittelgroß, hatte ihr blondes, langes Haar zu einem Pferdeschwanz gebunden. Die himmelblauen Augen strahlten sie an. »Du bist sicher Markus' Schwester.«

Andrea starrte die Fremde verblüfft an. Ihr Blick fiel dann auf ihr kleines Bäuchlein. »Ja, aber ...«, brachte sie stotternd hervor.

»Ich bin die Katharina, Markus' Frau«, stellte sie sich in breitestem bayrischen Dialekt vor.

»Aber der Markus sagt nur Kathi zu mir.«

»Markus ist verheiratet?«

Katharina nickte und deutete auf ihren Bauch. »Das Baby soll ehelich zur Welt kommen.«

Andrea kam aus dem Staunen nicht mehr heraus. Sie starrte wieder auf Katharinas Bäuchlein. Es schien wirklich so zu sein. Sie träumte nicht.

»Ist Markus auch hier?«, platzte Andrea nach ein paar Sekunden der Sprachlosigkeit heraus.

»Aber natürlich«, lachte Katharina, »das versteht sich doch von selbst. Was würde *ich* sonst hier tun?«

»Markus ist wieder da!«, rief Andrea erfreut aus. »Mein Gott! Ich habe ihn zwei Jahre nicht mehr gesehen.« Ihre Augen wurden feucht.

»Dann wird es langsam Zeit«, antwortete Katharina lachend. »Ich wollte gerade zum Hühnerstall, deinen Vater zum Essen holen«, erklärte sie.

Die tut ja so, als ob sie hier schon zu Hause wäre, dachte Andrea. Aber trotz ihrer direkten Art, fand sie die junge Frau sympathisch.

»Ich muss zu Markus, entschuldige«, sagte Andrea und stürmte aufs Haus zu.

»Na klar, in Ordnung.« Katharina sah ihr lächelnd nach, ging dann weiter, um ihren Schwiegervater zum Essen zu holen.

Im Flur roch es nach Schweinebraten und Rotkraut. Andrea stürzte in die Küche und fiel Markus halb weinend, halb lachend um den Hals.

Er hatte seine Schwester schon durchs Fenster kommen sehen und auch ihren kurzen Plausch mit seiner Ehefrau mitbekommen.

»Markus«, sagte sie, nachdem sie sich von ihrer Rührung erholt hatte. »Ich kann es immer noch nicht fassen. Und verheiratet bist du? Du hast kein Wort davon gesagt.«

»Sollte eine Überraschung werden«, erwiderte er grinsend.

»Das ist dir wahrlich gelungen.« Andrea sah ihren Bruder an. Er hatte sich nicht wesentlich verändert. Viel kleiner als der lange Christian, dafür aber stämmiger, stand er grinsend vor ihr.

»Die Kathi stammt doch vom Samerberg. Aber kennen gelernt habe ich sie in Auckland. Sie ist zuvor schon ein halbes Jahr allein mit ihrem Rucksack durch die Lande gezogen. Nach ihrer Ausbildung zur Krankenschwester wollte sie sich für ein Jahr eine Auszeit nehmen. Sie hat einen Tauchkurs in unserer Schule gemacht. Dann konnte sie die Gebühren nicht bezahlen und hat angeboten, ihre Schulden abzuarbeiten. Mein Kollege und ich stellten sie schließlich als *Mädchen für alles* ein.«

»Und dann habt ihr euch ineinander verliebt.« Andrea stand immer noch kopfschüttelnd vor ihrem Bruder. »Und dann wurde sie schwanger.«

Markus grinste wieder. »War natürlich nicht so geplant. Wir haben vor drei Wochen standesamtlich geheiratet. Ein Ehepaar aus Bielefeld, das schon seit Jahren nach Auckland in die Tauchschule kommt, waren die Trauzeugen.«

»Was ist denn mit der Tauchschule? Du warst doch Teilhaber?«

»Ich hab' mich auszahlen lassen. Kathi und ich wollten in die Heimat zurück. Da waren wir uns einig.«

»Hast du das alles gewusst, Mutter?«, wandte sich Andrea an die Bäuerin, die immer noch am Herd stand und in ihrem Kraut rührte.

»Nur, dass er Weihnachten für immer heimkommen wird. Und jetzt kommt er auch noch vier Wochen früher als angekündigt, bringt eine Ehefrau mit und damit nicht genug, kommt nun bald eine dritte Person dazu«, bemerkte sie schmunzelnd.

»Ist dir das nicht recht?«, fragte Markus grinsend und setzte sich wieder auf die Eckbank, nachdem ihn die Schwester endlich losgelassen hatte.

»Freilich ist es mir recht«, erwiderte die Mutter. Ihr traten wieder Freudentränen in die Augen. »Ich habe nicht mehr daran geglaubt, dass du jemals wieder zurück in die Heimat kommst, Markus«, gestand sie. »Wir wollten Andrea schon den Hof überschreiben.«

»Das wäre euer gutes Recht gewesen«, meinte Markus und fuhr zu Andrea gewandt fort: »Du hast zwei Jahre hier alles am Laufen gehalten ,und wenn du weitermachen willst, dann werden die Kathi und ich dir nicht im Wege stehen, obwohl wir gerne den Hof übernehmen würden. Die Kathi ist zwar gelernte Krankenschwester, aber auf einem Bauernhof aufgewachsen. Sie würde gerne Bäuerin werden. Das hat sie mir gleich erzählt, als wir zusammengekommen sind.«

Andrea hörte sich alles ruhig an und meinte dann: »Ihr müsst euch darüber keine Sorgen machen. Ich bin froh, dass es so gekommen ist.«

Markus atmete auf.

»Du hast dich kaum verändert, Markus. Bist vielleicht ein wenig kräftiger geworden, aber gut schaust' aus!«, sagte sie dann und musterte ihn von oben bis unten. Ihr fiel einmal mehr auf, dass er ganz anders war als Christian. Er war ein Naturmensch, besaß einen gesunden praktischen Verstand. Und er konnte zupacken. Sein hellbraunes Haar war wie immer struppig, die Augen erschienen ihr heller, vielleicht durch seine Bräune bedingt. Tauchlehrer ist er gewesen, in Neuseeland. Jeden Tag am Meer, am Strand. Er hatte zwei Jahre lang in einer ganz anderen Welt gelebt. Sie musste ihn doch geprägt haben. Doch er war wie immer. Derselbe lausbübische Gesichtsausdruck. Wenn er auch gerade sehr ernst wirkte.

»Danke, dass du mir den Hof überlässt«, bemerkte er, »aber wie gesagt, die Kathi und ich würden nicht darauf bestehen.«

»Nein, Markus, du kannst ganz beruhigt sein. Die Eltern sollen dir den Hof so bald als möglich überschreiben und ich werde mich wieder der Mode widmen, so wie ich es immer wollte.«

Die Mutter unterdrückte wieder ein paar Tränen. »Aber ihr müsst schon noch g'scheit heiraten«, sagte sie dann, um von ihrer Rührung abzulenken.

»Freilich! Im nächsten Herbst gibt es eine große Hochzeit«, erwiderte Markus.

»Und Vater wirst du auch bald!«, kam Andrea wieder auf diese Sache zurück. »Wann ist es denn so weit?«

»Anfang April«, erwiderte Markus. »Das Kind sollte unbedingt in Deutschland zur Welt kommen.«

Katharina kam mit dem Bauern zur Tür herein. »Wir haben uns schon bekannt gemacht, deine Schwester und ich«, bemerkte sie lachend.

Barbara war gerührt, als sie dies alles hörte. Das wird heuer ein schönes Weihnachten werden, dachte sie. Christian wird kommen, auch Betty und Theo. Sie hielt sich wieder vor Augen, wie sehr sich ihre Schwägerin in den letzten Wochen verändert hatte. Es hing wohl mit der Krankheit ihres Mannes zusammen. Lange hatten die Ärzte nicht gewusst, ob sein Magengeschwür bösartig sei. Doch dann kam der befreiende Befund und Betty hatte erkannt, wie einsam sie ohne Theo und ihre Familie wäre. Auch die Sache mit der Brandstiftung hatte sie scheinbar geläutert. Dass nicht Gregor, sondern Leonhard der Übeltäter gewesen war, hatte niemand im Dorf, am wenigsten Betty, zuerst glauben können.

»Der Kramer geht mir aus dem Weg«, hatte sie einmal zu ihrer Schwägerin gesagt. »Ich kann mir nicht vorstellen, warum.«

»Aber der geht doch mittlerweile allen Leuten aus dem Weg«, hatte Barbara geantwortet und sich ihren Reim darauf gemacht, so wie viele im Dorf. Doch keiner sprach aus, was er dachte.

Es wurde wirklich ein schönes Weihnachtsfest, auch wenn kein Schnee lag und es für die Jahreszeit viel zu warm war. Man nahm das Wetter, wie es kam.

Christian kam ohne Silke. »Sie feiert mit ihren Eltern«, erklärte er seiner Mutter und gestand ihr schließlich: »Es kriselt zwischen uns. Wir sind zu verschieden.«

»Du wirst eine andere finden, die besser zu dir passt«, erwiderte Barbara tröstend und erleichtert zugleich.

Doch dieses Trostes hätte es nicht bedurft. Im Grunde hatte Christian schon mit seiner Zahnärztin abgeschlossen. Aber er freute sich über das Glück seines Bruders. Katharina und Markus hatten sich gesucht und gefunden, auch wenn es in Neuseeland sein musste. Dabei lagen ihre Heimatorte keine 20 Kilometer auseinander. Christian war sich sicher, dass Markus nun endgültig sesshaft werden würde. Er hatte die richtige Frau dazu gefunden.

Am Heiligen Abend gegen neun Uhr klingelte Andreas Handy. Es war Gregor. Er saß mit seiner Mutter allein in dem kleinen, altmodischen Wohnzimmer in Rudnik. Sie tranken Waldmeister-Bowle.

»Es wäre schön, wenn du hier wärst«, sagte sie zu ihm. »Wir sitzen alle gemütlich zusammen. Meine Eltern, meine Brüder, meine Schwägerin und sogar Tante Betty und Theo. Nur du fehlst.«

»Wenn ich gekommen wäre, dann Betty sicher nicht«, vermutete er.

»Du, sie hat sich total verändert. Sie hat nichts mehr gegen dich. Sie hat keine Haare mehr auf den Zähnen.«

Diese Redewendung verstand er nicht ganz, aber er konnte sich deren Bedeutung denken. Er lachte. »Nächstes Jahr«, sagte er dann, »nächstes Jahr werde ich bei euch Weihnachten feiern.«

Andrea spürte, wie ihr bei dieser Antwort warm ums Herz wurde. »Ich freue mich darauf«, hauchte sie in den Hörer.

Sie erzählte dann noch von Markus, Katharina und Christian. Dann ließ sich Barbara das Handy geben. Sie wünschte ihm und seiner Mutter ein frohes Weihnachtsfest und auch Christian wollte unbedingt kurz mit Gregor sprechen.

»Wie sieht es denn aus?«, fragte Christian nach dem Gespräch seine Schwester in vertraulichem Tonfall. »Seid ihr nun wieder zusammen oder ist es nur mehr Freundschaft?«

»Wir sind ein Paar und werden es bleiben«, antwortete sie glücklich.

»Ich freue mich für dich, Schwesterchen. Bei mir sieht es nicht so gut aus. Aber es ist so, dass ich Silke gar nicht nachtrauere. Ich bin sogar froh, dass es auseinandergeht«, gestand Christian der Schwester.

»Jeder Topf braucht halt seinen passenden Deckel«, meinte Andrea lachend. »Du hast noch nicht den richtigen gefunden.«

»Das glaube ich auch«, erwiderte Christian seufzend, aber nicht allzu traurig.

Sie hatten sich, wegen der Lautstärke in der Bauernstube, im Flur unterhalten und gingen nun zu den anderen zurück.

25

Nach einem viel zu milden und verregneten Winter – nur im Februar kam etwas Schnee – folgte ein unbeständiger Frühling. Es war kühl und regnete viel. Die Sonnentage konnte man an beiden Händen abzählen. Nebel umkreiste an den meisten Tagen das Gebirge und der Wind jagte teils feine, teils kräftige Regenschauer vor sich her. Das unbeständige, kühle und nasse Wetter hielt bis zum Mai an. Danach wurde es schön. In Wien ebenso wie im Chiemgau. Wenn Andrea mit ihren Eltern telefonierte, hatten sie meistens das gleiche Wetter.

Sie konnte für ihren sechsmonatigen Kurs in Germanas kleinem Appartement wohnen. Germana selbst war die meiste Zeit nicht da. Einmal in Mailand, dann in Paris, dann wieder in London, entwickelte sie sich immer mehr zu einer erfolgreichen Managerin in der Modebranche.

Andrea erkannte schnell, dass sie für sich so ein Leben nicht wollte. Sie freute sich, bald wieder in Seebruck zu sein. In einem Monat wäre sie fertig und eine gestandene Schneidermeisterin. Sie wollte ihr Geschäft in der Heimat eröffnen.

Gregor kam alle 14 Tage in die österreichische Hauptstadt und einmal im Monat fuhr Andrea nach Hause.

Ende Juni kam Gregor das erste Mal seit einem guten halben Jahr wieder auf den Buchberger-Hof. Es war zur Taufe des kleinen Alexander.

An diesem Tag fühlte sich Gregor viel wohler als zum Geburtstag der Bäuerin an jenem verregneten Oktobersamstag im vergangenen Jahr.

Es waren wieder Barbaras Schwester und Schwager da, auch die Nichten, bis auf Annette, die sich auf ihr Staatsexamen vorbereitete. Dazu wurde die Samerberger Verwandtschaft neu in die Familie aufgenommen. Es waren alles nette, patente und unkomplizierte Leute, so wie Kathi.

Betty und Theo kamen auch. Dieses Mal reichte Betty Gregor die Hand zur Begrüßung. Ein wenig zurückhaltend zwar, doch das mochte an ihrer Verlegenheit liegen. Theo sah immer noch ziemlich gelb im Gesicht aus, jedoch schien er wieder einigermaßen hergestellt zu sein. Zumindest hatte er die Magenoperation im Winter gut überstanden.

Christian begrüßte Gregor wie einen alten Freund. Und auch Markus und Katharina waren Gregor sofort sympathisch. Alex' Augen wurden feucht, als er Gregor begrüßte, und Barbara war an diesem Tag wieder viel zu hektisch und beschäftigt, als dass sie sich viele Gedanken um Gregor gemacht hätte. Aber sie freute sich ehrlich, ihn wieder zu sehen.

»Da liegt ja das Heiligenbild, die Maria mit dem Jesuskind«, bemerkte Andrea, als Gregor den Kofferraum seines Wagens öffnete, um das Tauf-Geschenk herauszuholen.

»Der Nagel steckt noch in der Wand, ich habe ihn nicht herausgezogen«, fügte sie schmunzelnd hinzu. »Du kannst das Bild wieder hinhängen.«

»Das ist lieb von dir«, erwiderte Gregor, »aber ich werde für die nächsten Wochen bei Frederik in Traunreut wohnen, wenn du darauf hinauswillst. Er hat sich dort eine kleine Wohnung gemietet. Er wird übrigens mein neuer Teilhaber, wenn ich mein Geschäft eröffne. Er ist zwar kein gelernter Zimmerer, aber er kennt sich gut in der Materie aus, ist zuverlässig und geschickt. Ich will es dieses Mal langsamer angehen. Später, wenn das Geschäft gut läuft, kann ich immer noch einen oder zwei Handwerker einstellen. Morgen müssen wir aufs Gewerbeamt. Aber die Genehmigung habe ich schon.«

Obwohl sich Andrea freute, dass ihre Fernbeziehung nun ein Ende hatte, dass er seine Zelte nun wieder im Chiemgau aufschlug, war sie doch ein wenig enttäuscht, dass er vorerst nicht auf dem Hof wohnen wollte.

Gregor sah es ihr an und nahm sie in den Arm. »Ich will nicht auf dem Buchberger-Hof wohnen«, sagte er. »Er gehört jetzt deinem Bruder. Auch wenn Markus es mir schon angeboten hat, so möchte ich es trotzdem nicht. Wir werden uns bald eine kleine Wohnung suchen. Du bist ja auch nicht mehr lange in Wien.«

»Nur noch eine Woche, dann bekomme ich meinen Meisterbrief.«

»Ich bin stolz auf dich. Du bist eine Frau mit sehr vielen Fähigkeiten.« Er strahlte sie an und

Andrea vergaß ihre Verstimmung. Gregor ist wieder da, sagte sie sich, das ist die Hauptsache. Alles andere wird sich finden.

Als die Taufe in der Pfarrkirche – der kleine Alexander hatte herzzerreißend geschrien – vorbei war, ging es zum »Alten Wirt«.

»Ach, wenn meine Schwiegermutter das noch hätte erleben können«, sagte Barbara zu Katharinas Mutter, der Standl-Bäuerin vom Samerberg. »Die hätte sich gefreut, wenn sie ihren Urenkel in den Armen gehalten hätte.«

»Wann ist sie denn gestorben?«, fragte die Standl-Bäuerin.

»Schon vor 15 Jahren. Gerade mal 69 Jahre war sie alt, da hat sie der Herrgott mehr oder weniger direkt vom Herd weggeholt.«

»Das ist wirklich kein Alter«, entgegnete die Bäuerin.

»Sie war eine gutherzige Frau«, setzte Barbara hinzu.

»Du wirst auch gut zu der Kathi sein«, meinte die Standl-Bäuerin lächelnd und legte ihre Hand freundschaftlich auf Barbaras Arm. »Da bin ich mir ganz sicher.«

Barbara schenkte Katharinas Mutter einen dankbaren Blick.

»Der Leonhard wurde zu einer Freiheitsstrafe von zwei Jahren auf Bewährung verurteilt«, wandte sich Betty an Christian. »Aber die Birgit kommt fast jede Woche einmal auf den Steiner-Hof, um der Familie Mut zuzusprechen. Es sieht so aus, als ob die Birgit und der Leonhard doch wieder zusammenkämen. Er kam auch zu uns mit einem riesigen Blumenstrauß auf den Hof und hat sich in aller Form für den verzapften Blödsinn entschuldigt.«

»Zum Glück muss er nicht ins Gefängnis«, erwiderte Christian und griff nach seinem Bier.

»Der Kramer-Hans«, wusste Betty weiter zu berichten, »lässt sich bloß noch beruflich in Seebruck sehen. Dafür fliegt er angeblich fast jedes Wochenende nach Hamburg. Man munkelt auch, dass er sich dort mit seiner Frau trifft. Die beiden sind doch noch nicht geschieden. Sie ist nun einmal eine Städterin und hält es auf dem Land nicht aus.«

»Von der Sorte kenne ich auch eine«, entgegnete Christian und dachte dabei an Silke.

Es gab noch viele Neuigkeiten, von denen bei Tisch gesprochen wurde, aber der übrige Klatsch interessierte Andrea und Gregor nicht besonders. Nur, dass Leonhard nicht ins Gefängnis musste und anscheinend wieder mit Birgit zusammenkam. Darüber war Andrea froh. Sie würde ihm nichts nachtragen, sollte sie ihm wieder einmal zufällig begegnen.

Der kleine Alexander war in Katharinas linkem Arm eingeschlafen, während sie mit der anderen Hand in ihrer Gemüseplatte herumstocherte.

»Jetzt schläft er ganz friedlich und in der Kirche hat er so laut geschrien, unser kleiner Alex«, bemerkte Barbara gerührt zwischen zwei Bissen Zwiebelrostbraten.

»Er heißt aber nicht Alex, sondern Alexander«, stellte Katharina energisch richtig und reichte den Buben rüber zu Markus, damit sie auch endlich richtig essen konnte.

»Legt ihn doch in den Kinderwagen«, meinte Monika, »ihr verhätschelt den Kleinen ja.«

In dieser Weise lief das Essen ab.

Gregor genoss es dieses Mal. Er sprach nicht viel, doch wenn es sich einrichten ließ, ergriff er unter dem Tisch Andreas Hand und drückte sie ganz fest.

Am Nachmittag ging es auf den Buchberger-Hof zu Kaffee, Kuchen und Torten. Das Essen war viel zu reichlich nach Andreas und Gregors Ansicht. Als dann gegen sechs Uhr Wurst und Käseplatten aufgetischt wurden, verließen die beiden unbemerkt die Gesellschaft. Sie setzten sich in Andreas Auto und fuhren vom Hof.

Er lenkte den Wagen den Hügel hinunter, fuhr am Yachthafen und Römermuseum vorbei, über die Alzbrücke, Richtung Chieming. Dort parkte er das Auto irgendwo am Straßenrand.

Sie stiegen aus und gingen zum See hinunter. Langsam spazierten sie am Ufer entlang, bis sie ein einsames Plätzchen fanden. Ein etwas baufälliger Steg führte durch das Schilf ins Wasser.

»Ob uns der Steg aushält?«, fragte Gregor zweifelnd.

»Ich hoffe es. Und wenn nicht, dann landen wir eben im Wasser. Aber es ist hier nicht tief«, erwiderte Andrea lachend. »Du wirst nicht ertrinken.«

Sie setzten sich auf die lockeren, teilweise morschen Bretter und ließen die Beine baumeln. Sie genossen die Ruhe und die Stille nach diesem schönen, aber turbulenten Tag und beobachteten, wie die Sonne immer tiefer im See versank.

»Mich lässt der Gedanke an den Tod in völliger Ruhe. Ist es doch so wie mit der Sonne: Wir sehen sie am Horizont untergehen, aber wir wissen, dass sie drüben weiter scheint«, begann Gregor plötzlich zu philosophieren.

»Bist du unter die Poeten gegangen?«, fragte Andrea ihn mit gutmütigem Spott.

»Das ist nicht von mir, sondern von Goethe«, klärte Gregor sie schmunzelnd auf.

»Was weißt du von unserem Goethe«, zog Andrea ihn auf.

»Euer Goethe ist auch mein Goethe«, beharrte er. Ernst fuhr er fort: »Das ist mir nur so eingefallen, weil gerade die Sonne untergeht.«

»Aber vom Tod wollen wir nicht reden, sondern vom Leben«, erwiderte Andrea lächelnd.

»Ich musste gerade an meine Tante denken, die mir das Haus vererbt hat. Ohne sie müsste ich jetzt immer noch meine Schulden abbezahlen. Ich habe mir gedacht, dass sie sicher irgendwo weiterlebt und für ihre Güte belohnt wird.«

Andrea nickte schweigend. »Ja, an so etwas glaube ich auch. Gute Menschen gehören belohnt und schlechte bestraft.«

Die Sonne tauchte immer tiefer in den See, das goldbraune Schilf wiegte sich kaum merklich im Abendwind.

»Markus hat mir vor ein paar Tagen ein Grundstück gezeigt. Es liegt nicht weit vom Hof, ein Stück den Hügel hinunter. Hanglage. Mit einem wunderbaren Ausblick auf den Chiemsee. Eine Baugenehmigung ist so gut wie sicher. Er hat es mir angeboten. Wir könnten noch in diesem Jahr bauen.« Sie sah ihn von der Seite forschend an, wie er auf ihre Worte reagieren würde.

Sein Gesicht erhellte sich für einen Augenblick, aber dann wandte er mit gerunzelter Stirn ein: »Mit dem Grundstück allein ist es nicht getan. Mein Geld reicht gerade einmal für die Investitionen für meine neue Firma.«

»Willst du denn weiter in einer Fernbeziehung leben?«, fragte sie ihn. »Am Geld soll es nicht liegen, weißt du. Ich bekomme nämlich nicht nur den Grund geschenkt, sondern zugleich meinen Pflichtteil ausbezahlt.«

Er presste die Lippen zusammen und auf seiner geraden Stirn bildete sich eine steile Falte. Sie wusste, dass er wieder einmal mit seinem Stolz kämpfte. »Das mit dem Grund geht in Ordnung, aber das Haus möchte ich aus eigener Kraft für uns bauen.«

»Ich bekomme doch nur das, was mir zusteht. Ich hätte den ganzen Hof geerbt, wenn Markus nicht zurückgekommen wäre.« Sie sah ihn immer noch prüfend an. »Kannst du deinen verdammten Stolz nicht einmal ablegen?«, fragte sie ihn schließlich, als sie keine Antwort bekam. Sie drängte sich näher zu ihm hin, da es allmählich kühl wurde. Er merkte, dass sie etwas fror, zog seine Jacke aus und hängte sie ihr über die Schultern. »Gehören wir nun zusammen, oder nicht? Willst du mich oder nicht?«, fügte sie mit fester Stimme hinzu.

Er drückte sie noch stärker an sich. »Du hast recht«, raunte er ihr dann zu, »ich bin ein schrecklich stolzer Mensch. Ich muss mich ändern.«

Ihre Gesichtszüge wurden wieder weich, auch ihre Stimme, als sie antwortete: »Ich liebe dich eigentlich so, wie du bist. Aber ich möchte ein Nest für uns zwei.«

»Ich liebe dich auch und das Nest werde ich uns bauen.« Er küsste sie behutsam auf den Mund.

»Wir könnten so groß bauen, dass für deine Mutter auch noch Platz wäre«, schlug Andrea spontan vor, als er sie wieder losließ. »Sie ist eine wahnsinnig nette Frau.«

»Ja, das ist sie. Aber sie würde nie von Rudnik weggehen. Dort hat sie ihre Freunde und Bekannten und in Ratibor und Gleiwitz ihre Verwandten.«

»Schade«, erwiderte Andrea, »aber ich kann sie schon verstehen.«

Sie schwiegen eine Weile und blickten ins klare Wasser, in dem sich kleine Fische tummelten.

»Markus will doch im Oktober ganz groß seine kirchliche Hochzeit feiern, wie wäre es denn, wenn wir beide uns da einklinken würden?«, schlug Andrea nach einer Weile vor.

»An mir soll es nicht liegen«, flüsterte er und fuhr dabei mit seiner Hand über ihre dunklen Locken.

Wieder schwiegen sie. Dieses Mal sehr lange. Sie spürten, dass jedes Wort den Zauber dieser Minuten zerstören würde.

Der rote Feuerball war inzwischen im See verschwunden, ließ nur einen sanften rötlichen Schein auf dem Wasser zurück. Die Segelschiffe und Boote ruhten im Hafen. Im Süden verschmolzen die Chiemgauer Berge mit dem immer dunkler werdenden Himmel zu einer Einheit. Das Gezwitscher der Vögel in den Bäumen war verstummt, leise plätscherten die Wellen ans Ufer, so wie seit Tausenden von Jahren im ewigen Kreislauf des Lebens.